孙 赫 / 著
中央财经大学文化经济研究院院长
魏鹏举 / 审订

文学原来这么有趣

颠覆传统教学的18堂文学课

化学工业出版社

·北京·

使用说明书

文学大师

卡通文学大师的形象更直观亲切。

文学大师介绍

用言简意赅的文字介绍文学大师的生平和作品。

魏鹏举老师评注

对于文学,每个人都有自己的见解。魏鹏举老师的这种评注,权且当作引玉之砖……

文学大师的话

文学大师点睛的话语,展现其毕生思想精髓。

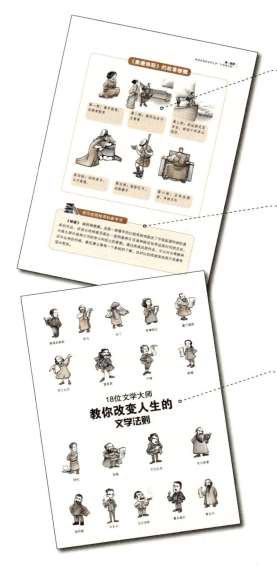

图解知识点
生动、形象地用图解式解构文学难题，用活泼图画再现文学场景。

参考书目
在每一堂课结束后，文学大师会推荐一些参考书，让读者拓展知识，加深对课程的理解。

大师课堂
运用穿越时空的手法，邀请18位文学大师逐一走进课堂，讨论与文学密切相关的18个话题——古希腊悲剧、英雄史诗、真善美、人欲、崇高的理想、人性的觉醒、伪善、自然之爱、永不满足地追求、个人式反抗、仁爱、金钱的罪恶、心灵辩证法、迷惘与抗争、世界的荒诞、魔幻与现实、讽刺与批判、和平与博爱。

推荐序 PREFACE >>>>

文学或许无关乎生计，但一定关乎生命

以我的观察，人在生命两端，即孩童与老年，其状态是最为文学的。我以为，文学的本质是自由想象与自在游戏，是纯然生命的活跃。孩童时代，游戏与想象是孩子的基本生活与生命形态，而且，童话故事等文学作品也是孩子认知自我与观照世界的万花筒与望远镜。而人到中年，汲汲功名，忙身外事，也被身外事忙，或许赢得了事业，但往往丢了自我。对于那些羁绊利禄的中年人，即使很难得有非功利的文学状态，但也需要文学的滋润，至少在修辞意义上，需要文学显示其修养，增进其沟通。进入老年，面对终极的生命归宿，明白了生不带来死不带去的道理，读些令人感悟或感动的作品，或写点儿岁月积淀的文章，生活重归平静，生命返归本真。在孩童与老年时期，人生是有趣的，文学是鲜活的，文学的境界自然也有个递进。正若《五灯会元》中禅师所谓：三十年前见山是山，见水是水；及至后来，亲见知识，有个入处，见山不是山，见水不是水；而今得个休歇处，依前见山只是山，见水只是水。在人生的旅途中，文学不仅是一道道风景，在柳暗花明中，文学还令我们的生命显"山"露"水"。

我在中央财经大学讲文学，自然会经常遇到这样的问题——文学有什么用啊？我说这是最好的问题，也是最糟糕的问题。之所以是最好的问题，是因为这个问题表明我们开始思考文学的意义。之所以是最糟糕的问题，是因为我们关于"用"的标准往往是功利性的。庄子有所谓"无用之用是为大用"，前一个"用"是功利之用，后一个"用"指的是宇宙生命之大道。关键是，庄子的这些卓见之所以影响深远，之所以老少皆知，是因为他用了寓言化的文学方式，唯通俗方流远。比起哲学，文学是关于生与死、灵与肉等人类根本问题的感性化表达。我理解鲁迅之所以弃医从文，是因为文学有直抵人心的力量。我理解每个民族的记忆都是以文学的形式传承的，是因为文学其实就是理智与情感的混合体，文学就是人学。

即使从功利之途来看，在创新经济的潮流中，文学也是整个文化创意产业的核心资源。2010年，美国版权产业的产值达到1.62万亿美元，占美国GDP的11.1%，是处于金融风暴中美国的希望所在。文学正是版权产业的核心部分，是创意最方便自由的表现形式。一度潦倒的单亲妈妈J.K.罗琳，一部《哈利·波特》给她带来的个人收入比英国女王的薪水高出8倍，而且，她的创作预计能产生超过1000亿美元的电影、音像制品、玩具、主题公园等版权产业综合收益。

有趣的文学带来有趣的人生，一个有文学情怀的人，才会是一个有五彩梦想的人。有趣的文学也能产生深远的社会价值和广大的经济效益，在一个创新型的社会中，人人都是创新价值的源头和受益者。其实，文学从来没有远离我们，因为文学是人类生命活力的光影投射。文学的载体或许在变化，从岩洞到竹简，从绢帛到电子；但文学的精神却是亘古不息，历久弥鲜，即使是在这个躁动的数字时代，拥挤地铁中仍有沉浸在阅读中的人们，从碎片时间的缝隙里，沐浴文学的灵光，汲取文学的滋养。

这本《文学原来这么有趣：颠覆传统教学的18堂文学课》以新颖、有趣的方式讲述了世界文学史上18位重要文学家及其作品的故事，让我们在轻松幽默的氛围中感受大师的魅力。文学是语言的艺术，更是心灵的"补品"，真心希望能有更多的朋友在这本书中得到文学的"滋养"。

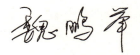

中央财经大学文化经济研究院

前言
FOREWORD >>>>

  一直以为爱书之人必定都爱文学，却从不知其实不过是自己的一厢情愿。直到有一次和一群书友聊天才恍然发现，原来很多人宁愿读一点儿玄幻言情的网络小说，也不愿看一眼雨果或巴尔扎克的作品。而另外一些更务实一点儿的人，他们或许更愿意读一点儿职场励志、心机心计来提升"战斗力"，也绝不会"浪费"一个小时来读一读拜伦或泰戈尔的诗歌。有一次，朋友看见我在读托尔斯泰的《安娜·卡列尼娜》，一脸不屑，因为他的第一反应就是，我在装模作样，卖弄才学。

  文学何以沦落至此？我陷入了深深的困惑。难道在21世纪的经济社会，文学真的只能作为一种商业化的存在，一种沽名钓誉的手段吗？难道莎士比亚、歌德这样的文学大师也像那些过气的明星一样，需要更新换代了？难道《哈姆雷特》《浮士德》这样的作品也像那些过期的报纸杂志一样，需要束之高阁了？对于以上问题，若有人敢毫不犹豫地给出肯定的答案，我将就此收笔。不过，我心如明镜，经典的文学作品犹如满天繁星，无论人世如何变迁，其魅力只会有增，绝对无减。

  名利不过浮云，金银终会散尽，当褪去尘世的喧嚣，脱下华丽的锦袍，有几个人能直面自己赤裸的内心。不空洞吗？不迷惘吗？或者是早已麻木不仁。读读文学吧，在阳光明媚的午后，在繁花绿荫之下，泡一壶热茶，让人文主义的温情滋润那片干涸已久的心田。文学不能救世，却能洗心。

  可是，该读点儿什么好呢？已久不读书的你可能早已把胸中的那点儿"墨"就着饭局应酬吃光喝光了吧。或者还有些人，虽然很想读一些经典名著，但却苦于其过于精深而不能甚解。于是，为了帮助这些想要"回归"文学的朋友，我们特意推出了这本《文学原来这么有趣：颠覆传统教学的18堂文学课》，让18位西方文学大师"亲自登场"，用轻松易懂、诙谐幽默的方式为你精心讲解大师们的经典之作，读过之后，一定能让你重拾对文学的热情。

阅读本书，你会发现，原来那些深邃奥妙的"经典"也并非高不可攀，原来文学从来都不是茶余饭后的消遣。稀松平常的故事背后原来蕴含着无限深意，啼笑皆非的喜剧之中其实饱含心酸。文学是一面巨大的镜子，能照得世间万物无所遁形。而我们这本书则是一面"微型便携式"镜子，可以让你先"小试牛刀"，在闲暇之余，照一照自己心中的那些"妖魔鬼怪"。文学是一座崇高的殿堂，让许多门外之人望而却步。而我们这本书则是一张贴在堂前的旅游示意图，可以帮你辨别方向，为你指点迷津。

总而言之，无论你是"文学迷"，还是"门外汉"，这本书都能满足你的需求。因为在这里，在课堂的轻松氛围中，你可以聆听大师的经典；在同学们的激情辩论中，你可以品味人生的真谛；在漫画趣图中，你可以享受视觉的盛宴。怎么样？心动了吧？那就赶紧随我们一起，来一次"非同寻常"的文学之旅吧！

2013年10月

目录

第一堂课　索福克勒斯老师主讲"古希腊悲剧"

古希腊悲剧概览/ 002
三大悲剧家/ 004
《俄狄浦斯王》引发的"命运"思考/ 008
《俄狄浦斯王》的深层解读/ 010

第二堂课　荷马老师主讲"英雄史诗"

走进《荷马史诗》/ 014
《伊利亚特》的故事/ 017
众英雄的史诗/ 018
《奥德赛》的故事/ 022

第三堂课　但丁老师主讲"真善美"

"佛罗伦萨的屈原"/ 028
从《新生》到《神曲》/ 032
"真善美"的永恒主题/ 033
一首《神曲》惊天下/ 037

第四堂课　薄伽丘老师主讲"人欲"

意大利文艺复兴先驱／042
传奇和叙事诗／044
现实主义巨著——《十日谈》／047
幸福在人间／049

第五堂课　塞万提斯老师主讲"崇高的理想"

塞万提斯的坎坷人生／052
堂吉诃德的冒险故事／054
"疯狂骑士"的喜与悲／057
理想主义与现实主义的鲜明对照／059
《堂吉诃德》的不朽魅力／061

第六堂课　莎士比亚老师主讲"人性的觉醒"

莎士比亚的创作历程／065
震撼文坛的"四大悲剧"／068
丹麦王子的复仇故事／070
"忧郁王子"哈姆雷特／073
"生存还是毁灭"的永恒困惑／075

第七堂课　莫里哀老师主讲"伪善"

莫里哀的"从艺之路"／080
从《可笑的女才子》到《唐璜》／083
揭穿"伪君子"的真实嘴脸／085
达尔杜弗的现实意义／087

第八堂课　卢梭老师主讲"自然之爱"

孤独的漫步者 / 090
凄婉动人的爱情故事 / 092
《新爱洛绮丝》的全新解读 / 095
自然之爱与道德之爱 / 098

第九堂课　歌德老师主讲"永不满足地追求"

"狂飙突进"时期 / 102
震惊世界的"春雷" / 105
浮士德的"体验之旅" / 108
永不满足地追求 / 109

第十堂课　拜伦老师主讲"个人式反抗"

"诗人式"的英雄主义 / 114
内涵深刻的"旅行日记" / 119
"拜伦版"的唐璜 / 121

第十一堂课　雨果老师主讲"仁爱"

浪漫主义代表 / 126
美与丑的对照 / 129
"仁爱"方能救世 / 132

第十二堂课　巴尔扎克老师主讲"金钱的罪恶"

现实主义作家 / 136
法国社会的"百科全书" / 140
从《高老头》看"金钱的罪恶" / 142

第十三堂课　托尔斯泰老师主讲"心灵辩证法"

"自我救赎"的创作之路 / 146
对爱情和婚姻的探索 / 149
心灵辩证法 / 151

第十四堂课　海明威老师主讲"迷惘与抗争"

"迷惘的一代" / 156
"硬汉式"的抗争 / 159
独特的叙事艺术 / 161

第十五堂课　卡夫卡老师主讲"世界的荒诞"

从《审判》谈卡夫卡的成长 / 166
从《城堡》谈卡夫卡的思维悖谬 / 169
从《变形记》看世界的荒诞 / 172

第十六堂课　马尔克斯老师主讲"魔幻与现实"

马尔克斯与《百年孤独》/ 176
耐人寻味的循环怪圈/ 179
魔幻现实主义/ 182

第十七堂课　夏目漱石老师主讲"讽刺与批判"

"三为"的文学观/ 186
《我是猫》中的讽刺艺术/ 190
深刻的批判与独特的"漱石风格"/ 193

第十八堂课　泰戈尔老师主讲"和平与博爱"

"泛神论"的哲学思想/ 198
献给神的诗篇/ 201
创作分期与小说《戈拉》/ 203

第一堂课

索福克勒斯老师主讲"古希腊悲剧"

命运是凌驾于人和神之上的主宰,它在暗中操控,人和神都不由自主。

索福克勒斯(Sophoclēs,约公元前496—前406)

　　古希腊悲剧的代表人物之一,与埃斯库罗斯、欧里庇得斯并称为古希腊三大悲剧家。他生活于雅典奴隶主民主制的全盛时期,是一位高产的剧作家,一生笔耕不辍,直到晚年仍有佳作问世。据历史记载,索福克勒斯一生共创作过123个剧本,可惜如今只有《埃阿斯》《安提戈涅》《俄狄浦斯王》《厄勒克特拉》《特拉基斯少女》《菲罗克忒忒斯》和《俄狄浦斯在科洛诺斯》等七部完整的作品流传于世,其中《俄狄浦斯王》最为著名,被公认为整个古希腊戏剧的典范。索福克勒斯的剧作大多围绕个人意志与命运的冲突这一主题展开,内涵深刻,因此后人常将他的悲剧称为"命运悲剧",而他本人则被后人誉为"戏剧艺术的荷马"。

已过半的三月，乍暖还寒。残冬过后的第一场春雪，沾身即湿，落地便化，没人留得住的精彩。"都是注定飘零的命运啊！身不由己。"独坐于"兔子洞书屋"的小艾，手执书卷，隔窗感叹。小艾天生一副林妹妹的哀怨心肠，最爱伤春悲秋。今日本就心绪不佳，再遇上这场春雪，心中千头万绪一起涌上心头，一时失控，不禁哭了起来。

还好，"兔子洞书屋"位置偏僻，素来人少，再加上天气不佳，因此整间书店就只有小艾一人。小艾忘情地哭了很久，后来哭得太累了，竟不知不觉睡着了。离开现实，进入梦境，小艾觉得自己好像开始了一场"爱丽丝梦游仙境"之旅。

这是什么地方？有黑板和讲台，看上去像教室，可是教室里怎么还有沙发和茶几？这又是些什么人？讲台上的老师头发和胡子都是卷卷的，是个外国人，相貌极其俊美，不过穿着却也很奇怪，好像是几千年前的打扮。

"难道这是今年的新流行？又刮复古风？不过这复古也复得太远了，怎么有点儿公元前的感觉？"正当小艾满腹狐疑之时，台上的"帅哥老师"开口了。

古希腊悲剧概览

"大家好，我叫索福克勒斯，籍贯希腊雅典，爱好音乐、体育和舞蹈，年龄就不说了，听说'年龄保密'是你们现代人的新规矩。"这位"帅哥老师"幽默地自报家门后，故意稍作停顿，热切的眼神透中露着渴盼。可惜，这群木讷的同学完全没有反应，他们面面相觑，一脸迷茫。

"看来大家对我还不太熟悉，没关系，在接下来的时间里，我会让你们在场的每一个人都对我终生难忘。"说罢，索福克勒斯英俊的脸上露出一抹自信的微笑，接着这堂古希腊悲剧课程，便正式开讲了。

"今天来到这儿的同学，想必都是文学爱好者，那么我先问问，你们对古希腊悲剧了解多少呢？"索福克勒斯的话掷地有声，然而却反响甚微，看来古希腊悲剧真的不是大家熟悉的题材。

"我知道！我知道！"一个激动的声音打破沉寂，发言的是高高瘦瘦、面容清秀的小文。"悲剧在古希腊语里的意思是'山羊之歌'。据说那时的人们在演出前会用一只山羊祭奠，因此得名。关于古希腊悲剧的起源，如今学术界公认的说法是起源于'酒神祭祀'，后来取材范围逐渐扩大到神话和英雄传说，最后渐渐发展和完善成一种固定的叙事体。"说完，小文得意地看着索福克勒斯，等待夸赞。

"小伙子，你说得非常好。"索福克勒斯慷慨地满足了小文的虚荣心，然后接着补充道，"古希腊悲剧最早起源于祭祀酒神狄俄尼索斯的庆典活动，后来在漫长的历史演进过程中，逐渐发展成为一种有合唱歌队伴奏，有布景、道具，经由演员在剧场演出的艺术样式。古希腊悲剧的内容基本取材于神话和传说，早期的古希腊悲剧主要以希腊神话英雄的冒险故事为表演题材，通过歌颂他们的英雄事迹来教化人民。后来到了党派竞争激烈的伯利克里时代，那时的悲剧主要被用作政治斗争的工具，用来借古讽今。"讲到这里，索福克勒斯稍作停顿，环顾四周，他发现台下的同学们全都听得聚精会神，看来这群"门外汉"已经逐渐开窍了。

"你们现代人对古希腊悲剧的理解往往存在偏差，一提到'悲剧'两个字，就以为是悲情的、痛苦的，于是脑海中就自然浮现中了那些哭哭啼啼的言情剧桥段，这其实是一个思维误区。古希腊悲剧里的'悲'其实是'庄严''崇高'的意思，追求的是一种悲壮美。他们选取古希腊英雄的悲壮故事作为题材，希望通过对这种严肃、高尚行为的模仿，来净化观众的心境，帮助其摆脱尘世的苦恼。"

"听您这么说，古希腊时候的悲剧其实就和我们现在的舞台剧差不多，要有剧本，有演员，有剧场，还要有舞台布景和道具，是这样吗？"坐在最后一排的小悠红着脸怯怯地问。

"说得很好，这位同学的理解基本正确。"索福克勒斯带着鼓励的笑容继续说道，"就像你们现代人看电影、看电视、看戏剧一样，表演和观看悲剧也是我们的一种精神生活。不过你们现在比我们幸福多了，能玩出各种花样。我们那个时候，一切都处在模糊的摸索状态，条件也十分艰苦。"

"当年诗人阿里翁首创酒神颂，后酒神颂传至雅典，经诗人泰斯庇斯改编，演变成对话式的悲剧剧本，至此，古希腊悲剧才有了正式的剧本。公元前534年前后，希腊举行了第一届戏剧竞赛，特斯皮斯自导自演，进行了第一次悲剧表演。"

"早期的时候,悲剧表演没有固定的场所,也没有固定的演员,很多时候剧作家还要亲自参加演出。不过随着悲剧艺术的不断发展,悲剧的表演也越来越规模化。例如于公元前340年竣工的'狄俄尼索斯剧场',据说可以容纳3000多名观众。当然,这个数字在你们今天看来可能很平常,可是在2000多年前的雅典,这已经算是一个'创举'了。"

魏鹏举老师评注

早先在酒神祭典中,没有固定的节奏和指挥,披山羊皮的少女和祭司都是毫无规律、随意地载歌载舞的。后来经过发展和演化,增加了指挥,而且为了方便指挥,人们特意为指挥者搭建了台子。这就是希腊戏剧中最早的舞台。

"我们现在全国最大的国家大剧院最多也只能容纳6000多人,由此看来,2000多年前的'狄俄尼索斯剧场'真的算是很厉害了。"小文突然插嘴说道。

"有机会我也要去你说的国家大剧院看一次戏,让我这个几千年前的'化石'去感受一下你们现代人的艺术品位。"索福克勒斯老师幽默地开了玩笑,接着又言归正传。

三大悲剧家

"好了,现在大家已经对古希腊悲剧的起源、发展和表演形式有了一定的了解,接下来就让我们回归到文学层面,重点谈论一下悲剧剧本的艺术形式。悲剧剧本一般由话语和唱段两部分组成。话语通常用三音节(或六音节)的短长格表述,而唱段则采用众多的抒情格写成。至于悲剧的布局,一般包含开场白、入场歌、场次、场次之间的唱段、终场等五部分,也有悲剧直接从入场歌开始的,如埃斯库罗斯的《乞援人》。"

"既然提到了埃斯库罗斯,那么我们就从他的作品开始谈起吧。众所周知,埃斯库罗斯是古希腊三大悲剧家之一,当然另外两个就是我和欧里庇得斯。"说

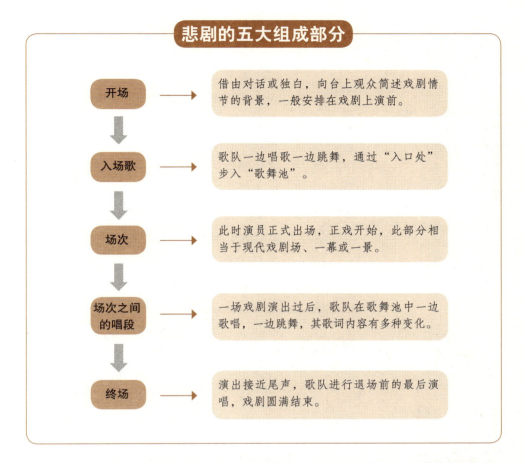

到此处，索福克勒斯老师的脸上漾出了一抹意味深长的微笑。可是同学们还没来得及做出反应，索福克勒斯已经继续讲了起来。"埃斯库罗斯是古希腊悲剧形成时期的重要作家，他生于大约公元前525年，当过兵，参过战，因此常常以战争生活入剧。他亲自参加演出，并且在古希腊悲剧中引入第二位演员，这便使戏剧对话成为可能。埃斯库罗斯的这一创新是具有突破性的，为古希腊悲剧的定型起到了重要作用，故后人尊称他为'悲剧之父'。"

"这位伟大的剧作家于26岁发表首作。据说他少年时在葡萄园中熟睡，曾梦到酒神指令他写悲剧，因此他便一生致力于此。埃斯库罗斯的作品大多以人类不能逃脱的命运、不能逃脱复仇之神的追逐为主题，剧情都是神话和传说，在艺术上以刻画人物性格见长，文风刚健雄奇，文字古朴瑰丽。据说埃斯库罗斯一生共写了90多部作品，可惜现今只有7部流传下来，其中《被缚的普罗米修斯》和《俄

魏鹏举老师评注

《俄瑞斯忒亚》三联剧是现存的古希腊唯一的三部曲,分别包括《阿伽门农》《奠酒人》和《复仇女神》,其中第一部《阿伽门农》是古希腊最出色的悲剧之一。这三部曲主要描写的是父权制对母权制的胜利,以及进步的法治精神对血族复仇观念的胜利。

瑞斯忒亚》三联剧是其代表作。"

"普罗米修斯的故事我小的时候就听过,讲的是'盗火者'普罗米修斯从天界为人类带来光明与温暖,甘受宙斯惩罚的故事,特别感人。"听到这里,小艾终于忍不住开口了,她已被索福克勒斯老师带入了古希腊的文学殿堂,完全进入旁若无人的状态。

小艾的大胆发言吸引了众人的目光。这时大家才发现,今天又来了一位新同学。小悠冲着小艾露出甜美的微笑,并且亲切

古希腊三大悲剧家比较

	代表作	政治主张	对英雄传说的态度
埃斯库罗斯	《被缚的普罗米修斯》	拥护民主派但未能完全摆脱旧观念,他的世界观存在明显的矛盾,反对雅典的僭主统治。	取材于英雄传说,歌颂的是神的力量。人的命运由神领导,比神更具威力的是命运,神也不能摆脱命运的控制。
索福克勒斯	《俄狄浦斯王》	反映当下人们所深信的"命运"观念。	从神话中汲取故事情节与人物形象,在力图保持人物性格以及故事真实性的同时也倾注了自己的理念。
欧里庇得斯	《美狄亚》	提出被抛弃妇女的命运问题。	完全将视线从神的身上转移到人的身上。他笔下的主角大多是小人物,即使是借用《荷马史诗》中的故事,也仅是用作故事背景。着意刻画的是那些在正统传说中一闪而过的、未尝被世人所歌颂过的小人物。

地唤她到自己身旁坐下，于是二人一起专心听课，此时索福克勒斯已经讲到被后世称为"心理戏剧鼻祖"的欧里庇得斯了。

"欧里庇得斯出生于雅典由盛转衰之际，此时地位崇高的神已经开始受到怀疑，因此欧里庇得斯作品的主人公已不再是埃斯库罗斯笔下那些半神半人的英雄了，而是具有很多弱点的平常之人。欧里庇得斯特别关注女性问题，他的剧作也以擅长刻画女性心理著称，这一特征在他的代表作《美狄亚》中体现得淋漓尽致。

"《美狄亚》取材于希腊神话，讲述的是帮助依阿宋取回金羊毛的美狄亚，在遭到抛弃后不惜杀子复仇的故事。听到这里，在座的各位同学可能对美狄亚疯狂的复仇行为表示费解，但是你们若了解美狄亚所处的时代背景，就会明白她内心的痛苦了。"

"公元前6世纪到公元前5世纪之间，随着私有制的发展，家庭制度逐渐稳固，一夫一妻制基本确定。这个制度表面上看起来男女平等，但其实却只约束了妇女，而男子则以此名义将妻子囚禁家中，自己反而在外面胡作非为，尽情享乐。总之，在那个时代，妇女的内心是十分痛苦的，她们不但要忍气吞声，还要担惊受怕，因为一不小心就会惨遭遗弃。"讲到这里，索福克勒斯深深地长叹一声，似乎有些动情。同学们也都受到他的情绪感染，不由得长嗟短叹。"比起美狄亚，生在今天的我们，真是太幸福了。"已经红了眼圈的小艾也不禁低声感慨。

"总之，欧里庇得斯是一位伟大的作家，他的作品揭露了社会中男女不平等的现象，并且表现出了对妇女命运的同情和关切。"索福克勒斯老师突然提高了嗓门，又接着讲了起来，情绪比刚才更加饱满。"欧里庇得斯的悲剧不仅思想深刻，艺术造诣也颇深。其语言明晰流畅，喜用修辞，善于塑造形象，能够把观众引入审美意境。他的诗句如画，一字一句，浓墨重彩，读之让人有身临画境的错觉。各位同学若是有兴趣，不妨去感受一下这位悲剧大师的作品，一定会受益匪浅。"

讲到此处，索福克勒斯老师突然停了下来，教室里一片安静。"索福克勒斯老师，与埃斯库罗斯和欧里庇得斯齐名的，古希腊最重要的三大悲剧家之一，'戏剧界的荷马'，下面该您亲自登场了吧？"坐在第一排的小新是个机灵鬼。他早就参透玄机，一直在伺机发作。"天哪！原来眼前这位索福克勒斯老师就是古希腊三大悲剧家之一，我们这群傻子！"众人这才如梦初醒，教室里开始骚动起来。

"好啦，同学们！"索福克勒斯老师又开口了，"不用为这些无谓的事情费心，借用你们现代人的话来说就是：'不用问我是谁，也不用问我从哪里来，相遇便是缘，无需猜疑，只需珍惜。'下面还是让我们回归文学，继续携手欣赏美丽的古希腊戏剧吧。"

《俄狄浦斯王》引发的"命运"思考

"我知道大家都是喜爱文学的率真之人，那些虚伪自谦的客套话我就不说了，下面就让我们直奔主题吧。《俄狄浦斯王》的确是我的呕心沥血之作，取材于古希腊神话中忒拜王室的故事，旨在探索人的意志与'命运'的矛盾冲突，是一部典型的'命运悲剧'。

"我这样宽泛地描述，你们听起来可能会觉得有点儿晦涩难懂。毕竟时隔千年，如今的你们不太能理解那时的我们在面对自然、社会和人自身矛盾时的困惑与痛苦。然而，不管人类社会怎样发展，现代的科技文明如何发达，人类自身仍然存在许多共性的矛盾，是无碍于时空的。比如说，到底是谁主宰着我们的'命运'？"

言至此处，索福克勒斯故意稍作停顿，留给同学们思考的时间。"难道冥冥中真的有命运在主宰吗？相信命运难道不是一种迷信吗？从小到大，父母、老师和身边的所有人不是都在告诉我，这个世界上根本没有上帝，没有神吗？"小艾的脑袋里闪过了一连串的问号。

"命运不是神。命运是凌驾于人和神之上的未知的主宰，它在暗中操控，让人和神都不由自主。"索福克勒斯突然冲着小艾说了这一句，把小艾惊得目瞪口呆。"他怎么知道我在想什么？难道他能钻进我的脑袋里不成？"小艾暗自嘀咕着，没敢吭声。

"我们只相信科学、相信智慧的21世纪新人类，才不相信有什么'命运'之说呢！所有的谜团终将会被科学解开，所谓命运之谈不过是虚妄。若真的有命运，命运在哪儿？命运是什么？它以什么方式在操控我们？你告诉我。"发言的依旧

是小新，笃信科学、理性的他态度强硬而傲慢地与索福克勒斯直接对峙。

"小伙子，我欣赏你的自信和勇气。"索福克勒斯老师笑着说，"你问我命运为何物，我坦言，我不知道，但是我却笃信它的存在。你说你相信科学，我不否定你，因为科学确实为人类解开了许多困惑。不过我要说，这世上还有科学无法解决的矛盾，这一点你没有办法否认吧？比如，人与人之间的缘分，事与事之间

魏鹏举老师评注

索福克勒斯曾讲过"斯芬克斯之谜":"什么东西早晨用四条腿走路,中午用两条腿走路,晚上却用三条腿走路?"谜底是人。因为人在幼年用四肢爬行,青年时用两腿行走,老了就要拄着拐杖。其实索福克勒斯的作品就是一个"斯芬克斯之谜",其核心永远是人。

的巧合。为何你今天会坐在这里,会遇见我们?会参与到这场讨论中来?若是你换一个时间,换一个地点再来,可能所见所闻、所思所想,都会有所不同。你难道能说,这不是命运?"

"命运是一个未知的存在,在冥冥之中主宰着一切。这个神秘莫测的存在正因为未知才显得更加可怕。然而人类是最勇敢的生灵,他们不会因为惧怕而退缩,他们只会越挫越勇,勇敢地挑战命运,哪怕最终以悲剧收尾,却九死不悔,这才是最积极的人生态度,也正是我这部《俄狄浦斯王》想阐述的主题。"索福克勒斯言之凿凿,小新无言以对,众人都陷入沉思。

《俄狄浦斯王》的深层解读

"好啦,同学们,刚才有关命运的话题或许有点儿沉重,你们还如此年轻,不必太过纠结于此,这可是一个需要用一生时间去思考的永恒课题,慢慢探索吧,相信每个人都会给出独一无二的答案。

"接下来还是让我们回到《俄狄浦斯王》这部作品吧。在座的各位读过它的可能不多,下面就让我简要地给大家做一个剧情介绍,既能让你们的大脑放松一下,也能帮我自己温故知新。

"一向繁荣的忒拜城突遭厄运,土地荒芜,庄稼歉收,牲畜瘟死,妇人流产,血色弥漫城邦,哀鸿遍野。眼看民不聊生,国王俄狄浦斯忧心如焚。死神为何会突然降临忒拜城？是偶然还是另有因果？俄狄浦斯请阿波罗给予指引。神谕：城中有一个人，在多年前曾犯下杀死前王拉伊科斯的罪孽，城邦因此遭难。若想拯救城邦，必须严惩凶手。

"接到神谕之后，俄狄浦斯竭尽全力寻找凶手，剧情由此展开。讽刺的是，俄狄浦斯千辛万苦寻到的凶手，竟然是自己。而更大的荒谬是，前王拉伊科斯竟然是自己的生父，而自己所娶的王后则是自己的生母。

"原来当年俄狄浦斯刚刚降生之时，忒拜国王拉伊科斯便得到神谕，说这个儿子命中注定要'弑父娶母'。听到这个消息后，拉伊科斯便将婴儿遗弃荒野，不想竟被科任托斯国王波吕玻斯收养为子。待俄狄浦斯长大之后，同样从神那里知道了自己的命运。他一心要反抗命运，于是便离开祖国，逃亡忒拜。在路上一时动怒，打死了一位老人，却不知那正巧是他的生父。后来又因立功阴差阳错被拥戴为王，娶了前王的寡后，更不知那竟是自己的生身之母。命运就这样和俄狄浦斯开了一个巨大而残忍的玩笑，待一切真相大白之后，俄狄浦斯悲痛欲绝，自瞎双眼，请求放逐。"索福克勒斯一口气讲完了剧情，同学们都听得津津有味，他自己也是乐在其中。

"我是个笃信命运的人，我在很多作品中都表现出了对人和命运的思考。刚才讲的这部《俄狄浦斯王》无疑是我所有命运剧中的代表作。在这里，我将俄狄浦斯的悲剧命运无限放大，目的是希望大家能够从俄狄浦斯的巨大悲剧中看到命运的强大，感知到心灵的震撼。我希望人们能够认识到命运的不可战胜性，但并不是想告诉大家要向命运妥协，而是希望人们能够拿出勇气，与命运抗争。就像剧中的俄狄浦斯，他明知自己悲惨的命运不可违背，但并没有消极等待，而是英勇地与命运展开殊死搏斗，尽管最终仍是以一曲悲歌收尾，但是俄狄浦斯在命运面前仍是一个强者。从这个意义上讲，他不是一个失败者，而是一个英雄。"索福克勒斯作了如上的总结。

"虽然《俄狄浦斯王》讲述的是几千年前的故事，而他的命运悲剧也与那个时代的文明程度有一定关系，但是对于生活在文明程度高度发达的现代社会的我们来说，仍然具有深刻的教育意义。因为不管是在怎样的时代，人类自身都存在着许多相似的困惑，都有许多科学无法解决的烦恼。就像我刚刚看着窗外的雪花飘零会发出身不由己的哀叹一样，人类的命运有很多时候也是身不由己。我们都知道终究会死，却还是要努力活着。我想，这就是《俄狄浦斯王》想向我们传达的精神吧。"听了索福克勒斯老师上面的讲解后,小艾一时有感而发,她自己都不知道从哪来的智慧和勇气让她在众人面前说出这番话。不过不得不说,小艾的这番言论的确精彩绝伦,同学们掌声热烈,索福克勒斯老师也连连点头,满脸洋溢着赞赏的笑容。

幸福的时光总是转瞬即逝,小艾的美梦才刚刚做到最精彩处,却被一双"如命运般无情"的大手摇醒了。小艾揉着惺忪的睡眼,看着眼前的人,半天才回过神来。自己仍然身处空荡冷清的"兔子洞书屋",刚才的那场热闹真的像是南柯一梦,醒了便散了,不留一丝痕迹。摇醒她的是书店的管理员,通知她书店关门的时间到了,催促她赶紧离开。

小艾失魂落魄地走出了书店,此时雪已经停了,她的心也晴了。"这难道真的是一场梦吗?怎么这样真切?不过,不管怎样,这梦真美。明天若是还能梦见就好了,应该能吧。"一向不喜欢用理性思考问题的小艾人虽醒了,心却依旧梦着。比起科学,她更愿意相信自己的直觉,因此她坚信,今天的这场梦绝非偶然,更不会就此结束,她预感到在未来的"梦境"之中,还会有更多的精彩等待她去经历。

索福克勒斯老师推荐的参考书

《被缚的普罗米修斯》 埃斯库罗斯著。本书是希腊悲剧中主题最崇高、风格最庄严的作品之一。剧本用全宇宙来影射小小的雅典城邦,把民主派和寡头派表现为超人的神明,把民主斗争提升到关系人类命运的高度,表现了为正义事业而斗争的高尚精神和雄伟气魄。全剧富于哲理和肃穆气氛,感情汹涌澎湃,体现了雅典民主派的自豪感。

第二堂课

荷马老师主讲"英雄史诗"

《伊利亚特》《奥德赛》，我为你们吟唱一曲古典英雄主义的颂歌。

> **荷马（Homēros，约公元前9—前8世纪）**
>
> 　　古希腊吟游诗人，专事行吟的盲歌手。生于小亚细亚，生平和生卒年月不可考。尽管历史上并没有确凿的证据证明荷马确有其人，不过，后人一致把他推举为世界四大诗人之首（另外三位分别是意大利的但丁、英国的莎士比亚和德国的歌德），并且认为希腊史上的两部伟大史诗《伊利亚特》和《奥德赛》是由他编撰而成的，因此这两部史诗又被统称为《荷马史诗》。

懒洋洋的周末，天气晴好。初春已至，清晨八九点钟，暖洋洋的日光便已爬上窗台。雪白的床单，软软的棉被，小艾正舒舒服服地做着美梦。梦里有青山秀水，有昔日旧友，有美味佳肴，可惜就是没有让她朝思暮想的索福克勒斯老师和那堂精彩绝伦的古希腊悲剧课。阳光愈加刺眼，小艾极不情愿地从梦中醒来，揉着睡眼，叹了口气。这已经是她第七次"失望而归"了，这一周以来，她一直在苦盼着能"重温旧梦"，可却未能如愿。"或许我该再去'兔子洞书屋'走一遭。"小艾思前想后，突然开了窍。

　　"兔子洞书屋"十点开门，小艾是今天的第一个到访者。书店依旧空荡荡的，小艾又来到上次的位置坐下。她努力回忆着上次的情景，依稀记得那天自己读的是一本《古希腊神话》。模仿电视剧里的常见情景，小艾又找到了这本书，回到原处，翻看起来。她的心思根本不在书上，只是一心期待着奇迹再次发生。

　　小艾的《古希腊神话》已经翻到一半了，可是那间"神秘教室"却还是没有出现。小艾有点儿灰心，于是试图通过专心读书来分散自己的注意力。此时书页刚好翻到描写特洛伊战争的段落，小艾不知不觉便读了进去。未曾想，就在她凝神文字的瞬间，时空交错、人事皆变，"爱丽丝梦游仙境"再次惊现……

🖋 走进《荷马史诗》

　　一样的讲台、一样的沙发和茶几，还是那群同学，连座次都没变。没错，就是这里，小艾再次稀里糊涂地来到了这间"神秘教室"。又是一次不小的惊喜，不过这次惊少一点儿，喜多一些。教室里已经开始上课了，同样是一位大胡子的外国男士在讲台上侃侃而谈，这次已不再是索福克勒斯了，不过看穿着打扮，应该是他的"同乡"。

　　"索福克勒斯老师的同乡真奇怪，身上穿着公元前的衣服，鼻梁上却架着现代人的墨镜。"小艾暗自嘀咕，此时她已在上次的位置上坐定，身旁依旧是甜美可爱的小悠。小悠告诉小艾，今天的主讲老师是古希腊著名的吟游诗人荷马，主讲的内容便是那部让他举世闻名的《荷马史诗》。

"台上的老师原来就是鼎鼎大名的诗人荷马！"听到小悠的话，小艾激动得差点儿没喊出声来。"历史上记载说荷马是个盲人，难怪他戴着墨镜。"小艾自己解了惑。"这么大牌的老师亲自主讲，机会难得，我可得认真听呢。"小艾自勉着，渐渐进入听课状态。

"《荷马史诗》写的是公元前12世纪希腊攻打特洛伊城以及战后的故事，包括《伊利亚特》和《奥德赛》两部分，后人抬爱，以我的名字'荷马'将两部史诗统称。两部史诗每部都分成24卷，《伊利亚特》共有15693行，《奥德赛》共有12110行。关于史诗的形成，后人争议颇多。有些人对我厚爱有加，把史诗的创作都归功于我；也有人不太看得起我，觉得我不过是一个瞎眼的吟游诗人，可能大字都不识一个，不过是靠着一双手，一张嘴，自弹自唱，把当时的短歌和神的故事唱成了一部恢宏史诗。那么真相究竟是什么呢？还是给大家留个悬念吧。"讲到此处，荷马老师的嘴角露出了一抹自信的微笑。

"一部气势恢宏的《荷马史诗》，既展示了早期英雄时代的大幅全景，又为西方的文学树立了典范，其中表现出的追求成就、自我实现的人文伦理观更是影响了日后希腊人，乃至整个西方社会的道德观，因此这部巨著也被赞誉为'希腊的圣经'。

 魏鹏举老师评注

与世界上其他民族一样，古希腊上古时代的历史也都是以传说的方式保留在古代先民的记忆之中的，稍后又以史诗的形式在人们中间口耳相传。因此，《荷马史诗》并不是真正的史学著作，但它却已经具备了史学的某些功能和性质，并且直接孕育了古代希腊史学。

所以说，如此的一部巨著，岂能归功于一人？其实是整个希腊民族智慧的结晶。"说到此处，荷马老师音调高昂，情绪有些激动。

他又接着说道："《荷马史诗》是现存的公元前11世纪到公元前9世纪的唯一文字史料，它记述了古希腊从氏族社会过渡到奴隶社会的社会、风俗、历史变迁，具有很高的史学价值。除此之外，这部史诗中体现的人文主义思想也是值得称颂的，它充分肯定了人的尊严、价值和力量。"

"我听说《荷马史诗》又被称为'英雄史诗'，荷马老师，您能给我们解释一下原因吗？"小悠低声发问。

"你问的问题正是我接下来要讲的。"荷马老师笑着答道。"《荷马史诗》之所以又被称为'英雄史诗',主要是因为史诗里塑造了众多的英雄形象,并通过这些形象表现了那个'英雄时代'的英雄主义理想。要描写英雄,首先就要描写战争,所以这一整部《荷马史诗》,其实也就是一部希腊人战争的历史。"讲到此处,荷马老师突然停了下来,提出了本堂课的第一个问题。

"在座的各位有谁读过《荷马史诗》?读过的请直接回答。不要举手哦,别忘了我看不到。"荷马老师丝毫不以自己的眼盲自卑,还故意开了个玩笑。

荷马老师等了很久,可是在座的同学都沉默不语,于是他又接着问道:"好吧,不一定非要读过全文,有没有哪位同学能给我介绍一下《荷马史诗》的梗概?"这一次终于有了回应,开口的是学识渊博的小文。

"《荷马史诗》包括《伊利亚特》和《奥德赛》两部分。《伊利亚特》又被译为《伊利昂纪》,原意是'伊利昂纪的故事',因为古希腊人称特洛伊为'伊利昂',故由此得名,讲述的是希腊联军围攻小亚细亚的城市特洛伊的故事。《奥德赛》又

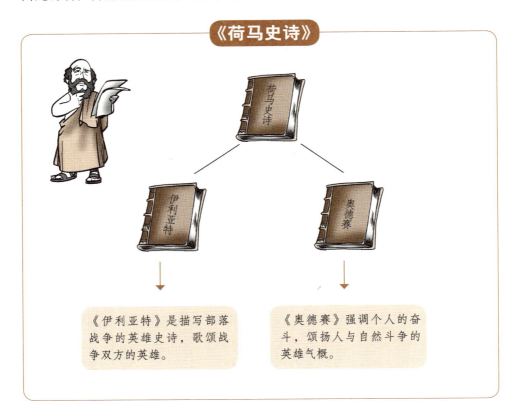

被译为《奥德修纪》，意为'奥德修斯的战争'，讲述的是伊塔卡王奥德修斯在攻陷特洛伊后归国途中十年漂泊的故事。这两部作品我都没有读过，不过我曾看过一位著名文学家的评论，他说《伊利亚特》阳刚，是写给男性看的，相当于中国的《三国演义》《水浒传》；《奥德赛》阴柔，是写给女性看的，温和、有人情味。我也不知这个说法是否准确，但我个人却觉得十分形象。"

听了小文的回答，荷马老师严肃的脸上绽开了笑容。"小伙子，你回答得相当不错。《伊利亚特》和《奥德赛》这两部史诗表现的都是古希腊'英雄时代'的英雄主义理想，但不同之处在于，《伊利亚特》侧重于战争的描写，其基本主题是歌颂战争双方的英雄。而《奥德赛》强调的是个人的奋斗，颂扬的是人与自然斗争的英雄气概。"

《伊利亚特》的故事

"听了这么多笼统抽象的概念介绍，有的同学已经开始厌烦了吧？不用撒谎，别以为我看不见就想骗我，刚才我都听见有人在打哈欠了。"荷马老师幽默地说道。"不过没关系，接下来我的内容保证符合你们的口味。"荷马老师故弄玄虚，停了下来，慢悠悠地喝起了水。同学们的好奇心被激发出来，都急切地等待着。最性急的小新实在是忍不住了，跳起来追问详情。荷马老师见同学们的听课兴致又高涨了许多，很是得意，于是又不紧不慢地讲了起来。

《伊利亚特》，叙述的是特洛伊战争的故事。相传帕琉斯与忒提斯结婚时，大宴众神，却唯独没有邀请不和女神厄里斯。厄里斯大怒，想出一条毒计予以报复。她来到席间，扔下一只金苹果，金苹果上刻着'献给最美丽的人'，争端由此而发。赫拉、雅典娜和阿弗洛狄忒都认为自己最美，三女神争执不下。宙斯说，女人之美，当由男人评判。于是请来当时最美的男子，特洛伊王子帕里斯评判。三女神前往接受评价，各自许帕里斯以最大的好处。赫拉许他成为最伟大的君主，雅典娜许他成为最勇敢的战士，阿弗洛狄忒许他一位美丽的情人。王子最想要情人，于是判定阿弗洛狄忒最美，阿弗洛狄忒得到金苹果，赫拉与雅典娜由此记恨。

"阿弗洛狄忒为了兑现诺言，便带王子去斯巴达国做客。国王墨涅拉俄斯不知来意，热情款待。岂料，席间王子竟与王后海伦一见钟情，二人私奔，同归特洛伊。墨涅拉俄斯得知后大怒，与其兄阿伽门农征集希腊各邦军队，联合攻打特洛伊。战争由此而发，众神各助一方。赫拉与雅典娜记恨王子，遂帮希腊；战神玛尔斯助特洛伊，宙斯、阿波罗中立。战争持续9年。9年后，起内讧，史诗自此开始。"

荷马老师一口气讲到此处，同学们也是一股劲听到此处，大家都已经被带到了古老的希腊神话之中，忘了身在何处。教室里一片安静，荷马老师清了清嗓子，又继续讲了起来。

魏鹏举老师评注

海伦是宙斯和勒达所生的女儿，被称为古希腊第一美女。正如我们中国人常说的"红颜祸水"，后世很多人都认为，她的美貌是引发特洛伊战争的重要原因之一。

"史诗集中描写了战争结束前几十天发生的事，矛盾主要围绕希腊联军统帅阿伽门农和勇将阿喀琉斯展开。希腊联军围攻特洛伊城，攻城期间阿伽门农专横地夺取了阿喀琉斯的女俘，阿喀琉斯一气之下退出战争。阿喀琉斯是希腊军中最勇猛的将领，他的退出直接导致希腊人败绩连连。统帅阿伽门农悔悟，亲自赔礼谢罪，却被无情拒绝。危急关头，阿喀琉斯好友借其甲胄上阵迎敌，却不幸被特洛伊英雄赫克托耳杀死。得知好友阵亡，阿喀琉斯悲痛欲绝，狂怒而起，亲自披甲上阵，杀死赫克托耳，为友报仇。为泄心头恨，阿喀琉斯将其尸体拖于战车之后，特洛伊老王见之不忍，跪求尸体，为其安葬。史诗至此结束。"

众英雄的史诗

一部恢宏壮丽的《伊利亚特》讲完了，所有人都听得入了迷，意犹未尽。荷

第二堂课
荷马老师主讲"英雄史诗"

马老师暂停了讲课，给同学们充分的时间自由讨论，各抒己见。一千个读者眼中有一千个哈姆雷特，同样，一个故事带给不同人的感受也是不同的。

热情激进的小新说："**我最崇拜阿喀琉斯，他骁勇善战，每次上阵都使敌人望风披靡。**他爱憎分明，当联军首领阿伽门农侵犯他利益的时候，他毫不掩饰地表露自己的愤怒，而当听到友人阵亡的噩耗时，他又能尽弃前嫌，奋不顾身奔向战场为友报仇。这样的真性情让阿喀琉斯形象饱满，

魏鹏举老师评注

阿喀琉斯是海洋女神忒提斯和凡人英雄珀琉斯所生，是一位半人半神的英雄，古希腊神话中勇士的代表。他全身刀枪不入，唯有脚后跟是他唯一的致命之处，因此后世有"阿喀琉斯之踵"一说。

阿喀琉斯V.S.赫克托耳

我代表勇敢，是希腊军队中最勇猛的将领；
我视荣耀为生命，我不屈从强权；
我至情至性，愿为朋友奋不顾身。

阿喀琉斯

我成熟稳重，勇敢无畏；
我富于牺牲精神，能在国家危难之时挺身而出；
我生为人杰，死为鬼雄，是最完美的古希腊英雄典范。

赫克托耳

光芒四射。"

听了小新的话,一向温厚儒雅的小文提出了反对意见。小文认为,阿喀琉斯太过个人英雄主义,完全不顾大局利益。他为了一己私利而退出战争,导致希腊军队连连败退,这并非一个优秀将领之所为。**相反,赫克托耳却能身先士卒,成熟持重,自觉担负起保卫家园和部落集体的重任,因此小文觉得,赫克托耳才是完美的古代英雄典范。**

虽然小文的话句句在理,但是小新还是更欣赏敢爱敢恨的阿喀琉斯,于是二人各执一词,争执不下,共同请求荷马老师做个"公断"。荷马老师一直在旁边默默地听着两人的讨论,嘴角带笑,神情中流露出赞赏。

"这两位同学的观点各有各的道理,也很有思想性,我首先要对他们提出表扬。"荷马老师缓缓开口,"一整部《伊利亚特》其实就是一部英雄史诗,在这里,各式各样的英雄粉墨登场,他们刚强威武、机智勇敢,但又有各自的性格弱点,也正因为如此,他们才更加个性鲜明,形象饱满。"

> **魏鹏举老师评注**
>
> 赫克托耳是特洛伊国王普里阿摩斯的儿子,特洛伊王子帕里斯的哥哥。他英勇无畏、重情重义,是特洛伊的第一勇士,更被人们誉为"特洛伊的城墙",是一位甘愿为国、为家牺牲自己的完美的英雄典范。

"在整部史诗中,阿喀琉斯和赫克托耳无疑是最耀眼的两位英雄。阿喀琉斯代表着勇敢,他是希腊军队中最勇猛的将领。阿喀琉斯的母亲曾经预言,他可能有两种命运,或是过和平生活而长寿,或是在战争中早死。他视荣誉高过生命,因此毅然决然地选择了第二种命运。阿喀琉斯更是至情至性人,为了替挚友报仇,他不顾自身安危,毅然出战。面对母亲的警告,他愤怒地叫道:'如果命运女神不让我保护我的被杀的朋友,我宁愿死去!'通过这种种言行,我们都能看到阿喀琉斯的勇敢。"听到荷马老师夸赞自己的偶像,小新表现得异常激动。荷马老师有所察觉,于是话锋突转。

"若论勇武,阿喀琉斯的确是无可挑剔,不过,阿喀琉斯毕竟是人而不是神,所以在他的身上也有许多致命的弱点。比如,他的愤怒,他的贪婪、任性和残暴。作为部族的统领,他竟为了一己私怨退出战争,置希腊人民于水火而不顾。友人死去之后,冲天的愤怒又让他变成了嗜杀的恶魔。他不但凶残地杀害特洛伊人,还残暴地凌辱赫克托耳的尸体,这种种烈性都充分暴露出了阿喀琉斯鲁莽暴戾的本性。"听到此处,小新无力辩驳,只得深深地叹了口气。

"阿喀琉斯是不完美的,但他却是真实的。"荷马老师继续说道,"评价这个形象时,我们不能单单以好坏定论,因为他体现着那一整个时代的精神风尚。在我们那时,人们崇拜英雄,视荣耀、权力、地位高过生命。阿喀琉斯就曾说,'与其默默无闻而长寿,不如在光荣的冒险中获得巨大而短促的欢乐。'这些思想与你们现代人的人生观可能有所冲突,但是在当时的希腊社会,却代表着一种热爱生活、积极乐观的进步思想。总而言之,阿喀琉斯的个人主义就像一把双刃剑,既成全了他的英勇无畏,又给他的性格披上了任性残暴的外衣。"

"荷马老师,再给我们讲讲赫克托耳吧。"小文已经迫不及待了。见同学们热情如此高涨,荷马老师决定一鼓作气,于是又接着讲了起来。

《伊利亚特》的艺术特色

规模宏伟,内容丰富,广泛反映由氏族社会向奴隶社会过渡的希腊社会风貌。

抓住当时社会重大矛盾,通过巨大的艺术力量,用现代主义和浪漫主义结合的手法,深刻表现了童年时期希腊人向异族和自然战斗的英雄精神。

人物刻画鲜明,既有在战争和对自然的斗争中获得光荣业绩的英雄主义共性,又有个性。

谋篇布局高明,把情节重点放在前后几天的战斗上。

简洁形象,描绘细致,语言生动。

"在整部史诗中,要找出一位堪与阿喀琉斯相提并论的人物,那么无疑要数赫克托耳了。赫克托耳是特洛伊的首领,是唯一能与阿喀琉斯对垒的英雄。正如刚才那位同学所说,赫克托耳这个人物堪称是一位完美的古希腊英雄典范,比起任性冲动的阿喀琉斯,他显得成熟稳重,富有牺牲精神。他预感到国破家亡的悲惨命运,但是却依然忍着巨大的悲痛,毅然肩负起保家卫国的重任。在敌我力量悬殊的危急关头,他毫无惧色,出城迎敌,奋勇厮杀,直至战死沙场亦无怨无悔。"讲到此处,荷马老师的声音有点儿哽咽,显然他也被这位具有强烈悲剧色彩的伟大英雄感动了。

"赫克托耳的形象的确很完美,"荷马老师调整好情绪,继续讲道,"不过这位英雄却不如阿喀琉斯真实。因为史诗中只展现了他性格中最好的一个侧面,而没有更饱满的刻画,因此他的形象近乎一个神,而非一个鲜活的人。所以说,完美赫克托耳的形象只能是人们对理想君主的一种完美构想,却永远不可能成真。"

"好了,讲到此处,《伊利亚特》的故事也差不多该收尾了。特洛伊的战争打了10年,我感觉我们的故事好像也讲了有10年之久了。"荷马老师幽默地开了个玩笑,接着又继续说道,"不过,特洛伊战争虽然结束了,但是我们的故事却还没有结束。两个部族之间争端过后,还有关于一个人的漫长战争。时间有限,闲话少叙,接下来就让我们直奔主题,一起领略《奥德赛》的美妙。"

《奥德赛》的故事

"《伊利亚特》只写到赫克托耳的死,并没有将整场特洛伊战争讲完,而《奥德赛》则刚好接着《伊利亚特》的结尾处开始,讲述了希腊人奥德修斯用木马计攻下了特洛伊城之后,漂泊10年,历尽千难,度过万险,终于归家,夺回王位的故事。"

"《奥德赛》共分6部,分两条线索叙述。奥德修斯用木马计帮助希腊人攻下特洛伊城后启程返乡，可是归家途中却遭遇了各种磨难，漂泊10年，仍未抵达。在这期间，许多青年贵族因为觊觎他的财产纷至沓来，向他的妻子求婚，挥霍他的家产。史诗从第十年的奥德修斯家开始：妻子久等，丈夫不归，求婚者纷至，难以应付，儿子出往寻父。第二部叙述奥德修斯离开了仙女卡吕普索，到达了海王国。第三部写奥德修斯在海王国讲述从前的冒险故事，以回忆的形式，将过往10年的经历交代清楚。第四部写奥德修斯终于回到家乡，与子重逢。第五部和第六部，叙述奥德修斯假扮乞丐回到家中，试探妻子，最后与子一起杀死求婚者，夺回王位，与妻复合。

《奥德赛》的故事梗概

第一部：妻子苦等，求婚者纷至。

第二部：离开仙女卡吕普索。

第三部：到达斯克里亚岛，讲述十年漂泊经历。

第四部：回到家乡，父子重逢。

第五部：假扮乞丐，试探妻子。

第六部：杀死求婚者，夺回王位。

"以上就是《奥德赛》的梗概，这部作品情节曲折，故事动人，尤其是主人公在海上的一系列离奇遭遇，引人入胜。比如，奥德修斯离开死国之后的这段故事，尤为凄美。奥德修斯离开死国，回喀耳刻处，女神告知旅途。与女神别过，踏上旅途。途中遇岛，有人在岛上歌唱，听到歌声的人都不再思归。奥德修斯越过歌岛而去，又遇到了一边有漩涡，另一边住着海妖斯库拉的窄谷，奥德修斯左右为难。权衡之下，奥德修斯选择了挑战海妖，在与海妖作战的过程中，6名水手被海妖逮捕，奥德修斯自知无力救回，只得听任6名水手在身后呼唤其名，而自行逃脱。文中，奥德修斯自陈，此处是所有艰难中最悲伤的，因为见死而不得救。"

荷马老师一口气讲到此处，中间丝毫没有停顿，从他慷慨激昂的语调和严肃的表情中可以看出他对这部作品寄予的深厚感情。

"同学们，到现在为止，你们应该对《伊利亚特》和《奥德赛》这两部史诗有了基本的了解。下面的时间，就交给你们，我想听听你们对这两部史诗的看法。比如，个人比较偏爱哪一部，偏爱的理由是什么。无需顾忌，大家可以畅所欲言。"

荷马老师话音刚落，一向最爱表现的小新抢先开口。"我当然喜欢《伊利亚特》，它规模宏大，气势磅礴，一幕幕战争场面惊天动地，一个个英雄人物威武异常，读罢让人拍案叫绝。"小新的意见好像代表了大多数男生的意见，听了他的话，连一向爱和他唱反调的小文都不住地点头。

见男生已经开了头，女生自然也不甘示弱，不过女孩子比较含蓄，都迟迟不肯开口。紧要关头，还是平时最沉稳、学识最渊博的芳姐一马当先，只见她推了推自己的黑框学究眼镜，清了清嗓子，从容不迫地谈了起来。

"两部史诗各有所长，不过相比之下，我个人还是更偏爱《奥德赛》。首先，史诗对主人公奥德修斯的塑造非常成功，他英勇、智慧、顽强、机警、克制，既是聪明的领导者，又是勇敢的战士，既是受人爱戴的奴隶主，又是忠诚的好丈夫，总之，这个人物集合了各种美德和才干于一身，虽然有些理想化，但却魅力四射。"芳姐的开场简洁干脆，句句在理，同学们都听得专心致志，教室里鸦雀无声。芳姐受到鼓舞，说得更加起劲。

"除了奥德修斯这个人物本身的魅力之外，他在海上的一系列奇遇也同样惊心动魄，引人入胜。独眼巨人、风神艾俄洛斯、女神喀耳刻、海妖斯库拉、仙女卡吕普索，这一系列形象精彩纷呈，让人应接不暇，读之犹如漫游神话世界，让人流连忘返。"

芳姐的演讲结束了,荷马老师带头拍起了手,随后教室里掌声一片。热烈过后,荷马老师为这堂《荷马史诗》课做了最后的总结。

"刚才两位同学的发言都非常精彩,看来这堂古希腊史诗课的效果还不错。前面已经说过的话题我就不再赘述,最后我再从文学层面上为大家进行一下解读。《荷马史诗》的风格可以用八个字概括:迅速、直接、明白、壮丽。史诗中运用了现实主义和浪漫主义两种方法。史诗中描写的战争、人物都是现实的,但由于

《伊利亚特》和《奥德赛》比较

	《伊利亚特》	《奥德赛》
主要内容	描写部落战争的英雄史诗,以"阿喀琉斯的愤怒"开篇,讲述战争第10年最后51天的事情,刻画阿喀琉斯、赫克托耳、奥德修斯、阿伽门农等一系列英雄形象。	一部反映氏族社会末期至奴隶社会初期人类对自然和社会斗争的史诗,描写木马计设计者奥德修斯10年漂泊最后40天内的事情,塑造了一位理想化的奴隶主奥德修斯的形象。
主题思想	把战争看成正当、合理、伟大的事业,对英雄主义进行了大力歌颂。但同时又描写了战争的残酷、给人民带来的灾难、人民的厌战反战情绪,并通过英雄们的凄惨结局,隐约地表达了对战争的谴责。	歌颂英雄们在与大自然和社会的斗争中,表现出的勇敢机智和坚强乐观的精神,强调了奋争的可贵。
艺术特色	布局精巧,气势恢宏,节奏急促,格调悲壮。	惊心动魄,场面瑰丽,具有浪漫主义色彩,总体格调较为平静。

加入了古代神话的元素，所以又呈现出了浪漫色彩。此外，史诗中还运用了大量的修辞，辞章华丽，妙语迭出，精彩、生动的用词和比喻俯拾皆是。

"这两部史诗的艺术特色各不相同，《伊利亚特》格调悲壮，节奏急促。《奥德赛》虽然也写了惊心动魄的斗争，但场景瑰丽，变化较多，总体格调较为平静。两部史诗，一个气势恢宏，一个惊心动魄，一个阳刚，一个阴柔，时间和人物上相互承接，思想和风格上相互映衬，刚好珠联璧合，完美无缺。"

"以上就是本堂课的全部内容，希望我讲述的英雄史诗没有让大家失望。"荷马老师讲完最后的收尾词后未再多言，便径直离开了。老师走后，其他同学也纷纷离开教室，直到此时，小艾才回过神来，想起自身的处境。还好小悠还没走，小艾好像抓住最后一根"救命稻草"似的，紧紧抓住小悠的胳膊，一口气把心中的困惑全都倒了出来。"这里到底是什么地方？是现实还是梦境？你们是怎么来到这间教室的？"

小艾的这一连串问题把小悠问得一头雾水。小悠告诉她，这里是一间"高科技模拟教室"，来这里上课的同学都是各大名校的尖子生，他们是经过重重选拔才获得上课资格的。至于这里究竟是梦境还是现实，她也搞不清楚，因为每次他们都要坐在一台新发明的高科技仪器上才能来到这里上课。"难道你不知道这些？那你是怎么来的？"这次换作小悠满脑袋疑问了。

小艾正想把自己的离奇经历告诉小悠，可是还没等她开口，突然一阵美妙的音乐响起，霎时间时空再次转换。睁开眼，小艾已被带回"人间"。这究竟是怎么回事？那间神秘教室究竟是真实的存在，还是小艾的梦境？小悠有没有撒谎？若她所言非虚，小艾又怎么会误打误撞来到这间神秘教室？一切答案唯有等待时间来揭晓了。

荷马老师推荐的参考书

《神谱》 赫西俄德著。这是一部最早的比较系统地叙述了宇宙起源和神的谱系的作品，讲述从地神盖亚诞生一直到奥林匹亚诸神统治世界这段时间的历史，内容大部分是神之间的争斗和权力的更替。通过阅读这部作品，我们可以对古希腊神话中众神的性格、象征意义等有一个系统的了解。这对以后阅读其他西方名著有很大帮助。

第三堂课

但丁老师主讲"真善美"

但丁·阿利吉耶里（Dante Alighieri，1265—1321）

出生于佛罗伦萨一个没落的小贵族家庭，意大利中世纪最重要的诗人，现代意大利语的奠基者，欧洲文艺复兴时期的标志性人物，被恩格斯誉为"中世纪的最后一位诗人"和"新时代的最初一位诗人"。但丁一生著作甚丰，早年为祭奠一生挚爱亚雅特丽斯而写下散文诗集《新生》，开创了"温柔的新体"诗派。后来卷入政治斗争，遭到流放。在流放途中，他写下了《论俗语》《飨宴》《帝制论》等理论著作。1307年，但丁在流放生活最痛苦的时期开始了《神曲》的创作，直到1321年逝世时最终完稿。《神曲》是一部带有"百科全书"性质的长篇史诗，文中处处闪耀着人文思想的光芒。这是一部旷世巨作，它不但对整个欧洲后世的诗歌创作产生了深远的影响，同时也让但丁这个名字永留后世。

"亦余心之所善兮，虽九死其犹未悔。路漫漫其修远兮，吾将上下而求索。"这是小艾的声音。一大清早，头不梳、脸不洗便跑到阳台去朗诵《离骚》，看来这丫头的"疯病"又要发作了。

在别人眼中，小艾本就是个有点儿古怪的人。二十多岁的小姑娘，正值青春年华，却不爱逛街、不爱热闹，偏偏喜欢一个人埋头于书堆。见女儿成天一副女学究的模样，小艾妈愁得头发都白了，可是不管怎么劝她也没用，这丫头的固执劲，简直十头犟牛都拉她不回来。

摊上这么一个性情古怪的女儿，小艾妈也只得认命。她自我安慰道："咱家丫头就是闷点儿，好歹没什么大毛病。"岂料这话才没说几天，小艾就真的开始"发病"了。小艾妈发现女儿最近性情大变，时而慷慨激昂，时而黯然神伤，时而挑灯夜读，时而天还不亮就一个人跑到阳台上絮絮叨叨。就像今天早晨这样，行为古怪，疯言疯语，把小艾妈吓得欲哭无泪。

其实，小艾哪里有病，不过是上了几堂文学课后灵感迸发，所以才没白天没黑夜地"吟诗作赋"。可是小艾妈哪懂这些，还以为女儿得了"疯病"，成天忧心忡忡地在她身后念叨，劝她别再读书。

这不，今天小艾本来兴致正好，可是老妈又来打扰。无奈之下，小艾只得逃出家去。信步闲逛，不知不觉又到了"兔子洞书屋"。"何不进去？再探一探那个未解的梦游之谜？"怀着既期待又忐忑的复杂心情，小艾又一次踏上了她的"梦幻之旅"。

"佛罗伦萨的屈原"

又来到了"兔子洞书屋"的"老地方"，小艾几经周折，终于在偏僻的角落里找到了上次读的那本《古希腊神话》。老旧的黑色牛皮封面，泛黄的厚重纸张，莫名的奇异幽香，小艾第一次仔细看这本书，这才惊讶地发现，原来它本身就散发着一股神秘气息。小艾小心翼翼地打开书页，她隐约记得上次好像是看到"特洛伊战争"的段落，可奇怪的是，这次却怎么找也找不到了。再瞧瞧这本书，里面的内容好像也和上次看时不太一样了。

"难道拿错书了？"小艾心里犯了嘀咕。仔细检查一遍，她确定自己没有拿错。"可是书中的内容怎么会不一样了呢？难道这真的是一本'魔法书'？"小艾心生疑惑。一边翻着书页，一边仔细回想，一个模糊的数字在她脑海中浮现。1007，小艾尝试着翻到这页，上面讲述的是中世纪诗人但丁的故事。

"但丁，欧洲文艺复兴的先驱，敲响中世纪丧钟的伟大诗人，'佛罗伦萨的屈原'……"小艾一字一句地读着书中的故事，时空也一点一点开始转换，不知不觉中，那间陌生又熟悉的"神秘教室"已惊现眼前。

"大家好，我是但丁。"一位金发帅哥出现在小艾面前，她完全不敢相信自己的眼睛。诧异的不止小艾一人，在场的所有同学都瞠目结舌。"大家不用怀疑我的身份，我确实是你们所熟悉的中世纪意大利诗人但丁。可能我本人的模样与你们在平日看见的不太一样，或许真实的我有点儿让你们失望？不过这可不能怪我，是后世的雕塑家们太自以为是、随心所欲了。"

"怎么会失望？您这是给了我们一个巨大的 surprise！从雕像上看，您相貌威严，让人不敢亲近，可没想到本人却如此随和。此外，最重要的是，您竟然还这么帅！"一向视但丁为"偶像"的小悠显然有点儿过分激动，完全顾不上遣词造句，便脱口而出。

"Sur——prise？帅？这位同学的话有点儿难懂，多半是你们现代人的新名词。"但丁老师结结巴巴地模仿着小悠的话，引得哄堂大笑。

"好了，玩笑开过了，下面让我们进入正题。在今天这堂课里，我会给大家简要地介绍一下我的作品，不过在此之前，我还是要为大家做一个详细的自我介绍，因为我觉得只有更多地了解了我的经历，你们才能更好地理解我的作品。**这与你们中国的思想家孟子所说的'知人论世'应该是一个意思。**"

"1265 年 5 月，我在意大利佛罗伦萨出生。我的高祖曾是一名贵族，可惜到了我这代，已经家道中落。我 5 岁丧母，18

魏鹏举老师评注

孟子提出的"知人论世"，原意是指要了解一个人就要研究他所处的背景时代。后来被运用到文学批评上，成为了品评作家作品的一种手法。

岁丧父,孤苦伶仃,因此便把全部精力都倾注在学业之上。我天生喜欢思考,热爱知识,在我可爱的老师布鲁内托·拉丁尼的指导下,我曾对拉丁语、修辞学、逻辑学、诗学、伦理学、哲学、神学、历史、天文、地理、音乐、绘画等潜心研习。此外,法国骑士文学和普罗旺斯抒情诗也给过我很多影响。当然,荷马、维吉尔、贺拉斯、奥维德这些伟大诗人的诗作更是我的心头大爱,所有这些都是我灵感的源泉,智慧的养料。"

魏鹏举老师评注

贺拉斯是奥古斯都时期最主要的讽刺诗人、抒情诗人和文艺批评家。他的文艺理论著作《诗艺》用诗简形式写成,他在其中提出了"寓教于乐"的观点。

但丁的三部理论著作简介

作品名称	作品简介
《论俗语》	最早一部用拉丁文写成的关于语言和诗律的专著。在本书中,但丁对意大利语言的发展做了精辟的论述,着重批判中世纪推崇拉丁文的偏见。他把意大利的方言按其特点划分为十四种,阐述以佛罗伦萨方言为基础的俗语的优越性,为意大利民族语言和文学语言的发展奠定了理论基础。
《飨宴》	打破了中世纪学术著作必须使用拉丁文的清规戒律,是意大利第一部用俗语写成的学术论著。在本书中,但丁说古论今,旁征博引,阐述科学、文化、艺术和道德问题。他谈论诗的内容与形式,即善与美的关系,分析诗所具有的四种意义,强调诗的寓言性或象征性。诗人借诠释自己的诗歌,向读者介绍古今科学文化知识,提供精神食粮,故名《飨宴》。
《帝制论》	又名《论世界帝国》,是一部政治论著。全书共三卷。第一卷论证建立帝制的必要性。第二卷论证建立帝制的使命为何归于罗马人。第三卷指出,世间万物中唯独人既具有可消亡的肉体,又具有永恒的灵魂。《帝制论》的重大意义在于,在本书中但丁第一次从理论上阐述了政治和宗教平等,政教分离,反对教会干涉政治等观点,向神权说提出了英勇的挑战。但丁的这一思想,对以后欧洲的宗教改革运动和资产阶级革命产生了深远的影响。

"听了这些，你们一定以为我是一个整天埋头书本的'书呆子'。其实我又何尝不想做一个安安分分的学者，那样就不用饱受之后的颠沛流离之苦。可惜命运就是如此捉弄人，注定了我要被卷入时代的浪潮。"说到此处，痛苦的回忆涌上心田，但丁老师不禁皱起眉头，声调也略显低沉。

"1302年，我因为反对教皇干政而遭到放逐。自此以后，我便开始了长达20年的流亡生活。颠沛流离的日子确实难熬，不过幸好我有强大的精神支柱。在此期间，我写下了《论俗语》《飨宴》《帝制论》等重要著作，它们都是我与强权抗争的重要武器。"

"1307年，是我流亡生涯中最艰难的一年，也正是在这一年，我开始了《神曲》的创作。痛苦永远是灵感的'助产士'，越是煎熬的时刻，我的笔锋便会越犀利。多年的流亡生活让我亲眼看到了祖国壮丽的山河，让我广泛接触到了意大利的动乱现实和平民阶层困苦的生活。这些丰富的人生体验都被我写进了《神曲》之中。我希望这首长篇史诗能够道尽我的心声。"但丁老师的声音有些哽咽，几朵泪花在他的眼底隐约闪动。教室里一片寂静，所有人都被深深打动。

"好了，倒完了我的苦水，下面就让我们正式开课吧。等等，开课之前，我还要问最后一个问题。来到你们中国之后，我听到很多人都叫我'佛罗伦萨的屈原'，有没有人能给我讲讲其中的缘由？"

"屈原放逐，乃赋《离骚》，但丁流亡，始成《神曲》。'佛罗伦萨的屈原'，这个称谓实在是与您太相配了！"这次抢先发言的是小艾，她最近正在迷《离骚》，所以一听见"屈原"两个字便激动难耐。

"呃……你们的古文我不太懂，这位同学能不能说得简单一点儿？"但丁老师一脸谦虚地说。

"屈原是我国战国末期，也就是公元前300年前后著名的诗人，他忠君爱国却遭到放逐，在流亡过程中，他用文字抒发内心苦闷，写成了千古绝唱《离骚》，堪与您的《神曲》媲美。"

"你们中国的这位伟大诗人的确与我的经历十分相似，现在我终于明白了，原来'佛罗伦萨的屈原'是对我的赞美。"但丁老师腼腆一笑，接着又言归正传。

从《新生》到《神曲》

"我知道对于各位同学而言,在我所有的作品中,最熟悉的一定莫过于《神曲》了。当然我不否认,它的确是我的呕心沥血之作。不过就我个人而言,若让我谈论自己的作品,我更愿意从《新生》说起,因为这一整部诗集记述的就是我一生的爱情故事。"听到爱情的话题,同学们都异常兴奋,催促着但丁老师赶紧讲下去。

"那年我9岁,她8岁。在一个春光明媚的上午,阿尔诺河的旧桥之上,我们不期而遇。那天贝亚特丽斯手持鲜花,简直美得不像凡人。我对她一见钟情,爱慕终生。《新生》里的每字每句都是为她而写,她便是我心中'真善美'的化身。

"我对贝亚特丽斯的爱是纯真的,理想的,带有神秘色彩的,我想表达的感情也是真切的、细致的,具有哲思的。我在《神曲》中曾说过,我写诗的原则是:'当我爱情激动的时候,我根据它在内心发出的指示写下来。'我希望创造一种朴实、明晰的诗体,用流畅柔美的语言和富于想象力的构思来探索人物的内心世界,来展示爱情在心灵深处激起的波澜。后人说我的诗风

> **魏鹏举老师评注**
>
> "温柔的新体"是意大利中世纪时期发展起来的一种抒情诗派,内容主要歌颂女性和爱情,风格柔美清新,故又称"清新诗派"。

自然、清新,属于'温柔的新体'诗派,对此我不发表看法。我唯一想说的是,这部《新生》我写得情深意切,没有丝毫矫揉造作之感。这些诗句寄托的是我对贝亚特丽斯的哀思,这是我对她'美丽的祭奠'。"

听了但丁老师凄美的爱情故事,在座的男同学面色凝重,女同学泪眼婆娑。片刻沉默之后,课程继续。

"别以为诗人只会伤春悲秋,感伤爱情,其实贝亚特丽斯之于我,不仅仅是完美的爱人,她更是崇高道德力量的化身,是把我导向智慧、真理和光明的天使。所以,后来在《神曲》里,我把她描绘成集真善美于一身的女神,引导迷途的我走向天堂。

"爱情催生了《新生》,而《新生》又为我晚年创作的《神曲》作了情感和素

材的准备。所以说,《新生》这部诗集之于我意义重大,这也是我要以它开篇的原因。"

"真善美"的永恒主题

"好了,在铺垫了这么多内容之后,我们终于要开启《神曲》的篇章了。在开讲之前,我想问一下,在座的同学有谁读过《神曲》?"全班只有小艾一人没有举手,此刻她真恨不得找个地缝钻进去。"很好。真没想到有这么多同学喜欢我的作品,真让我喜出望外。第三排穿着最奇怪的男同学,就请你给大家简单介绍一下《神曲》的梗概吧。"但丁老师说的是小伦,他染了一头金发,穿了一身牛仔装,还带了许多配饰,这身新潮的装扮估计让生活在千年前的但丁老师看花了眼。

"既然但丁老师给我这个机会,那我就不谦虚了。"小伦从容不迫地站起来,开始为大家讲述神曲。

"《神曲》,意大利文原意是《神圣的喜剧》。这部作品的原名本为《喜剧》,后人为了表示崇敬,为之加上'神圣'的修饰,因此传入我国,便被译为《神曲》。《神曲》是一部万言长诗,全诗共分《地狱》《炼狱》《天堂》三部,每部33篇。诗句三行一段,连锁押韵,象征圣父、圣子、圣灵三位一体。诗集前有序诗1篇,合计共100篇,表示'完全中的完全'。

《神曲》采用了中世纪文学特有的幻游形式,但丁老师以自己为主人公,假想他作为一名活人对冥府——死人的王国进行了一次游历。诗中讲述的故事大致如下:在'人生旅程的中途',诗人在一片黑暗森林中迷失。他竭力走出迷津,却在光明的出口处遇到三只象征淫欲、强暴和贪婪的母豹、雄狮和母狼。三只猛

> **魏鹏举老师评注**
>
> 维吉尔是古罗马最伟大的诗人,他的长篇史诗《埃涅阿斯纪》是欧洲文学史上第一部"人文史诗"。

诗人的幻游

人生中途

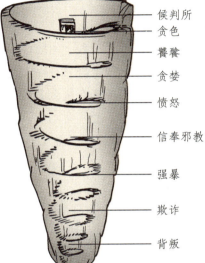

候判所
贪色
饕餮
贪婪
愤怒
信奉邪教
强暴
欺诈
背叛

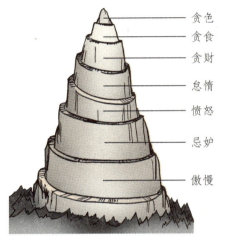

贪色
贪食
贪财
怠惰
愤怒
忌妒
傲慢

地狱的中心在耶路撒冷,共9层,从上到下逐渐缩小,越向下所控制的灵魂罪恶越深重。

炼狱位于地狱对面的另一面海上,在这里灵魂得到忏悔涤罪,山分7层象征着七大罪,每上升一层就会消除一种罪过,直到山顶就可以升入天堂。

维吉尔

这是地狱和炼狱。

(续下图)

（接上图）

天堂分为9层，越往上的灵魂越高尚，直到越过九重天，才是真正的天堂，圣母和所有得救的灵魂所在，经圣母允许，就能一窥三位一体的上帝。

兽迎面扑来，诗人命悬一线。就在这危急关头，古罗马大诗人维吉尔突然出现，将诗人救出险境。维吉尔告诉诗人，他是受贝亚特丽斯之托前来助诗人走出迷途的，接着，在维吉尔的带领下，诗人开始游历地狱和炼狱。

"诗人首先来到地狱，地狱形似上宽下窄的漏斗，共9层。第一层是候判所，审判的是那些未能接受洗礼的古代异教徒。其余8层按贪色、饕餮、贪婪、愤怒、信奉邪教、强暴、欺诈、背叛等罪孽分类，罪人的灵魂按生前所犯的罪孽分别在相应的地方接受不同的严酷刑罚。

"游过地狱之后又到炼狱，即净界，7层，加上净界山和地上乐园，共9层。炼狱的7层分别对应人类的七大罪过：傲慢、忌妒、愤怒、怠惰、贪财、贪食和贪色，生前犯有罪过，但程度较轻、已经悔悟的灵魂，按自己所犯罪过分别在此修炼，待罪孽洗清后，方可升入天堂。

"地狱和炼狱都游历过之后，维吉尔隐退，贝亚特丽斯出现。在贝亚特丽斯的帮助下,诗人忏悔罪孽,获得新生,并随同贝亚特丽斯游历天堂。天堂亦分9层,即月球天、水星天、金星天、太阳天、火星天、木星天、土星天、恒星天和水晶天。这里是幸福灵魂的归宿,到处充满仁爱和欢乐。诗人欲窥'三位一体'的真谛,然而只见金光一闪,幻象便开始消失,而全诗也在极乐的气氛中戛然而止。"小伦一口气将《神曲》的故事讲完,在场同学的专注表情,已经充分证明了他的成功。

"这位同学讲得非常精彩,看来你们中国那句古话说得还真对,怎么说来着,哦,叫'人不可貌相'对不对?"但丁老师再次展现他的幽默感,教室里笑声一片。

"刚才那位同学已经把《神曲》的情节讲述得很全面了,我就不再赘述了。接下来我将重点从思想层面上为大家进行分析。《神曲》采用了中世纪特有的幻游文学的形式,诗中处处充满隐喻和象征。如诗开篇的'黑森林'象征人生迷途,拦住诗人去路的狮、豹、狼分别代表野心、淫邪和贪欲,它们是人类走向光明途中的障碍,而诗人游历地狱、炼狱,最后走出迷津升入天堂的过程,则代表人类对至善至美的苦苦追寻。

"《神曲》不仅充满隐喻性、象征性,同时又洋溢着鲜明的现实性和倾向性。要知道,我是一位'有强烈倾向的诗人',我一生都在关心政治,关注民生。我不忍心看见同胞在战乱和灾祸中饱受苦难,我希望我的作品能对万恶的社会有所裨益。

"可是,人类如何才能走出迷津,摆脱困境?我在《神曲》中一面探索,一面给出答案。我详尽地描写地狱之凶险、炼狱之艰难、天堂之完美,其用意正是惩恶劝善,力图告诉人们:只有苦苦修炼,放弃世俗行为上和思想意识上的罪恶,才能臻于至善至美。那么,又该如何自我修行呢?这个问题我在诗中同样给出了答案。

"维吉尔象征理性和哲学,他引导我游历地狱和炼狱,这代表人类在哲学的指导下,凭借理性认识罪恶,从而悔过自新的过程。贝亚特丽斯象征信仰和神学,她接替维吉尔做向导,引导我游历天国,这标志着人类通过信仰和爱,认识最高真理和达到至善的过程。"

"但丁老师,您所说的'信仰和爱'到底指的是什么?"听到此处,爱思考的小文忍不住发问。

"这位同学的问题问得很好,这正是我接下来要重点阐述的内容。我所说的'信仰'是指对基督教的信仰，是对'上帝之爱'的崇敬。而我所说的'爱'是指世俗之爱，即美好的人间情爱。你们可能觉得这两者相互矛盾，但在我看来，这两者的结合才正是帮助人类通往至善的途径。我崇尚基督教，但我却从来不主张苦修和禁欲，我希望上帝之爱能与人世间的悲欢苦乐相融，这样人们才能窥透生命的真谛，找到最终的幸福。"

一首《神曲》惊天下

"好了，该讲的我已经讲得差不多了，剩下的时间还是留给你们'发挥'吧。"爱偷懒的但丁老师又想出了新花招，他让同学们以"接龙"的形式（就是一个同学发言之后再专门指定另一个同学发言，如此依次传下去），分别谈谈自己对《神曲》看法。

第一个发言的又是小新，这种时刻他从来都是当仁不让。"《神曲》我一共读过三次，每一次都为其新颖的构思和梦幻的笔法所震撼。诗人把地狱、炼狱、天堂各分为9层，结构严密、层次清晰，同时还具有了深刻的道德含义。在描绘不同境界时，诗人采用了不同的色彩。地狱是惩戒罪孽的境界，它凄幽、阴森；炼狱是悔过和希望的境界，色彩较为恬淡、宁静。而天堂是至善至美之境，所以它灿烂、辉煌。这些多层次、多色调的形象描绘既能使得诗人精妙抽象的哲学、神学观点得到更好的表达，同时又使得这些境界更具真实性，奇而不诡，精微细致，让人身临其境。"

小新对《神曲》的精彩解析得到了但丁老师的认可，这让他愈发志得意满。在落座之前，他特意指定小文接着发言，这一举动充满了挑衅意味，此时所有人的目光都落在了小文身上。接到挑战的小文神情泰然自若，看来他也早已胸有成竹。小文缓缓起身，仍旧用那种不紧不慢的语气，开始演讲。

"刚才小新谈到了《神曲》的构思和笔法，那么接下来我就谈谈《神曲》中的人物。不得不说，但丁老师真的是出色'画家'，他笔下的人物多姿多彩，形象鲜活,这一部《神曲》简直堪称一部人物画廊。史诗的主人公,即但丁老师本人,无疑是全诗之中刻画得最为细微、饱满的人物形象。他苦苦求索的品格和丰富复杂的精神世界在诗人的笔下得到了充分展示,让人印象深刻。此外,诗中另两位主要人物维吉尔和贝亚特丽斯的形象也同样鲜活生动。以导师形象出现的维吉尔和蔼慈祥,以恋人兼'精神偶像'形象出现的贝亚特丽斯温柔、庄重,十分符合人物的性格特征。"

 但丁老师的话

别人后退,我不退;别人前进,我更进。要攀登这座山的人,起初在下部是艰难的,越上升越没有痛苦,最后就和坐着顺流而下的小船一样。

小文的分析也同样精准,博得了全体同学的一阵喝彩。小新不甘示弱,还想发言,可惜小文没有给他机会,而是指定了身旁的小艾做最后的发言。

当众人把目光投向小艾时,小艾一脸尴尬。因为她是这间教室里唯一一位没读过《神曲》的人,而且她也完全没有想到会有人指定她发言。不过既然已经箭在弦上,那就不得不发。小艾可不是临场退缩的性格,就算是"赶鸭子上架",她也会硬着头皮死撑到底。小艾慢吞吞地站起身来,凭借着记忆中对《神曲》的了解以及"穿越"之前在那本《古希腊神话》上看到的内容,开始了她的演讲。

"说实话,其实我并没有读过但丁老师的《神曲》。"小艾真是"先声夺人",仅仅一句开场白便在同学中引起了一阵骚动。"但是,既然得到了这个难能可贵的机会,我还是想谈谈我个人对《神曲》的一些看法。"小艾不顾众人的窃窃私语,继续按照自己的想法说了下去。

"我是个爱诗之人,没读过但丁老师的《神曲》,但我读过屈原的《离骚》。通过阅读一些文学资料,我知道这两位爱国诗人,虽然身处不同的时空,但却有着一样的深情。同样是因为思想超前于时代,同样是怀着满腔的爱国热情,同样是被现实困厄不能发泄,同样是借诗歌来抒发内心深处无法排遣的抑郁和难以实现的理想抱负。

"两位诗人都曾在黑暗的现实之中迷失,他们都借助浪漫主义的诗歌形式来探寻出路,上到天堂,下到地狱,前路漫长而坎坷,但是他们始终没有停下探索的脚步,一直在求索,一直在抗争。我想,一部作品真正的伟大之处并不在于其外在的形式,而在于其中闪烁着的诗人伟大的人文关怀和智慧光芒。"

《神曲》的艺术特色

梦幻与写实交融

《神曲》以梦幻文学的形式描写了但丁的灵魂在理性和爱的指引下幻游三界达到至善境界的经历,具有浓厚的宗教幻想色彩,作品同时也反映了当时尖锐复杂的党派之争,以及教皇和统治者对人民的残酷剥削和压迫。梦幻与现实的交融,反映了作者对基督教文化和世俗文化的积极态度,体现了新文化的发展趋势。

工整与谐调的结构

《神曲》分为三部,每部33歌,加"序曲",共100歌。各部篇幅基本相等。长诗采用连锁押韵式衔接,每部诗的末尾均以"群星"一词作结。作品在整体上工整而谐调。

象征与寓意的写作手法

从头至尾充满象征和寓意。森林、狮、豹、狼被称为《神曲》的四大象征,分别代表混乱的政治环境、强暴、淫欲和贪婪。维吉尔代表知识和理性,贝亚特丽斯是爱和信仰的化身,他们象征着人的生活要有知识和爱的指引;三界之行是"人类精神"由罪恶到净化直至幸福的必然过程,地域象征黑暗社会,天堂为理想境界,炼狱是人类由黑暗走向光明必经的痛苦历程。作品的结构也是象征的,"3"的含义(3部、33篇、3韵句)就意味着神学上的"三位一体"。

以意大利民族语言写成,并采用意大利民歌形式

但丁的神学世界观与人文主义世界观的矛盾在作品中得到反映,说明但丁还没有完全脱离宗教的桎梏。

小艾的话音刚落,但丁老师带头鼓起掌来,随后教室里掌声响成一片。但丁老师说:"这位女同学的发言虽然不如前两位男同学专业,然而却感情真挚,句句入我心呐!总而言之,这三位同学对《神曲》的理解都非常到位,分析得也都相当精彩,看到我的作品在千年之后仍能找到知音,这已经是对我最大的安慰。好啦,今天的课就上到这里,希望还能有机会与你们再见。"说罢,但丁老师步履从容地离开了教室。

下课铃声随之响起,短暂的美好又结束了。小艾知道她已被一股莫名的力量推回现实,她不愿睁开眼,她想在自己筑的美梦里多睡一会儿。有些事可能注定要逸出常轨,有些人可能注定无法符合大众预期。听过一部《神曲》,小艾仿佛在无望中看到了微光,虽然仍身在迷途,但是她的心却已不再迷茫。

但丁老师推荐的参考书

《埃涅阿斯纪》 维吉尔著。这是第一部"人文史诗",也是罗马文学的顶峰之作。全诗12卷,1万余行,讲述的是被打败的特洛伊王子埃涅阿斯历尽千辛万苦终于成为罗马开国之君的故事。全诗情节生动,故事性强,语言凝练,是欧洲文学史上第一部个人创作的史诗,自问世以来,一直受到很高的评价。

第四堂课

薄伽丘老师主讲"人欲"

人欲是合理的，爱情是崇高的，我们的幸福不应该被宗教禁锢。

乔万尼·薄伽丘（Giovanni Boccaccio，1313—1375）

意大利文艺复兴运动的杰出代表，人文主义作家。生于商人之家，早年在那不勒斯经商，曾接触到宫廷和贵族生活，受到人文主义思想启发。后来，他来到佛罗伦萨，经历政治斗争，此时表现出了拥护共和、反对封建贵族势力的倾向。薄伽丘热衷古典文学，对古希腊、古罗马文化都研究颇深，是意大利第一个通晓希腊文的人文主义者。薄伽丘一生的创作类型多种多样，有短篇小说、传奇小说、叙事诗、牧歌、十四行诗和丰厚的学术著作。他早年的作品多以爱情为主题，传奇小说《菲洛柯洛》是他的第一部作品，也是欧洲较早出现的长篇小说。短篇小说集《十日谈》是薄伽丘最重要的作品，是意大利文学史上第一部现实主义巨著，人文主义的先锋之作，也是世界文学史上具有巨大社会价值的文学作品。

又是不阴不晴的天气。厚厚的雾霾遮住了阳光，昏暗了世界，连呼吸都无法顺畅，要人如何开怀？今天是星期三，一周中最难熬的日子，看不到头，也盼不到尾，真让人抓狂。小艾坐在办公桌前，对着电脑屏幕上的Excel表格垂头丧气。她真心不喜欢这份会计工作，这些数字简直扼杀了她身上所有的浪漫细胞。"我为什么要困在这里？"小艾不禁自问。"还不就是为了糊这张口。"雯的声音从对面传来，她不是在回答小艾，而是在回应李姐的抱怨。

"是啊，我们都在为了生计奔波，有几人真正活得潇洒？仔细听听，办公室里每隔几分钟就会有叹息声传来。这整间办公室里，有几人真正快乐？我们为什么非要这么活着？工作、挣钱、买房、买车、结婚、生子，然后下一代再周而复始？"小艾的"疯病"又发作了，她无法控制自己的胡思乱想。

"难道我们非要这么活着吗？屈从于现实，压抑自己的天性？妈妈总说人不能由着自己的性子活，难道追求自由、追求快乐不对吗？"各种疑问在打架，小艾的脑袋已经炸开了锅。她知道自己已无心工作，当下最重要的是要为这些问题找出答案。于是她穿上外套，请了假，径直来到"兔子洞书屋"，找到那本具有"魔法"效力的《古希腊神话》1007页，"穿越之旅"再次起航。

意大利文艺复兴先驱

又来到了"神秘教室"，又看到了这些熟悉的面孔，小艾感到一种发自肺腑的喜悦，看来这里才是她心灵的真正归宿。课已开始，和前几堂课一样，这次讲台上的老师又换了人。"我是乔万尼·薄伽丘，来自意大利。在这里我就不做自我介绍了，因为昨天我翻阅资料的时候发现，你们后人了解的竟然比我自己记得的还详细。"说到这里，薄伽丘老师爽朗地大笑一声，"我看过很多关于后人对我的评价，发现你们都会说这么一句：'他是一位人文主义作家，意大利文艺复兴先驱'，对于这里面提到的'人文主义'和'文艺复兴'，我实在有点儿不太理解，不知有没有哪位同学能帮我解释一下？"

按照惯例，抢风头的肯定是小新，可是出乎意料，这次率先发言的竟然是一向低调的芳姐。"文艺复兴指13世纪末在意大利各城市兴起，以后扩展到西欧各国，于16世纪在欧洲盛行的一场思想文化运动。这个时期，随着城市经济的繁荣，资本主义开始萌芽，因此，当时封建社会的精神支柱基督教教义开始受到人们的质疑，许多资产阶级先进分子开始重新重视古希腊、古罗马文化，以此来宣传更先进的人文主义精神。"

芳姐自信满满地回答完了第一个问题，没有再继续，她给小文使了个眼色，示意他接着说下去。小文心领神会，于是赶紧站起来接着发言。"中世纪的西欧是异常黑暗的时代，封建统治阶级用宗教压制人性，用迷信思想蒙蔽人心，人们的合理欲望被压抑，不能得到快乐。因此，一些思想先进的知识分子开始觉醒，他们反对神的权威，主张以人为本，肯定人的价值和尊严，倡导个性解放，认为人是现实生活的创造者和主人，鼓励人们追求现实生活中的幸福。"

"这两位同学解释得非常不错，如果按照你们的说法，我的确是不折不扣的人文主义倡导者，不过'意大利文艺复兴先驱'这个称号我可愧不敢当。要知道，在我之前意大利还有两位伟大的诗人——但丁和彼特拉克，他们的伟大思想和优秀作品曾照亮了整个意大利，甚至整个欧洲，他们才是真正的文艺复兴先驱。

"关于但丁我就不多做介绍了，我听说他才刚刚给你们上了一堂关于'真善美'的文学课，想必你们一定受益匪浅。但丁老师在我心中的地位可谓是举足轻重，他的《神曲》曾带给我巨大的震撼和影响。好了，下面我重点给大家介绍一下另一位意大利人文主义的代表作家弗兰齐斯科·彼特拉克，他的名声可能不如但丁老师响亮，但他可是人们公认的'人文主义之父'。

"彼特拉克是一位优秀的意大利诗人，他不仅是人文主义的奠基者，而且也是近代诗歌的创始人。十四行体抒情诗集《歌集》是他的代表作，在此他表达了早期人文主义者向往新生活、憎恨教会的先进思想。此外，他还大胆提出以'人的思想'代替'神的思想'，因此被人们尊称为'人文主义之父'。"

传奇和叙事诗

"但丁、彼特拉克、薄伽丘,并称为欧洲文艺复兴时期意大利'文学三杰'。其他两位都介绍过了,下面您也该给我们介绍介绍您自己了吧。"见薄伽丘老师如此谦虚,小新忍不住嘀咕起来。

"哈哈,我很欣赏这位同学的直率。我也不算爱故弄玄虚的人,接下来就让我谈谈我的生平和作品。我从小出生于商人世家,早年曾随父亲学习经商,虽然学无所成,但这段生活让我亲身经历了市民和商人的生活以及思想情感,这些体验也让我对俗世生活有了一定的了解,这对我日后的写作也起到了很大的作用。"

"后来我有幸活动于宫廷,曾在那里结识了许多思想先进的诗人、学者、神学家、法学家,也接触到了贵族骑士的生活。这些丰富的经历扩大了我的文化视野,同时也让我对古典文化和文学产生了浓厚的兴趣。我曾潜心研究古希腊、古罗马的经典名著,翻译过荷马的作品,研究过但丁的《神曲》。这些作品中洋溢着的人文主义思想的光辉都曾给我带来巨大的影响。

"我早年的创作是一些以爱情为主题的传奇和叙事诗。传奇小说《菲洛柯洛》是我的第一部作品,以西班牙宫廷为背景,取材于中世纪传说,讲述了一个信仰基督教的少妇和一个青年异教徒的爱情故事。在这部作品里,我的人文主义思想已经初见端倪。后来在我的《十日谈》中还有两则故事取材于这部作品。

"之后创作的两部叙事长诗《菲拉斯特拉托》和《苔塞伊达》,分别取材于《特洛伊传奇》和《埃涅阿斯纪》,主题是赞颂纯洁的爱情和高尚的友谊,赞颂世间生活的美好和欢乐,人文气息浓厚,开八行体诗的先河。

"刚才我说过,但丁老师是我的偶像,这话可不是空口无凭,我接下来的这两部作品就是在他的影响之下创作而成的。牧歌式传奇《亚梅托的女神》在形式上效仿但丁的《新生》,是用散文连缀而成的三韵句诗歌。**长篇隐喻诗《爱情的幻影》受到但丁《神曲》的影响,用三韵句写成。**

魏鹏举老师评注

三韵句是由民间诗歌发展而成的一种诗体,是指每节三行中,第一、三行同韵,第二行是新韵脚,而这个新韵脚在第二节中又作第一、三行的韵脚,即aba,bcb,cdc,ded……的押韵形式。

"除此之外,《菲洛美塔的哀歌》也是值得一提的作品,这部传奇小说讲述了被恋人抛弃的女子菲洛美塔的遭遇,细致地刻画了主人公内心的爱恨纠葛,据说是欧洲最早的心理小说。

"讲到这里,细心的同学可能会发现,在我的作品中有许多共同特点。它们

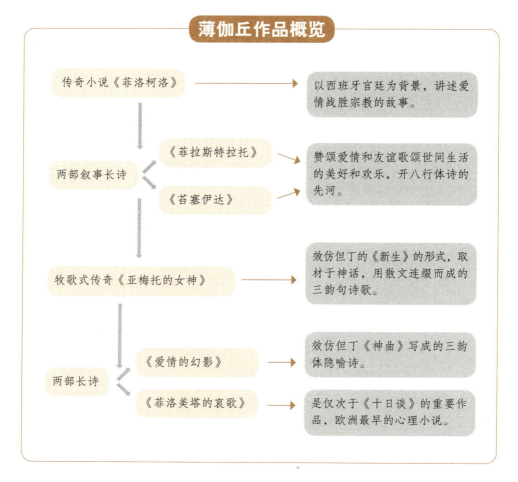

都是以爱情为主题,多取材于古希腊、古罗马神话、诗歌,充满了对人世生活和幸福的追求。其实后来那部我一生中最重要的作品《十日谈》正是在这些作品积累的基础之上完成的,它们都反映了我的人文主义思想。"

"好了,一下子唠叨了这么多,你们都听得打瞌睡了吧?什么,还没打瞌睡?我的嘴巴都讲干了。"讲完了正题,薄伽丘老师又恢复了他的幽默无性。

"老师,我们正听得起劲呢,您别偷懒啊!再讲点儿。"贫嘴的小伦见薄伽丘老师如此平易近人,竟然跟他开起了玩笑。

"我可不说了,说话可比写字累多了。下面换你们说吧,畅所欲言,不过还是要和咱们的课沾点儿边,像你们现代人最爱讨论的什么手机、电脑、QQ、微博的话题就算了。"薄伽丘老师一面说一面做出可爱的表情,把同学们逗得前仰后合。

现实主义巨著——《十日谈》

"既然薄伽丘老师不想自夸,那么就让我来代劳吧。"站起来说话的是小新,他终于忍不住开口了。"薄伽丘老师一生著作丰富,除了刚才他自己提到的作品之外,还有许多学术著作,都是世界文学史和文化史上重要的作品。如叙述神和英雄起源的《异教诸神谱系》富含丰富史料,而另一部《但丁传》则是意大利研究但丁的最早的学术著作之一。"

"当然,刚才提到的这些都不过是抛砖引玉,众所周知,薄伽丘老师震撼世界文坛的巨著无疑是堪与但丁老师的《神曲》并称为'人曲'的《十日谈》,这部作品是意大利文学史上第一部现实主义巨著,对整个欧洲文学发展都有重要的影响。薄伽丘老师,您来给我们谈谈这部作品吧。"

听了小新的话,薄伽丘老师哈哈大笑。"小伙子,还是你来讲吧,我觉得你会比我讲得更好。"薄伽丘老师语气真诚,幽默谦逊,丝毫没有讽意。

小新一副直来直往的秉性,听到薄伽丘老师这样说,自然当仁不让,于是便真的开口讲了起来。

"薄伽丘老师的代表作《十日谈》是一部短篇小说集。1348年,佛罗伦萨暴发了一场灾难性的瘟疫,居民死亡过半,城中十室九空。这一惨绝人寰的灾难深深触痛了薄伽丘老师的心,同时也激发了他的创作灵感。因此瘟疫结束后,他便着手写作《十日谈》。

"《十日谈》以当时的现实为背景。1348年,意大利一城市瘟疫流行,10名男女在乡村一所别墅里避难。他们终日游玩欢宴,每人每天讲1个故事,10天共讲了100个故事,故名《十日谈》。《十日谈》中的小故事看似荒诞无稽,但其实每一篇都是有理有据的。薄伽丘老师把自己先进的人文主义思想注入这些故事之中,提倡追求现世生活的享乐,赞美爱情是才华和高尚情操的源泉,谴责禁欲主义,大胆地批判和揭露了封建帝王的残暴,基督教会的罪恶,教士修女的虚伪。"

小新的演讲结束了,薄伽丘老师的脸上露出了满意的微笑。"这位同学果然没让我失望,他对我的《十日谈》分析得鞭辟入里,完全道出了这本书的精髓。没错,我的《十日谈》虽然看上去是在写一群年轻人的放纵狂欢,但其主旨是歌颂爱情，鼓励大家热爱生活，追求现世幸福。而其中的100篇小故事则是以幽默荒诞的形式给予了当时的意大利社会尖酸犀利的讽刺。"

"在这部作品里，我刻画了社会各个阶层的形象，展现了意大利广阔的社会生活画面，同时着重揭露了教会的腐败和教士的虚伪。首先，我把剑锋直指压抑人性的天主教会和宗教神学，通过对僧侣们的恶迹劣性、奢侈逸乐、敲诈聚敛、买卖圣职、镇压异端等种种黑暗勾当的描写，揭开教会神圣的面纱，让人们看清教会在冠冕堂皇背后的腐败与堕落。

"其次，我还抨击了僧侣的虚伪和奸诈。这些道貌岸然的伪君子，打着宗教的旗号，要求别人禁欲，可是自己却暗中勾结良家妇女。神甫们谴责高利贷者，说他们重利益盘剥，恐吓他们死后必将被打入地狱，可是其真实目的却是希望他们用不义之财填满自己的钱袋。"

《十日谈》的艺术特征

采用故事会的形式，以框架结构把这些故事有机地组成一个严谨、和谐的叙述系统。大瘟疫是一个引子，点明社会现状，为作品提供时代底色，100个故事在命题下展开，故事中的人物也常讲故事，这样大框架中套小框架，故事中套故事，鲜明表达出作者的情感、观念，又具有引人入胜的艺术魅力，复杂有序。

↓

以古典名著为典范，吸收了民间口语特点，语言精练、流畅，又俏皮、生动，将世间人物描写得微妙尽致，灵动多姿。

↓

对时代进行了全景式的描绘，并刻画了形形色色的人物形象，囊括了社会各个阶层的人物，概括生活现象，描摹自然，叙写细节，刻画心理。

↓

以人文主义的理性精神对教士的丑行进行嘲讽，具有狂欢化的喜剧特色。

幸福在人间

"听了这么多不美好的事情,同学们都要对生活失去信心了吧。"讲完了严肃话题,薄伽丘老师又恢复了一贯的幽默。"接下来咱们谈点儿你们都感兴趣的话题吧,说说爱情。"薄伽丘老师话音刚落,同学们的眼睛都放了光,看来爱情还真的是人类永恒不变的话题。

"通过前面的介绍你们应该知道,爱情一直是我作品中不变的主题。当然,《十日谈》中也不例外。众所周知,我是一个热爱现实生活,反对禁欲主义的人,所以在这部作品中,我不但揭露了教会的虚伪,贵族生活的腐朽,同时还大量描写了男女之间的爱情故事。我知道后世对《十日谈》的爱情描写多有诟病,他们认为我在鼓励人们纵欲,是危险的,不道德的。可是我自己却并不这样认为,我一直坚信在所有的自然力量中,爱情的力量是最不受约束和阻拦的。人生苦短,缥缈虚无的天国幸福太过荒诞。追求爱情、追求快乐是人与生俱来的天性,应该受到鼓励,而不应该被压制,作为一个有血有肉的人,我们是有权利享受爱情和现实幸福的。"

"那么,当爱情和现实产生冲突时该怎么办呢?我们是要不顾一切追求自己的真心,还是要为了现实克制自己的欲望呢?"薄伽丘老师的这个问题刚好问到了每个人的心坎上,大家都竖起耳朵,认真聆听。

"要知道,我是一个主张'爱情至上'的人。我认为,爱情可以战胜一切。我笔下的主人公在争取爱情和幸福的道路上,无不遭遇各种阻碍,诸如封建等级观念、金钱、权势或其他天灾人祸,但是他们最终都能化险为夷,渡过难关,过上幸福生活。通过这些描写,我正是想告诉大家,爱情是人世间最伟大、最崇高的情感之一,它能激发灵感,荡涤心灵,所以我们应该积极追求,不要轻易向现实妥协。要知道,建立在经济关系上的婚姻是不会幸福的。"

薄伽丘老师的话引起了大家的共鸣,同学们都情绪激动,掌声热烈。正在众人情绪正高涨之时,一个不和谐的声音在教室里响起,出乎意料,这次持反对意见的竟然不是小新,而是小文。

"关于薄伽丘老师'人欲是天然合理的'观点我只能部分认同。追求爱情、追求现世的欢乐固然没错,但是薄伽丘老师似乎过分强调了其合理性的一面,而没看到其负面影响。要知道,人的欲望是无止境的,所以有时候也需要道德的束缚,如果把两性之爱的现实视为人生最大的幸福与快乐,那么未免有些矫枉过正,流于享乐主义。总之,我不赞成为了追求个人的幸福而不择手段、伤害别人,我认为我们对爱情和自由的追求还是应有一个合理的限制,毕竟大爱、博爱才是人文主义的核心。"

小文的话让薄伽丘老师沉默良久才开口说话。"这位同学的发言很有见地,他补充了我作品中的不足。在这里我必须补充说明,我的作品创作于中世纪,在当时主要是为了反对禁欲主义思想,所以思想可能有过激之处。这是我个人和时代的局限性,我必须承认。所以我希望,你们在阅读《十日谈》的时候能够抱着批判吸收的态度,取其精华,去其糟粕,认识到天国的虚妄和现世幸福的可贵,认识到人欲合理性的一面,同时也要看到放纵欲望带来的恶果。用你们现代人的说法就是,希望你们能从这部《十日谈》中吸收到'正能量'。"说完这段话后,薄伽丘老师礼貌地与大家道别,略带不舍地离开了教室,看得出来,他也很享受这堂课的时光。

同学们依依不舍地目送薄伽丘老师离开。他的幽默、谦虚和才华已彻底掳获了大家的心。下课铃声响了,其他人都离开了,空荡荡的房间只剩下小艾一人。她已分不清自己身在何处,是在现实还是梦境。此刻的她只听得到一个声音,"我要自由!我要快乐!"这声音响亮而清晰,热切而坚定,是她内心深处最深沉的呼唤。"是的,薄伽丘老师说得对,幸福在人间,幸福在当下。我不要再为别人而活,我要做我自己。"此刻的小艾目光炙热,热血沸腾,所有困惑都已迎刃而解。她知道,一场翻天覆地的巨变已经开始。

薄伽丘老师推荐的参考书

《歌集》 彼特拉克著。这是诗人于1327年见到美丽少女萝拉后陆续写下的300多首十四行诗,以及1347年萝拉死后为表达哀思而写的一些抒情诗的结集,用意大利语写成,主要是爱情诗。诗人继承了"温柔的新体"诗派传统,以丰富多彩的色调及其细腻入微的笔触,大胆歌颂爱情,表达对幸福的渴望,反映出人文主义者蔑视中世纪道德,热爱生活的世界观。

第五堂课

塞万提斯老师主讲"崇高的理想"

笑声中升腾出眼泪,理想主义虽然不能"救世",却感人至深。

米盖尔·德·塞万提斯·萨韦德拉(Miguel de Cervantes Saavedra,1547—1616)

　　西班牙文学史上最伟大的作家,文艺复兴时期的先驱人物。他的长篇小说《堂吉诃德》是文学史上第一部现代小说,对整个世界文坛产生了巨大的影响。他被狄更斯、福楼拜、托尔斯泰等作家誉为"现代小说之父"。

听完了薄伽丘老师的课，小艾第二天便辞了职。这好像是她平生做出的最勇敢的决定，当离开公司的那一刻，她觉得自己的脚下好像踩着云彩，整个人都要飘起来了，前所未有的轻松。放松了，终于放松了，卸下了所有的负担，心放空了，然而也落空了。逞一时之快是要付出代价的，接下来不管是福是祸，小艾都要自食其果。

第一个发难的当然是小艾妈，当她听说女儿连招呼都不打就放弃了自己的"铁饭碗"时，她的第一反应竟然是翻看日历，看看今天是不是愚人节。可是没办法，不管现实多么残酷，它已摆在眼前。小艾还以为妈妈会像往常一样汹涌澎湃地咆哮一番，或者大打出手，可是不曾想，这一次她竟然格外的平静。平静永远比暴怒更可怕，这里面积蓄着更多伤痛。小艾妈这一次是彻底失望了，她只留给小艾"好自为之"四个字，就不再开口了。

自己选的路，只有自己走。小艾已下定决心要做一名诗人，所以接下来的日子里，她四处奔走，向各个出版社投递自己的诗稿，希望能够出版。结果可想而知，一个黄毛丫头写的小情小调谁会看上眼？小艾自然是四处碰壁，碰得头破血流。

痛吗？真的痛。抱怨吗？无话可说。后悔吗？一点儿都不。可是，问题究竟出在哪里？勇敢地追求梦想难道不对吗？人难道非要为了活而活吗？小艾再次陷入迷惘。小时候，每当遇到这种情况，都是妈妈为自己指点迷津，可是现在自己已经不是小孩子了，要学会长大。

大哭一场，恢复理智之后，小艾又来到了"兔子洞书屋"。开启"梦幻之旅"的方法已经驾轻就熟，只要勇敢地踏出一步，自会有人带领你走出迷途。

塞万提斯的坎坷人生

"大家好，我是塞万提斯。"一位高高瘦瘦的外国老师步履从容地走上讲台，极其简短地做了自我介绍。尽管塞万提斯老师已经表现得尽量低调，但是他的出场还是在同学间引起了一阵骚动。

"真的是塞万提斯？西班牙的塞万提斯？写《堂吉诃德》的塞万提斯？"虽然之前已经亲眼见过荷马、但丁这样的大人物，但是看见活生生的塞万提斯站在自己眼前，小艾还是没能控制住内心的狂喜。要知道，塞万提斯可是小艾的偶像啊！以前，多少个夜晚，她都是抱着《堂吉诃德》入眠的，在小艾心中，塞万提斯老师简直就是她的隔代知音，他的每字每句都能敲在她的心上。

"呃，我的确是塞万提斯，西班牙的塞万提斯，写《堂吉诃德》的塞万提斯。"塞万提斯老师很认真地回答了小艾的问题，并且用最真诚的微笑回报了小艾的热情。

"塞万提斯？堂吉诃德？这位同学的话提醒了我。为什么人们总是把我和这个家伙相提并论？我可是有血有肉的大活人，那家伙不过是我书中的一个虚拟人物，凭什么他的名气比我还大？"塞万提斯老师情绪激动，一脸严肃地提出了这个问题。可他越是认真，大家就越是忍不住笑出声来。

"不要笑，同学们不要笑，我是认真的，这个问题真的让我困惑了很久。"塞万提斯老师果然是个怪人，弄得所有人都摸不着头脑。

"算了，求人不如求己。其实我已经有了主意。听说你们这个年代流行自我推销，为了不让堂吉诃德这家伙抢了我的风头，我决定先下手为强，先来给你们讲讲我的经历，保证不比那个家伙逊色。"塞万提斯老师的冷幽默让人猝不及防，忍俊不禁。在所有人的笑声都停止之后，塞万提斯老师的"自我推销"正式开始了。

"我出生于西班牙中部一个没落贵族之家，父亲是跑江湖的外科医生，我从小便跟着他四处奔波，我的童年就这样在颠沛流离中度过。23岁那年，我去了意大利，给红衣主教胡利奥当过一年家臣，由于不安现状，后来又参加了西班牙驻意军队。在著名的勒班多大海战中，我负了重伤，左手残废，从此便有了'勒班多的独臂人'的称号。

"经过了4年出生入死的军旅生涯后，我们终于踏上了归途。可是谁曾想，就在归国的途中，我们竟然遭遇了土耳其海盗船。接下来又是一段艰苦岁月，我们被掳到阿尔及利亚服了5年苦役，饱受苦难。在服役期间，我曾多次组织逃跑，可惜却没有一次能够成功。终于，在1580年，亲友们把我赎回。本以为大难之后必有后福，可是前方等待我的，却依旧是穷困潦倒。不得不说，命运真的是残酷无情啊！"

"塞翁失马，焉知非福。塞万提斯老师，不要灰心啊！"听到塞万提斯老师的坎坷经历，小艾再次忘情，这丫头的眼圈都红了。塞万提斯老师温柔地看了小艾一眼，又接着讲了下去。

"没错，上帝在关上一扇门的时候，总会为你打开一扇窗。如果当年腓力普国王给了我待遇丰厚的职位，如果我不曾干过军需官、税吏，我就不会接触到农村生活，如果我不曾遭受过无妄的牢狱之灾，就不会体会到底层人民的痛苦，如果没有这些坎坷，那部不朽的名著《堂吉诃德》也不会问世。想通了这些，我便不再抱怨。"

魏鹏举老师评注

塞万提斯的遭遇让我想起了我国的司马迁，正所谓"发愤著书"，人们的潜能往往是在逆境中被激发的。

"塞万提斯老师，难怪您能写出《堂吉诃德》这样优秀的作品，原来您一生的经历丝毫不比堂吉诃德逊色。"小文拍着桌子，激动地说道。

"看来我是白费唇舌了，说了这么半天，你们还是没忘了堂吉诃德，看来这家伙的魅力真是比我大啊！算了，既然你们对他这么感兴趣，那么接下来的时间就让给他吧。不过你们可别指望我开口，他的那些烂事我早就说烦了。"塞万提斯老师又恢复了他的冷幽默。

"我来说！我来说！我家的那本《堂吉诃德》都快被我翻烂了。"听到如此激动的声音，不用猜也知道是小艾了。自从见到塞万提斯老师，这丫头就像打了鸡血一样兴奋，也不管有没有人反对，她便自顾自地讲了起来。

堂吉诃德的冒险故事

"堂吉诃德，全名堂吉诃德·台·拉·曼却，时年五十，是一个知识渊博、家境优越的乡间绅士。堂吉诃德本来可以悠闲地度过他的晚年，可惜他却如痴如

第五堂课 塞万提斯老师主讲"崇高的理想"

醉地迷恋上了骑士小说,甚至到了发狂的地步,整天满脑袋都是一些不切实际的游侠冒险的荒唐念头。由于终日受骑士小说的荼毒,堂吉诃德越来越相信书中说的那些游侠骑士的故事都是真实的,于是,他也决定成为一名游侠骑士,去周游天下,行侠仗义,创建千秋伟业。他翻箱倒柜,从祖先的遗物中找出一件破烂生锈的盔甲,接着又从马圈里牵出一匹瘦马当坐骑,然后手持长矛,趁人不备,悄悄溜出了村庄,于是,他的第一次游侠之旅便拉开了序幕。

"堂吉诃德是疯了,在所有人眼里他都是个疯子。穿着一身破铜烂铁,手举一副长矛,骑着一匹瘦马,嘴里高喊着救苦济贫,时常捂着胸口高呼情人的名字,立志要终生为她服务,为她'冒大险、成大业、立奇功',更有甚者,他竟分不清真与幻,居然把风车认作凶恶的巨人,与其苦苦战斗。这一切荒诞无稽的举动在别人眼中都是那么不可思议,他们不能理解堂吉诃德,所以他们只能说他疯了。"

听到小艾的话有"包庇"堂吉诃德的嫌疑,小新不禁开口:"堂吉诃德本来就是个疯子,读骑士小说读得走火入魔。他何止把风车当巨人,他还把羊群当军队,把粗笨的村姑当成公主,把理发师的铜盆当成曼布里诺头盔。虽然是出于好心,可是他干了多少荒唐事啊!骑士小说真是害人不浅。"

"当然,你可以说堂吉诃德疯了,因为他干的疯狂事足足有一箩筐,随便拎出一件来,都足以证明他是个彻头彻尾的疯子。可是你要说他是个完全的疯子,那又不对,因为只要不涉及骑士小说里的那些事,你可以跟他谈天文,谈地理,谈治家,谈治国,他都能够对答如流,见解精辟。**他在自己的冒险生涯中,尽管捅出了不少篓子,做出了无数荒唐事,但是凭借着自己的勇敢和智慧,也同样为许多人排了忧,解了难。所以,从这个角度来说,堂吉诃德那看似可笑的'疯狂',其实也是可歌可泣的。**"这次发言的是小文,他还没等小艾开口,就抢先反驳了小新的观点。

 魏鹏举老师评注

疯与不疯只在一念之间,有时候精神病人不过是天才的另一种极端表现。

听到同学们热烈的辩论,塞万提斯老师心中大喜。可是他还是按照一贯的作风,故作不屑地说道:"好了同学们,堂吉诃德那家伙到底疯不疯跟你们有什么关系?还是让刚才那位女同学继续把他的那些疯事讲完吧,那家伙闹的笑话可不止这些呢。"应塞万提斯老师之请,小艾又继续讲了起来。

《堂吉诃德》中的形象分析

堂吉诃德：拉曼查的老乡绅，分不清真与幻的疯狂骑士，抱着锄强扶弱的决心屡次出行，一路上闹出了许多令人啼笑皆非的笑话。

桑丘·潘萨：贫苦的农民，堂吉诃德的得力侍从，由于不安现状遂加入了堂吉诃德的疯狂冒险，一心想要成为海盗总督。

桑丘的驴子：桑丘是个利益第一位的人，他把驴子看得和命一样重要。这只驴子曾和桑丘一起闹出过许多笑话，是文中仅次于"若惜难得"的第四号主人公。

若惜难得：一匹瘦小羸弱的老马，因受到"册封"而一跃成为高贵骑士的坐骑。它一路陪着疯狂骑士历尽艰险却忠心耿耿，俨然是堂吉诃德的分身。

杜尔西娜雅：本是普通的农村挤奶姑娘，皮肤黝黑，身材粗笨，却被堂吉诃德幻化为举世无双的公主，每天挂在嘴边心头念念不忘，理想与现实的强烈反差产生了巨大的喜剧效果。

"不管在别人眼中堂吉诃德怎样,反正他是自得其乐的。不管是真是幻,在他的逻辑里,他自己就是一位以除暴安良为己任的真骑士。第一次出游由于遇到意外,半路折返。回去之后,经过一番反省,他觉得自己需要一个助手。于是他雇佣了附近的农民桑丘·潘萨做自己的侍从,两人一个骑马,一个骑驴,共同开始了一场让人啼笑皆非的冒险旅程。

"他们大闹客栈,大战风车,把修士当强盗,把羊群当军队,把矸布机当魔鬼,强抢理发师的铜盆当头盔,后来还莫名其妙地释放了一群苦刑犯,帮助年轻人解决了感情问题。总之,这对主仆一路上既闹下了不少让人哭笑不得的笑话,也留下了许多让人感动的故事。

"以上只是堂吉诃德冒险之旅的第一部,在第二部里,他还进行了第二次漫游,同样留下了许多轰轰烈烈的事迹,在这里我就不再赘述了。下面就直接给大家讲讲这部故事的结尾吧。我们这位勇敢执着但却不合时宜的堂吉诃德骑士在'挨够了打,走尽背运,遍尝道途艰辛'之后,终于彻悟:原来他这半生游侠生活只是'南柯一梦'。于是,他在临死前对自己前半生的荒唐做了悔悟,他表示'对骑士小说已经深恶痛绝'了,叮嘱他的外甥女要'嫁个从未读过骑士小说的人'。在所有心事都了结了之后,堂吉诃德安详离世。而我们这部轰轰烈烈的巨著,也就此落下帷幕。"

"疯狂骑士"的喜与悲

"这位同学果然是堂吉诃德的'忠实粉丝',他的那点儿破事你真是了如指掌啊!"明明是一句夸赞的话,可是到了塞万提斯老师嘴里却总是要变了味。不过小艾可不介意,她还沉浸在自己的情绪之中呢。

"听了堂吉诃德的故事,现在我们对他更感兴趣了。塞万提斯老师,既然您和那家伙那么熟,您就讲讲您个人对他的看法呗。"小伦模仿着塞万提斯老师的说话语气,调皮地说道。

"好吧，盛情难却。既然听了堂吉诃德那么多'疯事'之后，你们依然对他兴趣不减，那么我就勉为其难地跟你们聊聊我的这位'老朋友'吧。"千呼万唤之下，塞万提斯老师终于"出场"了。

"《堂吉诃德》原名《奇情异想的绅士堂吉诃德·台·拉·曼却》，这本来是一部讽刺骑士文学的作品，我写这本书的目的也是想将骑士文学的地盘完全摧毁。很庆幸，既定目标顺利完成，因为《堂吉诃德》出版之后，骑士小说真的就此销声匿迹。不过据说这部作品在后世还产生了超出预期的影响，这倒是我始料未及的。这也难怪嘛，谁会想到大家会对一个'疯子'如此着迷呢？"说到最后一句的时候，塞万提斯老师故意提高了嗓门，脸上明显有得意之色。

"对于一个'疯子'能在后世掀起轩然大波，流传千年都经久不衰这件事情，我感到十分费解。于是我开始日夜苦思冥想，终于想出了门道。"塞万提斯老师继续着他的冷幽默。

"尽管堂吉诃德是个'疯子'，但他却是个集合了许多矛盾、复杂于一身的'疯子'。他一方面神志不清，疯狂而可笑；另一方面又具有崇高理想，英勇无畏。他的每个荒唐行为的背后，都有一个善良的动机。他攻打风车，是自以为要清除万恶的巨魔；他释放苦役犯，是为了反对奴役，给人自由；他痛恨专横残暴，反对压迫，向往自由；他以维护正义、锄强扶弱为天职；他见义勇为，从不怯懦，经常为了主持正义而忘我斗争。这就是堂吉诃德，一个具备了如此多高贵品质的疯子，要人们如何评价他呢？是可笑还是可悲？是可恨还是可敬？"讲这一段话的时候，塞万提斯老师特别严肃。他情绪激动，热泪盈眶。可想而知，他对堂吉诃德这个人物寄予了怎样的深情啊！

"其实堂吉诃德是一个人文主义者的化身，我在他的身上寄予了很多理想。尽管他对骑士制度和骑士道德的追求是可笑的，荒唐的，甚至是愚蠢的，但是他对理想的坚持，对自由的追求，对没有压迫、没有剥削的美好生活的向往却是让人感动、让人敬佩的。不过可惜，理想与现实之间的矛盾永远是不可调和的，历史不能倒退，试图用过时的骑士精神拯救现世的理想主义也注定失败告终。所以，在那一幕幕荒唐可笑的闹剧背后，隐含的正是堂吉诃德不可改变的悲剧命运。"

理想主义与现实主义的鲜明对照

"好了,关于堂吉诃德这家伙已经浪费我太多口舌了,每次一提到他我都会失态。下面我们还是来说说他的好搭档桑丘·潘萨吧。这个'活宝'可是我的心头大爱,每次他一出场,我的心情就特别好。"塞万提斯老师又恢复了正常的讲话方式。

"读过《堂吉诃德》的同学应该知道,桑丘·潘萨是小说中的另一个主人公。他是一个帮工,家里穷得无以为生,为了脱贫,便听从了堂吉诃德的'劝诱',踏上了游侠之旅。桑丘是农民出身,所以他的身上具有典型的西班牙农民的特点。他贪图小利,胆小怕事,时时为自己打算。这反映了农民狭隘自私、目光短浅的

堂吉诃德V.S.桑丘·潘萨

堂吉诃德

我是理想主义的化身,我是英勇无畏除暴安良的正义骑士;
我不是疯子,我只是有点儿不切实际,不合时宜;
你们尽可以笑我,但我决不会放弃我心中的崇高理想。
最后附加一句:啊!我的杜尔西娜雅公主,一切都是为了你。

桑丘·潘萨

我是现实主义的代表;
我是头脑清醒、踏实聪明的忠实侍从;
我健康乐观、机智幽默、目标明确、从不做梦;
你们可以嫌弃我贪图小利、胆小怕事,但是人不自保才是傻子。"性命至上"永远是我的第一原则。

一面。但与此同时，他又头脑清醒，踏实务实，健康乐观，心地善良，机智幽默。他从不做堂吉诃德那样虚无缥缈的梦。他目标明确，知道自己要什么，知道争取自己的权益。

"和堂吉诃德的崇高理想、鸿鹄壮志比起来，桑丘显得有些世俗。不过我并不鄙视这种世俗，因为这'世俗'正是堂吉诃德这位理想主义者身上所缺少的，也是导致他悲剧命运的根本原因。堂吉诃德是幻想型，桑丘是现实型，这对主仆的性格刚好形成了鲜明对比。堂吉诃德永远是理想至上，他可以为了自己的骑士精神随时献身。而桑丘则是'性命至上'，当遇到危险时，想方设法保住性命才是他的第一原则。"

"我不喜欢桑丘，他既自私又世俗，每次遇到困难首先想到的都是自己逃命，还爱贪便宜，爱逗口舌，丢尽了堂吉诃德的脸。"听到此处，一向自命清高的芳姐忍不住开了口。

"我倒是觉得桑丘挺可爱的啊！他幽默风趣，妙语连珠，只要他一出场，准能逗得众人捧腹大笑。再说，他虽然爱耍滑头，爱占便宜，但是他也不是毫无原则的。大家应该还记得他在'总督'任上的那一番精彩审案，充分表现了他的智慧与无私。"听见芳姐贬低桑丘，小艾也提出了不同的见解。

"你们两位分别说出了桑丘·潘萨性格中的一面，我不予评价，我只能说，这就是桑丘·潘萨。"塞万提斯老师言简意赅地给出了意见，接着又继续说道，"堂吉诃德，桑丘·潘萨，一个幻，一个真，一个愚，一个智，一个代表着不切实际的崇高理想，一个代表着不够完美的现实世界。这二者之间既矛盾，又不可分割。当堂吉诃德沉浸在自己的梦幻之中犯迷糊时，需要桑丘·潘萨用现实来把他敲醒；同时，当桑丘·潘萨贪图小利、耽于享乐的时候，也需要堂吉诃德用崇高的道德来给予教育和感化。"

"那么，这两个人物您更偏爱哪一个呢？"不安分的小伦又大胆地提出了问题。

"我只能说，对这两个人物我都是持肯定态度的，因为他们的身上都寄予了我的人文主义思想。至于我更偏爱哪一个，这个问题就当作课后思考题留给你们自己去想吧，因为我在书中已经给出了明确的答案。"

《堂吉诃德》的不朽魅力

"不知不觉竟然说了这么多,好像把一辈子的话都说完了。为了公平起见,接下来的时间该换你们给我讲了。哪位同学来谈谈你们眼中的《堂吉诃德》?怎么,没人说话?那好,刚才鼓动我讲话的那位同学,你来说说吧。"塞万提斯老师钦点小伦发言。

"关于《堂吉诃德》这部作品,刚才大家都已经分析得十分深刻了。不过既然塞万提斯老师让我发表一下个人看法,那么我就从文学角度来谈谈自己的感受吧。"小伦一如既往地从容不迫。

"《堂吉诃德》这部作品,初读起来只觉荒诞不经,可是细细品味,便能感受到塞万提斯老师对西班牙现实深刻的理解。塞万提斯老师采用讽刺夸张的艺术手法,把现实与幻想结合起来,充分表达了他对那个时代的见解。文中,现实主义描写占了主导地位,塞万提斯老师用史诗般的宏伟规模,精心绘制出了一幅幅各具特色又相互联系的社会画面。在人物的塑造方面,除了堂吉诃德和桑丘·潘萨这两位主人公被刻画得活灵活现之外,他还采用虚实结合的方法,塑造了近700个不同职业、不同性格的人物形象,他们从不同的角度反映时代、反映现实,让全书显得更加生动饱满。

"从17世纪问世一直到现在,几百年的时间里《堂吉诃德》的魅力经久不衰,原因究竟何在呢?经过一番仔细分析,我觉得原因主要有以下两点。首先,塞万提斯老师在《堂吉诃德》里提出了一个人生中永远也解决不了的难题:理想和现实之间的矛盾。理想与现实,这是每个时代、每个人都要思考和面对的问题,所以它不分国界,不分时空,永不过时。其次,从艺术角度讲,塞万提斯通过《堂吉诃德》的创作奠定了世界现代小说的基础,也就是说,现代小说的一些写作手法,如真实与想象、严肃与幽默、准确与夸张、故事中套故事,甚至作者走进小说,对小说指指点点等,都已在《堂吉诃德》时开始运用。总而言之,塞万提斯老师是现代小说的第一人,而《堂吉诃德》则是文学殿堂中的一部永恒经典,不论是人还是书,都同样散发着不朽的魅力。"

小伦的话音刚落,同学们的掌声立刻响起。这掌声既是献给小伦精彩的发言的，同时也是献给塞万提斯老师和他的《堂吉诃德》的。掌声未落，下课铃声也随之响起，又一堂精彩的文学课落幕了，同学们的目光里都带着一丝不舍。塞万提斯老师也不再绷着脸了，他的嘴角露出了欣慰的笑容。然而还来不及告别，一切美好就在这瞬间消失了。时间到了，梦该醒了，每个人都要回到原位。

又剩下小艾一个人了，空荡荡的"兔子洞书屋"一如既往地门庭冷落。虽然置身于冷清之中，小艾的热血却仍在澎湃，内心的疑虑也全部化解。如今，她认识到自己那"堂吉诃德"式的理想主义注定无法存活于现实的土壤，所以要想"圆梦"，还需脚踏实地，回归现实。小艾隔着窗子，眺望远方。她感到自己第一次如此真实地存在于这个世界之上，她的心终于不再飘了。

塞万提斯老师推荐的参考书

《小癞子》 无名氏著。16世纪西班牙最著名的流浪汉小说。作品以第一人称的叙述方式描述了一个名叫小拉撒路的穷孩子谋生中的复杂经历。小说通过小癞子的生活经历描绘了各阶层的人物，揭示了社会生活的各个方面。

《羊泉村》 洛卜·德·维加著。这本书取材于1476年富恩提·奥维纳村的村民武装抗暴的历史，表现了西班牙人民除恶抗暴的集体英雄主义，歌颂了羊泉村全体人民的斗争精神。

第六堂课

莎士比亚老师主讲"人性的觉醒"

威廉·莎士比亚（William Shakespeare，1564—1616）

欧洲文艺复兴时期最重要的作家，英国文学史上最杰出的戏剧家。莎士比亚流传下来的作品包括38部戏剧、155首十四行诗、两首长叙事诗和其他诗歌。其中《哈姆雷特》《奥赛罗》《李尔王》《麦克白》并称为"四大悲剧"，被公认为莎士比亚艺术成就最高的作品，被后人翻译成多种语言，广为流传。

4月30日，晴。身着一身黑色套装，脚踩着10厘米高跟鞋的小艾，自信地走进了一座28层的高级写字楼。这是这个月里的第10次面试，可是9次的失败根本没能挫伤小艾的锐气，以她目前的鸡血状态，就是再接受第20次、第30次的打击，她仍然可以从容笑对。

没错，自从"堂吉诃德"式的理想主义幻灭之后，小艾就脱胎换骨，完全变成了另一个人。如今她再也不会去做那些虚无缥缈的"诗人梦"了，她要顺应时势，她要出人头地，她不要再被老妈数落，她要向世人证明自己的能力。"什么自由，什么平等，什么博爱，让那些虚伪的崇高去死吧！我只要成功，只要成名，只要那些能够看得见、摸得着的好处。"这就是现在的小艾每天对着镜子说的话。

看着女儿一夜之间发生了180°大转变，最开心的当然是小艾妈。她一改之前的冷淡态度，积极主动地帮女儿改变造型，沟通人脉，希望帮女儿重新找一份更好的工作。而小艾更是百分之百地配合，在网上海投简历，凡是亲戚朋友介绍的门路全都去尝试一遍，不管是什么工作，只要是高薪肥缺来者不拒。谁还管什么兴趣、理想，全都见鬼去吧！

一番折腾过后，小艾的工作终于有了着落。CBD里的高级白领，月薪上万，光鲜体面的职位，无限的发展前景，比之前的国企会计更牛，这回全家人都得意了。

莎士比亚老师的话

我们的身体就像一座园圃，我们的意志是这园圃里的园丁；不论我们插荨麻、种莴苣、栽下牛膝草、拔起百里香，或者单独培植一种草木，或者把全园种得万卉纷披，让它荒废不治也好，把它辛勤耕垦也好，那权利都在于我们的意志。

可是开不开心呢？只有小艾自己知道。

终日的尔虞我诈，钩心斗角，人与人之间虚情假意，职业化的笑容时刻准备着，一秒钟可以变几个嘴脸。只这一间办公室里，小艾就看尽了人情冷暖，世间百态，原来这就是现实啊！如此丑陋不堪。人若只能这样活着，倒不如死了的好。从前再灰心的时刻，她都没有想过"死"这个字眼，看来这次真是"病入膏肓"了。

不能再这样麻木不仁地生活了，小艾已经意识到了自己病情的严重性，她必须及时"自救"了。于是在本该加班的周六下午，小艾特意请了假，专程来到了"兔子洞书屋"为自己"治病"。

✐ 莎士比亚的创作历程

"小艾,你可算来了,已经好一阵子没见你了,大家都念叨你呢。"小艾刚一出现在教室门口,小悠就热情地走过来拉住她的手,嘘寒问暖,问东问西。已经在冷漠的环境里待得太久的小艾对这样的关心还真有点儿不适应,她只是勉强地尴尬一笑作为回应。性格大大咧咧的小悠并没有觉察到小艾的变化,她还自顾自地说着话。"小艾,你今天算是来着了。知不知道今天的主讲老师是谁?保证你做梦都想不到,这一位绝对是家喻户晓的'国际巨星',你猜猜看?"小艾现在这副半死不活的状态,哪有心思猜?所以他只是敷衍地摇摇头。可谁知小悠却缠住小艾不放,非叫她猜,弄得小艾很是无奈。正在这时,我们今天这位"国际巨星"级的主讲老师亮相了。

"Good afternoon, everyone. I'm William Shakespeare."果然是"国际巨星",竟然以英文出场。

"不好意思,不好意思,我忘了要'入乡随俗'。同学们,下午好。我是来自英国的威廉·莎士比亚。"刚才的那句英文可能让大部分人都没反应过来,现在莎士比亚老师的这句中文版自我介绍刚一出口,教室里就炸开了锅。就连已经觉得"生无所恋"的小艾都激动了起来,使劲地摇着小悠的胳膊,搞得小悠都快要被她摇散架了。

"相见就是缘分,今天能够来到这里给大家讲课,我非常开心。当然,看见同学们这么热情,我的开心又加倍了。"莎士比亚老师礼貌又委婉地对大家的热情表示感谢。

"我知道很多老师在讲课的时候都会习惯先介绍自己的生平经历,然后再介绍自己的作品。但是我今天想打破一下这个常规。我知道关于我的身世、经历在后世流传着很多版本,我也有所耳闻。有些版本荒诞无稽,有些版本评价过高,还有一些版本有诽谤之嫌,不过这些都无所谓,今天我并不想在这里为自己'平反',因为作为一名作家,我看重的永远是我的作品。"莎士比亚老师抛砖引玉,直奔主题。

"影响一个作家创作的因素有很多,比如,大的时代背景,比如,个人的生活阅历。回顾我一生的创作历程，我觉得可以按思想和艺术的发展大致分成三个时期。

"第一时期从 1590 年至 1600 年，这段时间正值伊丽莎白女王统治后期。国内，宗教改革、血腥立法、镇压农民起义，为资本主义发展开辟了道路。但这时英国基本上还是封建社会，封建势力还很强大，女王比较成功地运用王权维持了封建势力同新兴资产阶级之间的平衡。对外，英国战胜了西班牙'无敌舰队'，增强了资产阶级的民族自信。在这种热情昂扬的大时代背景下，我这个时期的作品基调是乐观向上的。

魏鹏举老师评注

莎士比亚的9部历史剧均以帝王的名字命名，再现王权确立时的社会风貌，揭示了封建制度逐渐崩溃的趋势，表现了他的人文主义政治理想。

"我在这个时期的创作主要以历史剧、喜剧和诗歌为主，有 9 部历史剧、10 部喜剧和 2 部悲剧。9 部历史剧分别是《亨利六世》（上、中、下）、《理查三世》《理查二世》《亨利四世》（上、下）、《亨利五世》与《约翰王》。在这 9 部历史剧中，除《约翰王》是写 13 世纪初的英国历史外，其他 8 部内容上都是相衔接的。我在这些历史剧中概括了英国历史上百余年间的动乱，塑造了一系列正、反面君主形象，对封建专制、封建割据、暴君暴政进行了批判和谴责。我拥护中央集权，希望能够有一位开明君主对国家进行自上而下的改革，从而建立一种和谐的社会关系。"

"除了上述的 9 部历史剧之外，我这个时期的主要作品还有 10 部喜剧。它们分别是:《错误的喜剧》《驯悍记》《维洛那二绅士》《爱的徒劳》《仲夏夜之梦》《威尼斯商人》《温莎的风流娘儿们》《无事生非》《皆大欢喜》和《第十二夜》。这些作品大都以爱情、友谊、婚姻为主题，提倡个性解放，宣扬爱情可以战胜一切。"一口气讲完了上面一大段话之后，莎士比亚老师舔了舔已经说干了的嘴唇，喝了口水，稍作休息后，又接着讲了下去。

"第二时期的创作是从 1601 年至 1607 年，我这个时期的创作主要以悲剧为主，其中最著名的'四大悲剧'《哈姆雷特》《奥赛罗》《李尔王》《麦克白》就是这个时期的产物。在这个时期，我的剧作思想深度和现实主义深度都有所增强，更侧重于对时代和人生进行深入思考。

"从1608年至1613年，这是我创作的最后一个时期。这个时期政治黑暗，现实与理想的落差越来越大。我在苦寻出路而不得的情况下，只得将创作转向妥协和幻想的神话剧。这一时期的主要作品是4部悲喜剧：《泰尔亲王配力克里斯》《辛白林》《冬天的故事》和《暴风雨》。这些作品虽然带有空想性质，但却始终洋溢着一种乐观精神。因为不管现实多么黑暗，我对人文主义的坚持却从未动摇。"

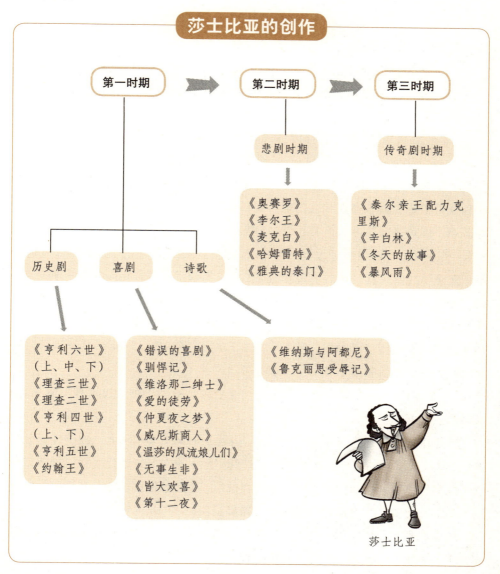

莎士比亚

震撼文坛的"四大悲剧"

"莎士比亚老师,您一生写了这么多部作品,其中最得意的是哪一部呢?"莎士比亚老师的话音刚落,急性子的小新就赶忙抢先提问。

"每部作品都像我的孩子,都是我用心血熬成的,哪个我不爱呢?不过父母也有偏有向,我一生最得意的,自然是我的'四大悲剧'。"

"《哈姆雷特》《奥赛罗》《李尔王》《麦克白》,部部都是经典,部部都是我的心头大爱。莎士比亚老师,您给我们讲讲这些作品吧。"小悠带着恳求的语气说道。

"好吧,那我就借这个机会给大家简要介绍一下我的'四大悲剧'。首先说说《奥赛罗》,这部戏剧是根据16世纪后半期意大利一篇短篇小说改编而成的,讲述的是勇敢诚实的摩尔人统帅奥赛罗,中了旗官伊阿戈的奸计,误杀了清白无辜的妻子苔丝德梦娜,后来在真相大白之后又自刎赎罪的故事。《奥赛罗》本是一部爱情悲剧,但是我在这里赋予了这部作品更多的内涵。

"奥赛罗是一位坦率、天真、单纯、正直的英雄,而他的妻子苔丝德梦娜则温柔坚贞,纯真善良,这两个人物的身上几乎集合了所有真善美的美好理想,他们的婚姻是最完美的结合。不过可惜的是,伊阿戈这位利己主义者的化身破坏了所有美好。为了达到个人目的,他不顾一切道德约束,看准奥赛罗的弱点,伪装诚实,而暗中运用造谣中伤、搬弄是非、无中生有等手段,来陷害无辜,最后终于达到目的,亲手制造了奥赛罗一家的悲剧。"

"接下来再讲讲《李尔王》。"莎士比亚老师讲得起了劲,连水都不喝一口,又继续讲了起来。

"《李尔王》讲述的是这样一个故事:古代不列颠王李尔年老,他把国土分给3个女儿。长女高纳里尔和次女里根言过其实地表白对父亲的爱,得到国土,三女考狄利娅率直,反而激怒李尔,被剥夺份地,远嫁给法国国王。长次女及她们的丈夫的忘恩负义和冷酷残忍把李尔王逼疯。在狂风暴雨之夜,他冲出女儿的宫廷,奔向原野和无情的风雨之中。考狄利娅闻讯,兴兵讨伐,但她和李尔都被俘虏,考狄利娅被缢死,李尔也在悲痛疯癫中死去。

"在《李尔王》这部戏剧中,我想探讨的是权威同人文主义者向往的真正的爱、真诚、理性和社会正义之间的矛盾。我希望通过李尔王的悲剧让大家明白,唯有真诚和爱才是通往幸福的唯一途径。"

"我已讲得口干舌燥了,下一部《麦克白》就找一位同学来代讲吧。"莎士比亚老师在滔滔不绝地讲了一大段以后终于熬不住了,于是小新自告奋勇,接着讲了起来。

"莎士比亚老师的《麦克白》是根据苏格兰历史编写的一出悲剧。苏格兰大将麦克白和班柯征服叛乱,班师回来,遇见三个女巫,她们预言麦克白本人和班柯的后代将做苏格兰国王。女巫的预言、自己的野心和麦克白夫人的怂恿,促使麦克白杀死在他堡垒里作客的苏格兰国王邓肯,篡夺了王位。为了保证王位巩固,他杀死班柯,但班柯之子逃逸。班柯鬼魂的出现和贵族们的猜疑使他感到不安。他又去询问女巫,女巫要他注意贵族麦克德夫,于是他又企图杀害麦克德夫,但麦克德夫逃走,所以麦克白便杀死了麦克德夫的妻子和孩子。在犯下这一连串的罪行之后,麦克白被内心的恐惧和猜疑搅得不得安宁。最后,麦克白夫人发了疯,而麦克白也在众叛亲离的情况下,被麦克德夫和邓肯的儿子消灭。"

"好了,故事我讲完了,接下来分析故事的任务就交给小文同学吧。"小新明目张胆地向小文下了"战书",这对"冤家"的恩怨真是没完没了。

面对如此直截了当的挑衅,同样争强好胜的小文自然毫不相让,只见他带着一脸自信的微笑,开口讲道:"莎士比亚老师的这部《麦克白》批判了现实世界存在的野心的腐蚀作用,肯定了人文主义者的'仁爱'原则,肯定了'良知',让人们看到了野心与仁爱的势不两立。仁爱是人的'天性',残暴是违反'人性'的。麦克白和他的妻子在野心的驱使之下犯下了一系列恶行,他们罪孽深重,即使逃得过世人的惩罚,也逃不过内心的梦魇,所以尽管他们拥有了权位名利,但却终日沉浸于绝望和痛苦之中,以致最后以悲剧收场。所以,莎士比亚老师是想通过《麦克白》的故事告诉大家,过度的野心和欲望会让人走上万劫不复之路,人要学会控制内心的贪欲。"

小文的分析简洁清晰,鞭辟入里,得到了莎士比亚老师的赞扬。接下来是"四大悲剧"中的压轴之作《哈姆雷特》,莎士比亚老师的心头大爱,所以他决定要亲自主讲。

"四大悲剧"详解

奥赛罗

《奥赛罗》 取材于意大利短篇小说,是一出人文主义理想被丑恶现实毁灭的悲剧。

李尔王

《李尔王》 通过李尔王被女儿抛弃的故事告诉世人,唯有真诚和爱才是通往幸福唯一途径。

麦克白夫人

《麦克白》 根据苏格兰历史编写,批判了现实世界野心和腐蚀作用,肯定了仁爱和良知,劝导人们要控制内心贪欲。

哈姆雷特

《哈姆雷特》 通过哈姆雷特这个典型的人文主义者形象的思考,对当时颠倒混乱的社会现实发出控诉,呼唤理性秩序和新的道德理想、社会理想。

丹麦王子的复仇故事

"《哈姆雷特》无疑是我最重要的悲剧作品。在这部作品里,我对于颠倒混乱的社会现实表现出深深的忧虑,呼唤理性、秩序和新的道德理想、社会理想,表达了对美好人性的追求向往和对现实中被欲望和罪恶玷污的人性的深刻批判。"

一谈到《哈姆雷特》,莎士比亚老师显得有点儿激动,一上来就直奔作品的主旨,弄得同学们有点儿跟不上思路。莎士比亚老师好像也意识到了这一点,于是他赶紧转换了自己的切入点。

"不好意思,我可能有点儿过于心急了。接下来还是让我们由浅入深,先找一位口才好的同学来给我们讲讲这则丹麦王子复仇的故事吧。"

莎士比亚老师的话音刚落,许多熟读《哈姆雷特》的同学都纷纷举手,争着要来讲这则故事,最后还是热情度最高的小悠"中了头奖"。只见小悠兴冲冲地站起来,使劲清了清嗓子,接着便用她那甜美的嗓音,绘声绘色地讲了起来。

"丹麦王子哈姆雷特在德国人文主义中心维登堡大学读书,家乡突然传来国王猝死的噩耗。哈姆雷特怀着无比悲痛的心情回到祖国。他这时才发现,父王的死不过是这场悲剧的序幕,更大的打击是:在父王死后不到两个月,母后乔特鲁德就和国王的弟弟、新国王克劳狄斯结了婚。

"这一连串事情在朝中引起了议论,有些大臣认为乔特鲁德轻率无情,居然嫁给了可憎卑鄙的克劳狄斯。甚至有人怀疑克劳狄斯是为了篡位娶嫂,蓄谋害死了国王。听着这些流言蜚语,哈姆雷特开始起了疑心。真相到底是怎样的?虽然克劳狄斯宣称国王是被一条蛇咬死的,但敏锐的哈姆雷特怀疑克劳狄斯就是那条蛇,而且,他猜测母亲乔特鲁德也有可能参与了谋杀。这些怀疑和猜测困扰着哈姆雷特,直到有一天他听说鬼魂的事,整个宫廷阴谋才开始显露出轮廓。

"哈姆雷特的好朋友霍拉旭告诉他,自己和宫廷警卫马西勒斯曾在半夜看见过一个鬼魂,长得和已故的国王一模一样。乌黑的胡子略带些银色,穿着一套大家都很熟悉的盔甲,悲哀而且愤怒地走过城堡的高台。听到这个消息后,哈姆雷特断定,这一定是父亲的鬼魂。而他之所以阴魂不散,绝对不会是无缘无故,一定是还有什么冤屈未了。

"哈姆雷特下定决心要与鬼魂见上一面,于是在一个月冷星稀之夜,他登上高台。经过漫长的等待,鬼魂终于出现了。眼前的鬼魂真的是哈姆雷特的王父,他之所以徘徊于人世不肯离去,正是为了向儿子说出自己死亡的真相。鬼魂告诉哈姆雷特,自己是被人害死的,而凶手正是他的亲弟弟克劳狄斯,目的是为了篡夺王位、霸占王嫂。

"哈姆雷特含泪听完了鬼魂的控诉，答应他一定会杀死卑鄙的克劳狄斯，为他复仇。在得知这个宫廷阴谋之前，精神上的痛苦就使哈姆雷特的身体虚弱，精神颓唐，鬼魂揭开秘密又在他心灵上增加了极其沉重的负担。从此以后，王子再没有了快乐，他已踏上了那条万劫不复的复仇之路。

"复仇开始了。哈姆雷特做的第一件事就是装疯。因为只有假装发疯，才能掩饰自己内心的不安，既可以保证自己的安全，又能有机会冷眼窥视克劳狄斯，伺机复仇。一切都很顺利，所有人都以为哈姆雷特是因为父亲的突然死亡和对奥菲莉亚的爱情而发了疯，甚至连国王和王后都没有怀疑，报仇的机会近在咫尺。可是，

《哈姆雷特》中的主要人物形象分析

哈姆雷特

哈姆雷特是一位典型的人文主义者。他的性格中具有双重矛盾性，一方面单纯善良，对人总是抱有美好的想法；另一方面又因父亲的死而变得阴郁、冷漠，开始怀疑一切。他善于哲思，却又耽于冥想；有报仇的决心却没有果决的行动，是一位思想上的"巨人"，行动上的"矮子"。

克劳狄斯是邪恶的化身，是被欲望吞噬了仁慈之心的奸雄，是贪婪的利己主义者和丧失了理性的冒险家。这个形象象征了文艺复兴后期以满足个人私欲为核心的新信仰、新道德。

克劳狄斯

乔特鲁德

王后乔特鲁德代表了人性脆弱的一面。当克劳狄斯控制了大局之后，一方面为了自保，一方面出于情欲的诱惑，这双重的脆弱性催促着她"钻进了乱伦的衾被"，沦为邪恶势力的帮凶。

波洛涅斯是一位典型的趋炎附势、见风使舵的奸臣形象。他自恃聪明，在各种势力之间运筹周旋，自以为机关算尽，可最后却聪明反被聪明误，落得身首异处的悲惨下场。

波洛涅斯

就在这个关键时刻,王子却犹豫了。犹豫不定的性格让他迟迟不愿动手,他甚至开始怀疑,鬼魂是魔鬼所变,并给自己找借口,说要等到有了真实根据再动手。

"于是,哈姆雷特开始寻找真相。他安排了一场演出,让演员把克劳狄斯在花园里毒害老国王的场景重演一遍,并从旁观察国王和王后的反应。果然,当看到这幕戏时,国王谎称身体不适,匆匆离开了。克劳狄斯的反应让哈姆雷特断定了鬼魂所言非虚,至此,他更加坚定了复仇的信念。

"然而,哈姆雷特的复仇计划还未开始,克劳狄斯已经先下手为强。他派王后去试探王子,同时又派波洛涅斯暗中偷听,在阴差阳错之中,王子错手杀死了波洛涅斯——他深爱的情人奥菲莉亚的父亲。至此,王子装疯的事情败露,于是克劳狄斯想尽各种毒辣手段要将他置于死地。国王派哈姆雷特和两个同学赍诏书去英国索讨贡赋,想借英王之手除掉哈姆雷特,哈姆雷特发现阴谋,中途矫诏,折回丹麦。这时奥菲莉亚因为父亲被情人杀死,疯癫自尽。国王乘机挑拨波洛涅斯的儿子雷欧提斯以比剑为名,设法用毒剑刺死哈姆雷特。在最后一场比剑中,哈姆雷特、国王、王后、雷欧提斯同归于尽。"

"忧郁王子"哈姆雷特

小悠出色地完成了任务,把这出《哈姆雷特》讲得激情澎湃,跌宕起伏,让在场的同学都有身临其境之感。莎士比亚老师也对小悠十分满意,甚至说她的演讲比当年的演出还要精彩。得到盛赞的小悠一脸喜悦,心满意足地落了座。接着同学们又经过了一番打趣起哄,教室才渐渐安静下来。

"好了,同学们,有趣的故事听完了,下面也该动动脑子了。有哪位同学愿意为我们分析一下哈姆雷特这个人物形象?"这个问题好像有点儿难度,这一次竟然出乎意料地没有一个人自告奋勇。见大家都沉默不语,莎士比亚老师也不强人所难,于是便亲自讲了起来。

"哈姆雷特这个人物是我呕心沥血塑造而成的。在这个人物身上,我注入了

《哈姆雷特》深层解析

哈姆雷特

哈姆雷特的形象特征
哈姆雷特是文艺复兴时期人文主义者的典型形象，他的性格中有两种特征。一方面他有美好的理想，品格高尚，且多才多艺，对于世界和人生，对人、对爱情、友谊等，都有一套与传统的教会观念不同的新看法。另一方面，他因为遭遇了现实的巨大打击，开始变得忧郁、多疑、悲观，成为一个思想伟大、行动迟疑的人。

哈姆雷特的"典型"意义
作为一个悲剧人物和一个人文主义者的典型，哈姆雷特的意义并不在于他是否成功消灭了罪恶，改变了事实，重整了乾坤，而在于他揭示了理想与现实之间的距离、先进与落后的矛盾，以及缩短这种距离、解决这种矛盾的必要性和迫切性。他对于"人"和世界的看法也加深了人们对于文艺复兴时期人文主义理想与精神的了解。

哈姆雷特的悲剧根源
一方面因为反动势力强大，哈姆雷特是封建社会内部出现的少数先进人物的代表，他与宫廷集团的斗争，反映了文艺复兴时期先进人物为实现美好理想与社会恶势力所进行的斗争。另一方面因为哈姆雷特所代表的人文主义思想本身具有的局限性。人文主义追求个性解放、个性自由，可是却无法调和理想与现实的矛盾，终日沉浸在自己的痛苦中，善于思考而不善于行动，经常陷入脱离群众、孤军奋战的绝境，所以往往导致理想失败。

自己的理想、矛盾、挣扎，可以说，这个人物身上集合了一位人文主义者所有的美德、不足与困惑。在经历父亲的死亡打击之前，哈姆雷特是一位快乐的王子，他高贵、优雅、勇敢、有学识，他拥有地位、名利、爱情和如花似锦的前程。这时的他就仿佛生活于童话之中，心中充满了爱和希望，对世界和人类抱有许多美好的幻想。然而，这一切的美好都在一次突发的变故中破灭了。被自己视作精神偶像的父亲突然死亡，叔父迅速篡位，母亲在父亲尸骨未寒之际就改嫁，这一系列猝不及防的打击彻底击垮了哈姆雷特所有的理想宏图，'快乐王子'一夜之间变成了'忧郁王子'。

"当王子脱掉高贵华丽的外衣，他也不过是一个凡夫俗子。老国王的死不过是悲剧的一个开端，真正让哈姆雷特灰心绝望的是摆在他面前的赤裸不堪的现实。慈母不再贞洁，家庭不再温暖，朋友不再忠诚，爱人不再完美。从前他所珍视和信仰的一切都在瞬间倒塌，年轻的哈姆雷特陷入了痛苦的沉思中。然而，正当他彷徨迷茫之际，父王的鬼魂为他指了一条'明路'——复仇。于是，复仇的信念就像哈姆雷特在无助的现实中能够抓住的唯一一根救命稻草，他又有了活下去的动力：他要为民除害，重整乾坤。不过可惜的是，哈姆雷特敏感、犹豫的性格让他空有一腔热血，却缺乏果决的行动力。所以，当复仇的机会近在咫尺时，他却迟迟不肯动手。杀死一个克劳狄斯容易，可是一个克劳狄斯死了，世界就清明了吗？世界就是一所很大的牢狱，而丹麦是其中最坏的一间。面对如此让人绝望的黑暗现实，哈姆雷特清醒地认识到仅仅凭借一己之力根本无力回天。为父复仇容易，重整乾坤却困难重重，这才是让哈姆雷特陷入忧郁痛苦的症结所在，也是引发他对人生、世界甚至整个宇宙重新思考的根本原因。"

"生存还是毁灭"的永恒困惑

"生存还是毁灭，这是一个值得考虑的问题，是默然忍受命运的暴虐的毒箭，还是挺身反抗人世的无涯的苦难，通过斗争把它们扫清，这两种行为，哪一种更

莎士比亚戏剧的艺术成就

戏剧情节生动丰富 → 莎士比亚非常善于在紧张尖锐的戏剧冲突中安排剧情,冲突的双方在斗争中的地位或形势不断变化,形成波澜起伏且富有戏剧性的情节。跌宕起伏,曲折复杂,扣人心弦,引人入胜。

人物个性鲜明、形象生动 → 莎士比亚剧作中的人物不是单一的、平面的,而是具有多面性、复杂性。如哈姆雷特既是一个脱离群众的封建王子,又是一个满怀抱负的人文主义者。夏洛克一方面是一个凶残吝啬的高利贷者,一方面又是一个虔诚的教徒。剧作还写出了同一人物前后不同时期的性格发展轨迹,如李尔王在位时的刚愎与失位后的痛悔等,这样就使人物更加内涵丰富,真实可信。

擅长用内心独白的手法直接揭示人物的内心世界 → 如《哈姆雷特》中哈姆雷特的重要独白有6次之多,每次都推动剧情发展,为塑造人物性格起到了关键作用。

戏剧语言丰富多彩,个性形象 → 莎士比亚的剧本主要用无韵诗体写成,同时又是诗与散文的巧妙结合。他的人物语言不仅符合人物的身份和性格,而且贴合人物当时所处的特定环境,和人物的戏剧动作相衬相依。此外,他还善于使用恰当的比喻、双关语、成语和谐语,不仅丰富了表现力,而且有浓郁的生活气息。

高贵？"小艾突然站起身来，背诵起了《哈姆雷特》中最著名的这句台词。

"没错，哈姆雷特的确提出了一个人人都曾困惑过的问题。"莎士比亚老师接着小艾的话继续讲下去。

"不论在哪个时代，美好的理想和无情的现实之间总有落差，哈姆雷特是时代的'先知'，他清醒地看到了现实中不公平、不合理的现象，他有美好的理想和善良的愿望，渴望改变现状，可惜又缺乏扭转乾坤的历史条件和果断决绝的行动能力。所有这一切，都注定了他不可逆转的悲剧命运。"

"好了，这节课要讲的内容我已经全部讲完了。剩下的时间同学们可以自由提问。怎么样？刚才那位如同'哈姆雷特'般忧郁的女同学，你要不要说点儿什么？"莎士比亚老师敏锐地感觉到了小艾的满腹心事，因此特意留下一点儿时间帮她答疑解惑。

小艾今天本来就是带着满脑袋疑问而来的，只是一直没有倾吐的机会。如今莎士比亚老师如此盛情相邀，她自然很乐意与大家分享心事。

"正如莎士比亚老师所说，不论在哪个时代，美好的理想与无情的现实之间总有落差。哈姆雷特深陷牢笼般的丹麦，因为无法负载拯救乾坤的重任而痛苦。而我呢？我身处如此幸福美好的现代社会，不用为衣食忧愁，不用为国事家事烦心，可是我却仍然不快乐。我不快乐是因为我受不了当今社会人与人之间的冷漠。如今我的眼里看到的都是人性的虚假和丑恶，我开始怀疑人生，我觉得我想要的那种人与人之间温情脉脉的美好生活根本就不存在。因此我对整个世界都灰了心，生存还是毁灭？我也想到了同样的问题。"听了小艾的话，同学们全都陷入了沉思，可以看出，这个问题并不止小艾一个人困惑过。

"生存还是毁灭？看来这真的是人类永恒的困惑。但是请同学们不要被哈姆雷特的悲剧结尾所误导，哈姆雷特之所以走向悲剧，是由其当时所处的环境和自身局限性决定的。对于这位同学的问题，我没法给出行之有效的解决方法。我只想告诉你，不论是生存还是毁灭，不论现实是美好还是不堪，哈姆雷特从来没有停下过探索的脚步，从来没有放下过抗争的宝剑。"

这节难忘的课就这样在莎士比亚老师慷慨激昂的声音中落下了帷幕。虽然现实的问题还是没能解决，可是小艾的心情却不再似先前那般沉重。因为关于生存还是毁灭的问题，她的心中已经有了答案。

莎士比亚老师推荐的参考书

《第十二夜》 莎士比亚著。这部作品是莎士比亚早期喜剧创作的终结。在文中作者以抒情的笔调以及浪漫喜剧的形式,再次讴歌了人文主义对爱情和友谊的美好理想,表现了生活之美、爱情之美。

《暴风雨》 莎士比亚著。该剧是莎士比亚晚年的代表作,被后人称为莎士比亚"诗的遗嘱"。作品讲述了仁慈的米兰公爵凭借魔法让恶人受到教育,恢复王位,宽恕弟弟的故事。全剧在大团圆中结束,这反映了作者晚年对矛盾冲突的处理趋于缓和的创作倾向。

第七堂课

莫里哀老师主讲"伪善"

> 真正的宗教信徒是从不会标榜自白的。那些整天把上帝挂在嘴边的人,不过是伪善的骗子。

莫里哀(Molière,1622—1673)

　　法国古典主义文学最杰出的代表,古典主义喜剧的创建者,在欧洲戏剧史上占有重要地位的戏剧家。莫里哀一生创作丰富,总体来看,喜剧成就超过悲剧。他一生共完成喜剧37部,其中《伪君子》《唐璜》《吝啬鬼》等剧作对贵族、僧侣和资产阶级的吝啬、自私、伪善等丑恶本性做了辛辣的讽刺,无论其思想性还是艺术性,都堪称世界戏剧界的瑰宝。

自从上次经过莎士比亚老师的点拨之后，小艾的思想和生活都逐渐回归正轨。反思之前的所作所为，不顾后果地辞职是发傻，不切实际地想当诗人是发梦，不择手段地想出人头地是发昏，总之，在理想与现实的取舍之间，小艾有点儿过于偏激，所以才走了之前那么多弯路。不过也不用抱怨，因为路都不是白走的，苦也不是白吃的，在经历过此番波折之后，小艾也成熟了不少。如今的她知道工作的来之不易，所以干起活来更加拼命；认清了理想与现实之间的差异，所以不再做那些虚无缥缈的梦，而是试着主动去适应现实生活。

　　随着思想的转变，小艾的生活也发生了翻天覆地的变化。从前的"宅女"现在一刻都不愿待在家里，同学、同事、书友、茶友、酒友，小艾真是"不交则已，一交惊人"，如今她的社交圈已经像蜘蛛网一样辐射出去，一发不可收拾。

　　新鲜事物总是有其独有魅力，就连最讨厌社交的小艾也享受到了交朋友的乐趣。认识不同的人，听不一样的故事，感受丰富多彩的人生，这真是一件不错的事。然而，尽管一切都如此美好，但每当盛宴过后，小艾的内心却总有一种说不出的落寞。所以今天聚会过后，小艾还是又一个人悄悄来到了"兔子洞书屋"。

莫里哀的"从艺之路"

　　"同学们好，今天给你们讲课的是让－巴蒂斯特·波克兰。"当小艾走进教室时，一位卷发披肩、面容清秀的外国老师正在讲台上做自我介绍。

　　"让－巴蒂斯特·波克兰？这是谁？没听过呀！"同学们开始纷纷议论，大家都没认出今天主讲的是哪位文学大师。

　　看见大家心急如焚，这位老师反而愈发卖起了关子。"既然大家猜不到我是谁，那咱们就先留个悬念。接下来我给大家讲讲我的'从艺之路'，你们边听边想，看看有没有人能够猜出我的身份。"接着他便津津有味地讲了起来。

　　"我出生在巴黎的一个资产阶级家庭，父亲是皇家室内陈设商，家境富裕，曾在贵族子弟学校克莱蒙中接受过正规教育。中学毕业后，父亲为我买到一张奥尔良大学法学硕士的文凭,希望我能够在商界有所成就,可惜我自幼便对戏剧情有独钟,对经商根本不感兴趣。

"1643年,我决定不顾当时的偏见,从事戏剧创作。凭着一腔热血,我与贝雅尔兄妹等10来个青年组织了'光耀剧团',在巴黎演出流行的悲剧。可惜演出失败,剧团负债累累,我也因此遭到拘押。几经尝试后,我仍然没能在巴黎混出名堂。不过这些困难都不能动摇我从艺的决心,我决定离开巴黎,去更广阔的世界继续追求自己的梦想。"

说到此处,主讲老师故意稍作停顿,看看大家的表情,可惜,这群木讷的家伙毫无反应。于是他又继续讲了下去。

"从1645年开始,我在外漂泊12载。正是这12年的艰辛将我磨炼成了一个出色的戏剧家。在这期间,凭借着不懈的努力,我一步一步接近自己的梦想。1652年,我正式成为剧团的负责人,并开始创作剧本。1655年,我的诗体喜剧《冒失鬼》在里昂上演,1656年,诗体喜剧《爱情的埋怨》在贝济耶上演,这些剧作都受到了广大观众的欢迎。我的剧团的名声也因此而蒸蒸日上,以至于闻名巴黎。1658年,路易十四下诏让我的剧团来巴黎演出。演出十分成功,我的剧团也终于在巴黎站稳了脚跟。"

"原来您就是莫里哀! 17世纪法国最伟大的戏剧家莫里哀!天哪!一个'让-巴蒂斯特·波克兰'的名字竟然唬住了我们!"

当主讲老师提到了他的作品《冒失鬼》和《爱情的埋怨》时,终于有人猜出了他的名字。没错,今天的主讲老师就是在欧洲文坛上占有重要地位的喜剧大师莫里哀。

"还不错,虽然你们对我本人了解不多,不过看来对我的作品还算比较熟悉,我才提到两部喜剧,你们就认出了我,算是勉强过关。闲话少叙,下面还是让我先把这篇精心准备的'自我介绍'说完吧。

"定居巴黎标志着我开始正式进入戏剧创作时期。1658年至1664年是我创作的第一个时期。在这段时间里,独幕剧《可笑的女才子》、社会问题喜剧《丈夫学堂》和《太太学堂》先后问世,都取得了不错的反响。

"1664年至1666年是我创作的全盛时期,标志着我的艺术走上另一个新阶段。我尝试着将风俗喜剧和性格喜剧结合,创作出了《逼婚》《伪君子》《唐璜》和《愤世嫉俗》等一系列思想性和艺术性都较高的作品。

"1666年至1673年是我创作生涯的最后阶段,主要剧作有《屈打成医》《乔治·当丹》《吝啬鬼》《浦尔叟雅克先生》《贵人迷》《司卡班的诡计》等。

"以上就是我一生创作经历的简要概括,很平凡的历程,没有什么惊心动魄的事情发生。不过还好,并无遗憾,因为我把那些波澜都留给了我的作品。"莫里哀老师用一句意味深长的结束语给自己的"自我介绍"画上了完美句号。教室里在片刻的沉默过后,爆发了热烈的掌声,文学大师的魅力果然势不可挡。

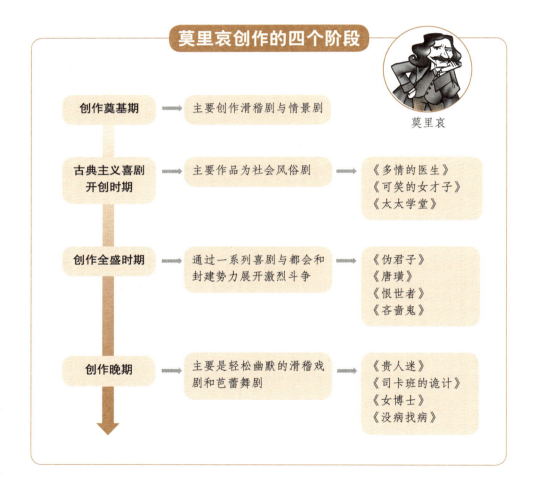

从《可笑的女才子》到《唐璜》

"我知道,在我的所有作品中,《伪君子》的流传度和知名度都是最高的。当然,就我个人而言,它也是我最得意的作品。不过你们中国不是有个成语叫作'抛砖引玉'嘛,所以大家先不要心急,在'重头戏'上场之前,咱们还是先来赏析一下其他作品吧。同学们,除了《伪君子》之外,你们还对我的哪些喜剧感兴趣?"

"莫里哀老师,您给我们讲讲《可笑的女才子》吧,那毕竟是您回巴黎后的第一部剧本,而且据说这部戏刚一上演就在巴黎上层社会掀起了轩然大波,由此可见这部喜剧的犀利的讽刺意味。"小新抢先说出了自己的意见。

"我还是更想听《太太学堂》,文学史上记载,这是一部标志着莫里哀老师的创作进入新阶段的里程碑之作,因为其内容宣扬了先进的思想一度遭到禁演,后来您还专门为此写了两篇短剧与封建保守势力论战,这部作品一定十分好看。"小新的"冤家"小文再次发表了不同的看法。

"我要听《唐璜》,这位漂亮、文雅、风流、放荡、不信宗教、不信神灵的花花公子,他既是玩世不恭、玩弄爱情的无耻之徒,又是敢于蔑视封建礼法的时代先驱,在他身上表现出的人类的两面性让他千百年来一直魅力不减。就连我自己也对这部作品情有独钟,读了又读,欲罢不能。"这次发言的是芳姐,她几乎道出了在场所有女生的心声。

> **魏鹏举老师评注**
>
> "四大吝啬鬼"中的另外三位分别是:莎士比亚笔下的夏洛克,巴尔扎克笔下的欧也妮·葛朗台以及果戈理笔下的泼留希金。

"你们都没说到点子上,要我说,《吝啬鬼》才是最不容错过的作品,阿尔巴贡这一经典形象被后世公认为是'四大吝啬鬼'之一。"小伦永远能在最合适的时机插上一句最合适的话。

"好了,我已经基本了解了大家的意图,下面就一一满足你们吧。"莫里哀老师清了清嗓子,缓缓地讲了起来。

"正如刚才那位同学所说,《可笑的女才子》是我回巴黎之后创作的第一部剧本。在这部喜剧里,我嘲笑了法国封建社会生活和贵族沙龙的所谓'典雅'的文学流派,揭露了该流派歪曲自然、违背理性的实质,对自命风雅的贵族男女给予了辛辣的讽刺。

"《丈夫学堂》和《太太学堂》标志着我的创作进入了一个新阶段。从这两部剧开始,我的创作从情节喜剧转向风俗喜剧。在这两部剧里,我从人文主义的观点出发,对爱情、婚姻、教育以及其他社会问题进行了讨论。当然,其中自然也少不了对上流社会的冷嘲热讽和犀利讨伐,所以该剧一出,再次引起轩然大波。沙龙人物攻击我,说我的剧本轻佻、下流、淫秽、亵渎宗教,为了斥驳他们,我连续写了《太太学堂的批评》和《凡尔赛宫即兴》两篇'战斗檄文'。我是要告诉大家,我的喜剧主要是为广大观众服务,而不是为那些坐在舞台下面指手画脚的贵族看客服务的。我绝不赞成把文学体裁分等级。喜剧的地位并不比悲剧低,让人笑比让人哭更困难。同样,我也不赞成用清规戒律束缚诗人、作家的才能。我认为剧本的好坏不在于是否服从这些规律,而要看是否合乎常识和理性,是否能感动观众、教育观众。"

莫里哀的创作原则

原则一:
喜剧是为广大观众服务的,而不是为贵族看客服务的。

原则二:
文学体裁不分等级,喜剧的地位不比悲剧低。

原则三:
剧本创作不需要清规戒律,最重要的是能感动、教育观众。

"莫里哀老师,您这种敢于挑战权威、打破规则的勇气真让人敬佩,要知道,一个人逆流而行是多么困难啊!"听到莫里哀老师的精彩言论,小艾忍不住发出感叹。

听到小艾的赞美,莫里哀老师会心一笑,然后又继续讲了起来。

"下面再讲讲《唐璜》。这是我的第二部巨型讽刺喜剧,取材于一个在17世纪的法国非常流行的西班牙故事。唐璜是个具有两面性的'恶棍大贵人'。一方面,他是封建社会产生的最典型、最无耻而又最伪善的掠夺者;另一方面,他漂亮、聪明、勇敢、文雅。这个形象是对那些'金玉其外、败絮其中'的贵族阶级的有力讽刺。"

"那不用说,您的《唐璜》肯定又被禁演喽!"小伦突然插嘴道。

"是的,当年《唐璜》只演了15场就遭到了禁演。其实这完全在我的意料之中,因为无论是形式还是内容,我的这部戏都没有符合他们的要求。当时的古典主义戏剧都要遵循'三一律'的规则创作,即同一时间、同一地点、同一事件,可是《唐璜》却一条都没有遵守,这怎么能不让那些死板的'学院派'恼怒呢?不管怎样,我个人对这次颠覆性的大胆创新是非常满意的。"说到此处,莫里哀老师的脸上露出了骄傲的笑容。

揭穿"伪君子"的真实嘴脸

"时间有限,《吝啬鬼》我就不讲了,感兴趣的同学可以回去自行阅读。接下来我们就直接开启《伪君子》的篇章,有没有哪位同学愿意给大家讲讲这个故事?"听到莫里哀老师的问话,小文第一时间站了起来,这一次他没把机会留给小新。

"《伪君子》讲述的是伪装圣洁的教会

魏鹏举老师评注

"伪君子"这三个字的意思是指表面正派高尚,实际上卑鄙无耻的人。我国武侠小说大师金庸笔下的岳不群正是一个"伪君子"的典型形象。

骗子达尔杜弗混进商人奥尔恭家，图谋勾引其妻子并夺取其家财，最后真相败露，锒铛入狱的故事。居住在巴黎的富商奥尔恭，是一个虔诚的天主教徒，他曾辅佐过国王，因此受到了人们的尊敬。当奥尔恭每次到教堂的时候，总会发现有一个信士，双膝跪地，专心致志，祷告上帝，这个人格外虔诚，因此引起了奥尔恭的注意。后来奥尔恭得知他叫达尔杜弗，原本是一个富有产业的贵人，因信奉上帝，不留心产业才落得家境贫寒。得知此事后，奥尔恭想出钱帮助达尔杜弗，可达尔杜弗却执意不收，还当场把钱分给别人，这一举动令奥尔恭十分感动，二人的关系也从此日益亲密。

"随着两人关系日笃，奥尔恭把达尔杜弗邀至家中，给他优越的待遇，把他当成圣人、导师、最亲密的朋友。不止是奥尔恭一人，奥尔恭的母亲柏奈尔太太更是对达尔杜弗着了迷，把他当成世上最好的人。面对奥尔恭一家人的热情款待，达尔杜弗表面上装出一副感激涕零的模样，对人对事都表现得十分虔诚，即使自己的行为中出现一点儿小错也要当成罪过来谴责。当然，他的这种假仁假义更是让奥尔恭和柏奈尔太太对他好感倍增。

"然而，是狐狸总要露出尾巴的，日久自会见人心。当达尔杜弗见到奥尔恭年轻漂亮的续妻欧米尔时，他的丑恶嘴脸完全暴露了出来。他一面恬不知耻地追求欧米尔；一面又想通过与奥尔恭的女儿马里亚娜结婚来继承财产。其他人都看出了达尔杜弗的丑恶嘴脸，唯有奥尔恭一人蒙在鼓里。奥尔恭的儿子达米斯试图在父亲面前揭发达尔杜弗的无耻行径，结果却反遭父亲驱逐。见自己的罪行即将败露，达尔杜弗假称自己将不久于人世，还说已决意要离开奥尔恭的家。被达尔杜弗迷得团团转的奥尔恭觉得自己对不起达尔杜弗，竟然提出要将财产全部赠送给他。

魏鹏举老师评注

让国王来作为所有矛盾的终结者，说明他仍对君主制度抱有希望，这暴露了莫里哀思想中的时代局限性。

"达尔杜弗暗自高兴，以为自己终于达成了目的，于是开始得意忘形，又去纠缠欧米尔。为了让奥尔恭看清达尔杜弗的真面目，欧米尔假装同意与达尔杜弗幽会。二人幽会期间，奥尔恭一直从旁观看，当他看见达尔杜弗对欧米尔动手动脚，听见达尔杜弗说'奥尔恭只不过是一个我牵着鼻子走路的人'时，终于醒悟，于是怒不可遏地大骂达尔杜弗，并把他赶出家门。"

"达尔杜弗离开了奥尔恭的家，本以为一切是非都已了结，可谁知第二天一早，政府官员竟然来到奥尔恭家，让他搬出'达尔杜弗先生的房子'。这时奥尔恭才想起，原来之前他已经将财产全都过继到达尔杜弗名下。**眼看奸人计谋将要得逞，就在危难之际，国王明察秋毫，识破了达尔杜弗的面目，下令财产仍归奥尔恭所有。至此，本剧以大团圆结局收尾。**"小文口若悬河地讲完了整篇故事，所有人都听得入了迷，忘了身在何处。

达尔杜弗的现实意义

"通过这位同学的讲解，相信大家已经对《伪君子》这出戏的梗概有了基本的了解，那么接下来我就结合剧情来给大家分析一下这部戏的文学内涵。首先，我要为大家介绍一下我们那个年代的社会背景。

"在我所处的时代，法国专制政体越来越反动，宗教伪善几乎遍及整个上层社会。这些伪教士披着慈善事业的外衣，干警察特务工作，暗中监视居民，陷害倾向信仰自由的人，而我笔下的达尔杜弗正是这些伪善信士的典型代表。贪婪、狡猾、凶狠、口蜜腹剑，达尔杜弗身上表现出的这些人性的丑恶，正是现实中这些伪教士的真正嘴脸。

"达尔杜弗这个形象固然是对现实中那些披着宗教的神圣外衣，内心却恶毒、无恶不作的伪教士的大胆揭露和辛辣讽刺，但是若从人性的角度去挖掘，其实还有另一层深刻含义。"讲到此处，莫里哀老师下意识地环顾一下四周，见所有人都听得专心致志，情绪更加饱满。

"达尔杜弗的确是个伪君子，他一面表现得无欲无求，愿为宗教奉献一切；另一面又控制不住内心对钱财和女色的渴望。其实避苦趋乐、追求爱情、追求幸福生活是人类的天性，在达尔杜弗身上表现出来的欲望也是人人都不可避免的。而达尔杜弗之所以会发展为一位虚伪可憎、恬不知耻的伪君子，其根本原因正在于当时那个自以为可以净化人心、洗涤罪恶的宗教。人性的欲望固然需要克制，可是过分的禁欲、压抑却反而会适得其反，导致人性的异化扭曲。达尔杜弗其实是这种极端禁欲主义下的牺牲品，所以说，他所表现出来的罪恶是被世俗化、官僚化以后的宗教的罪恶。"

"常言道：'金无足赤，人无完人。'其实每个人身上都是有弱点的，这并不可耻，敢于正视自身的缺点才能够改正缺点。那些总是宣扬自身'完美主义'的人才更可怕，他们不愿正视自身的弱点，反而更容易堕入罪恶的深渊。"听完莫里哀老师的讲述，小伦有感而发。

"这位同学说得非常不错，他能把达尔杜弗这个人物与现实结合，从而挖掘出人性中更深层次的东西，这种分析问题的方法值得提倡。好了，我这节课的内容已经讲得差不多了，非常高兴今天能够与你们分享我的作品，通过与你们这些有思想的年轻人交流，我也收获颇丰。希望下次还有机会再见。"言毕，莫里哀老师大步走出了教室。

又一堂课结束了，小艾恋恋不舍地走出"兔子洞书屋"，她发现，不管外面的花花世界多么新鲜热闹，她还是对这里情有独钟。回想起在聚会上交的那些朋友，个个仪表堂堂，谈吐优雅，之前小艾被一时的热情冲昏了头脑，对他们崇拜得五体投地，可是如今想来，这些人中其实有大部分都是达尔杜弗式的"伪君子"。小艾暗自庆幸，还好自己没有错过莫里哀老师的这堂课，否则毫无心机的自己极有可能成为下一个"被牵着鼻子走的奥尔恭"了。

莫里哀老师推荐的参考书

《熙德》 皮埃尔·高乃依著。这是法国第一部古典主义典范作品和奠基之作。该剧取材于西班牙史，通过男女主人公在爱情与荣誉、义务的冲突中所持的态度和采取的行动，表现了理性战胜感情、国家利益高于一切的思想。

《寓言诗》 让·德·拉封丹著。这是一部寓言诗歌集，一共收录了239篇寓言故事。诗人用诗的语言来讲述一个个简短而生动的故事，并寄寓一定的道理、教训，语言精练而理智，有韵味而又富于哲理，且耐人寻味。

第八堂课

卢梭老师主讲"自然之爱"

在"自然之爱"与"道德之爱"之间,究竟该如何取舍呢?

> **让-雅克·卢梭(Jean-Jacques Rousseau,1712—1778)**
>
> 18世纪法国最杰出的启蒙思想家、哲学家、教育学家、文学家。他出身于平民阶层,其社会政治思想体现了启蒙运动激进民主派的倾向,其文学创作则是浪漫主义文学的先声。他的主要著作有《论人类不平等的起源和基础》《社会契约论》《爱弥儿》《忏悔录》《新爱洛绮丝》和《植物学通信》等。

平平淡淡，无波无澜，这就是小艾最近的生活状态。每天按时上下班，按时回家，不再四处参加聚会，疯狂交友。小艾发现，那些呼朋唤友的生活还是不太适合自己，她还是最爱一个人看书、吃饭、旅行，安安静静。当然，除此之外，还有一件事情也是必不可少的，那就是每周按时去"兔子洞书屋"听课。

以前小艾去"兔子洞书屋"听课，都是误打误撞，什么时候想去就什么时候去，因此经常迟到。不过还好，热心的小悠上次主动给小艾抄了一张课程表，所以后来她就再不用为迟到而担心了。周末的授课时间是晚上八点半，小艾闲着没事，因此特意早到了半个小时。她本以为自己肯定是最早到的，却没想到，小文已经坐在教室里看起书来了。

小艾笑盈盈地走进教室，小文友好地打了个招呼，于是两人闲谈起来。小艾向小文询问今天的主讲老师是哪位，小文说他自己也不知道，因为学校为了保证每堂课都能给学生惊喜，所以特意要求对主讲老师的身份严格保密。接着两人又自我介绍了一番，言谈之间，小艾发现，原来小文和小悠一样，都是通过特制的机器来到这里的，而他们都不知道小艾是做着"梦"来的。小艾很想把自己的离奇经历告诉小文，可是话才到嘴边，就见一群同学蜂拥而至，上课铃声随之响起，一堂"神秘课程"又要开始了。

孤独的漫步者

"大家好，我是让－雅克·卢梭，一个孤独的漫步者。"同学们刚刚落座，只见一位头发卷卷、面容白净的外国老师匆匆走上讲台，简洁地做了自我介绍。

"您就是那位一人独获了思想家、哲学家、教育学家、政治理论家、文学家众多头衔的让－雅克·卢梭？"小文略带激动地发问。

"这位同学有点儿过誉了，我不过是写过几部关于哲学、政治方面的作品罢了。"卢梭老师生性腼腆，听到小文的赞美，白皙的脸庞不禁泛起了红晕。

"卢梭老师，听说您是从一个小学徒一步一步自学成才的，是吗？您的人生真是太励志了，能不能给我们讲讲？"小伦一如既往地直截了当，根本不管自己的表达是否得体。

不过卢梭老师倒是毫不在意，仍旧一副和颜悦色的表情，并且表示十分乐意与大家分享自己的个人经历，接着便侃侃而谈起来。

"我出生于日内瓦一个加尔文教派的小资产阶级家庭。父亲是一名默默无闻的钟表匠。虽然他只是一个平凡的小人物，但却给我带来了十分深远的影响。钟表匠父亲酷爱小说，我记得当我还只有 6 岁的时候，他就让我和他一起读 17 世纪法国爱情小说以及普鲁塔克的《希腊、罗马名人传》。**我们经常一起阅读到深夜，甚至凌晨，正是因为受着这种熏陶，才让我从小就养成了读书的好习惯。**

魏鹏举老师评注

好的习惯都是从小养成的，正如我们平日常说："父母是孩子的第一任老师。"看来启蒙教育真的不容小觑。

"快乐的童年很快就结束了，从 13 岁开始，我就过起了寄人篱下的学徒生活。先是当律师书记，后来又跟着一位雕刻匠当学徒，可是这些工作都不能让我快活，所以 16 岁时，我便离城出走，希望能够在外面的大千世界追求到更自由的生活。机缘巧合之下，我有幸结识了华伦夫人。这位伟大高尚的夫人在我的人生中起到了至关重要的作用，读过我《忏悔录》的同学应该知道，她可谓是我的命中贵人。"

"是的，您在《忏悔录》中曾提到，华伦夫人在您最无助的时候收留了您，她陶冶您的音乐情操，送您去神学院学习，还鼓励您外出旅行，感受大自然的壮美，这些都帮助您形成了健康的人生观，由此可见，这位夫人对您的影响真的是十分深远的。"这次插嘴的是小新，他曾读过卢梭老师的《忏悔录》，所以虽然明知有点儿不合时宜，但还是忍不住要卖弄一下。

"关于华伦夫人的事情我们在这里就不多谈论了，接下来还是让我继续讲完自己的人生经历吧。"听见别人提起华伦夫人，卢梭老师多少显得有点儿不太自然，不过他仍旧面带笑容，努力克制自己的情绪。

"享受过几年安稳生活之后，我再一次独自一人踏上旅程。为了谋生，我当过学徒、仆人、家庭教师，受尽富人的白眼和凌辱。1741 年，我来到巴黎，在这里结识了狄德罗、格里姆等人，启蒙思想逐渐形成。1749 年，我在杂志上读到题为'科学艺术发展是否有助于改善风俗'的征文启事,于是我写下了题为'论科学和艺术'的论文应征。1755 年,我又发表了第二篇论文《论人类不平等的起源和基础》。这两篇论文让我声名鹊起,轰动一时。

"然而了解我的朋友都知道,声名显赫并不是我想要的,繁华奢靡的巴黎生活并不能让我开心,唯有神奇壮美的大自然才是我心灵永恒的归宿。于是 1756 年,我毅然放弃在巴黎所拥有的声名,归隐山林。正是在这里,我完成了一生中三部重要的作品:《新爱洛绮丝》《社会契约论》和《爱弥儿》。"

魏鹏举老师评注

卢梭因其教育论著《爱弥儿》一书而遭到法国当局的通缉,所以他人生中的后二十年过得十分悲惨痛苦,最后死于穷困潦倒。

"好了,故事讲到这里也差不多该收尾了。这就是我还算励志的前半生,接下来的岁月就是苦多乐少了,不提也罢。"卢梭老师皱紧眉头,长叹一声,刚才的一脸喜悦瞬间换作满面愁容。同学们想给他点儿安慰,但却不知该如何开口。

凄婉动人的爱情故事

"好了,过往不提。今天能与大家相聚在此实属不易,不能再让往日的悲伤破坏了欢乐的气氛。今天咱们不提政治,不提教育,也不提哲学,就只谈谈最纯粹的文学。"沉思片刻之后,卢梭老师那张英俊白皙的脸上又重新绽放了笑容,性格还真是多愁善感,心情可以在一分钟内变化数次。

"卢梭老师,那么今天就给我们讲讲您的《新爱洛绮丝》吧。据说这本书当年曾在巴黎上层社会风靡一时,在文坛也是反响巨大,其中朱莉和圣普乐的爱情更是感人肺腑、发人深省。"一提到《新爱洛绮丝》,小艾就控制不住地摆出一副花痴的模样。这也难怪,哪个女生不对爱情抱着既崇高又浪漫的幻想啊!更何况像小艾这种天生爱做梦的女生，对《新爱洛绮丝》里面的"完美爱情"，根本毫无抵抗能力。

"听这位同学的口气，好像对《新爱洛绮丝》很了解的样子，那不如就由你来给大家讲讲《新爱洛绮丝》的故事吧。"小艾本就跃跃欲试，卢梭老师这是正中下怀，于是她满心欢喜地讲了起来。

"《新爱洛绮丝》是一部书信体小说，讲述的是贵族姑娘朱莉和她的青年家庭教师圣普乐相爱的故事。卢梭老师之所以把他的小说取名为《新爱洛绮丝》，是因为小说借用了12世纪法国青年女子爱洛绮丝与家庭教师阿贝拉的故事框架。

"在阿尔卑斯山脚下的一座小城里，贵族小姐朱莉与她的家庭教师——三等公民圣普乐相爱了。但是由于门第悬殊，这段爱情遭到了朱莉父母的坚决反对。已经接受过思想启蒙的朱莉也曾想为了爱情奋起反抗，可是从小便接受的'道德'教育又让她不得不为了维系自然血亲的孝道而屈从于父亲的意愿。最后，父亲赶走了圣普乐，并把朱莉许配给了门当户对的俄国贵族沃尔玛。在父亲的苦苦哀求之下，朱莉与沃尔玛结了婚。虽然她的心中对圣普乐仍然未能忘情，但是出于对家庭的责任感，她仍然成了一名贤妻良母。"

"难道朱莉和圣普乐的美好爱情就这样结束了吗？"多情的小悠红着眼圈发问。

"当然没有，倾心相爱的恋人怎么会那么轻易分开？就算人不能在一起，心也是在一起的。"大发感慨之后，小艾接着讲下去。

"时隔6年，圣普乐与朱莉这对昔日的恋人再度重逢。此时朱莉已经把自己与圣普乐的关系坦白地告诉了丈夫，而丈夫沃尔玛在听了他们当年那轰轰烈烈、感人肺腑的爱情故事后，也表示愿意成全二人。圣普乐告诉朱莉，为了忘记她，他曾周游了世界，可是谁知道，分离并没有断了情思，却让他的爱更加深沉。朱莉如今虽然已为人妻，但却没有因此而隐瞒自己的情感，她也同样言辞炽烈地向圣普乐倾吐了自己的爱情。经历了种种阻碍却依旧倾心相爱的恋人，等待他们的是什么？圣普乐想重温旧梦，然而恪守着家庭美好婚姻职责的朱莉却努力克制自己的情欲，没有跨越雷池一步。就这样，二人在情感与道德之间饱受煎熬，最后朱莉因跳入湖中救落水的儿子，染病离世。《新爱洛绮丝》这则凄婉动人的爱情故事就此落下帷幕。"

《新爱洛绮丝》故事梗概

贵族小姐朱莉与她的家庭教师圣普乐坠入爱河。

朱莉和圣普乐的爱情违背了封建社会的伦常,因此遭到父亲严厉反对,二人被迫分开。

朱莉在父亲的恳求下嫁给了门当户对的贵族沃尔玛,成为贤妻良母。

在沃尔玛的帮助下,朱莉与圣普乐这对旧日恋人在分开6年之后终于再度重逢。

《新爱洛绮丝》的全新解读

"非常感谢小艾同学的精彩演讲,她把我的《新爱洛绮丝》讲得缠绵悱恻,连我自己在听了之后都不觉陶醉其中了。"卢梭老师带着满眼笑意,给了小艾最真诚的赞美。

"我没读过卢梭老师的《新爱洛绮丝》,可是听小艾讲完,我怎么觉得这剧情如此熟悉呢?对了,和我们现在最流行的那些言情小说、韩剧、偶像剧差不多呀!不是王子爱上了灰姑娘,就是'青蛙'爱上了公主。"小伦就是一副直肠子,不管面对着谁,永远口无遮拦。

小伦这番"惊世骇俗"的言论一出,众人都替他捏一把冷汗。把卢梭老师的文坛巨作《新爱洛绮丝》与那些烂俗的言情小说、偶像剧相提并论,这简直是侮辱经典、"亵渎神灵"啊!

众人拭目以待,都等着看卢梭老师如何"惩治"小伦。可是出乎意料的是,卢梭老师不但没有大动肝火,反而带着憨厚的笑容说:"来到你们现代社会之后,刚才那位同学说的电视剧我也有幸看过几集,虽然很多新潮的台词都听不太懂,但是情节好像还真的和我的《新爱洛绮丝》差不多。当年我怎么也想不到,自己竟然成了你们后世'偶像剧'的鼻祖,哈哈……你看,才这么一会儿,我又多了一个头衔。"

卢梭老师自嘲式的幽默逗得同学们哈哈大笑,当然,笑过之后,每一个人也都为这位文坛巨匠的非凡气度所折服。这才是大师的风度。

虽然卢梭老师不予以反驳,可是他那些"忠实粉丝"(80%是女生)可不乐意了,众姐妹纷纷站起来驳斥小伦肤浅的观点。首先出马的是性子最急的小艾,由于情绪激动,她有点儿语无伦次。

"一部作品的好坏怎么能单看剧情呢?卢梭老师的《新爱洛绮丝》构架巧妙,语言优美,人物生动,思想深刻,绝对是大家手笔,那些粗制滥造的言情小说怎么能与它相提并论呢?再说,在卢梭老师所处的时代,封建礼教的压迫和门第的歧视更为严重,贵族与平民的爱情根本是天理难容的,当时根本没有人敢触碰这样的题材,而卢梭老师可谓是第一个吃螃蟹的人,仅从这一点来看,《新爱洛绮丝》

《新爱洛绮丝》与以往爱情小说的不同之处

具有反封建意义 → 《新爱洛绮丝》抒写的是一曲争取不到爱情自由、被封建门第观念葬送的爱情理想的悲歌。在小说中卢梭对爱情进行了大胆、热烈的讴歌,这是以往的小说中不曾有过的。

提出了全新的爱情观 → 卢梭认为爱情和道德不是对立的,而是可以调和、可以相容的。正如小说中的男女主人公,他们的爱情虽然是违背传统道德观念的,但却是崇高的,具有美德的。因为他们的爱并不是出于肉体的欲望,而是源于自然人性。小说中的两位主人公从始至终都自尊、自爱,既相爱又爱他人。

讴歌了大自然 → 对自然的赞颂是《新爱洛绮丝》的又一个重大特点,在这部小说中,卢梭写出了大自然对人们心灵产生的影响,他认为只有回归自然才能找到心灵的宁静。

既具文学性又富有哲理 → 《新爱洛绮丝》的文学魅力十足,书信体的独特形式,多层次、多侧面的刻画以及细致入微的心理描写都是以往爱情小说不能比拟的。此外,它不仅仅是一部爱情小说,更是一部哲理小说,卢梭在小说中对教育、文艺、宗教、农村经济等许多问题都发表了独特的看法,具有很强的思想性。

这部作品就与如今那些满大街的偶像剧有本质的不同。"

"小艾说得有一定道理,可是未免流于片面了。"这次站起来说话的是芳姐,她永远是表情严肃、口吻专业地出场。

"我个人觉得卢梭老师的《新爱洛绮丝》之所以能成为文坛上的经典,最主要的原因是文中塑造了朱莉这么一个集合各种矛盾于一身的女主人公形象。这个人物生动饱满，既有人性中的至善，也有其人物自身的弱点，绝不同于偶像剧中那些被美化的如神一般的女主角。"

"这位同学的观点挺有意思，你不妨再深入阐述一下。"

在卢梭老师的鼓励下，芳姐信心倍增，说得更加起劲。

"女主人公朱莉是一位贵族小姐，从小接受传统的伦理教育，但是她又与那些严守封建礼教的贵族小姐不同，在她的性格中有勇于反抗的一面。她敢于抛弃门第之见与家庭教师相爱，当父亲棒打鸳鸯，要拆散他俩的爱情时，她并没有立刻妥协，而是对封建家长发出了愤慨的控诉：'我的父亲把我出卖了，他把自己的女儿当作商品和奴隶，野蛮的父亲，丧失人性的父亲啊！'然而，这种勇敢也只是她性格中的一个侧面，由于从小受旧道德的影响，她舍不下根深蒂固的家庭观念，所以当父亲'抱着女儿的两膝'苦苦恳求时，她性格中的软弱成分又占了上风，于是便委曲求全地同意了父亲的请求，决定牺牲自己以尽人子的'天职'。"

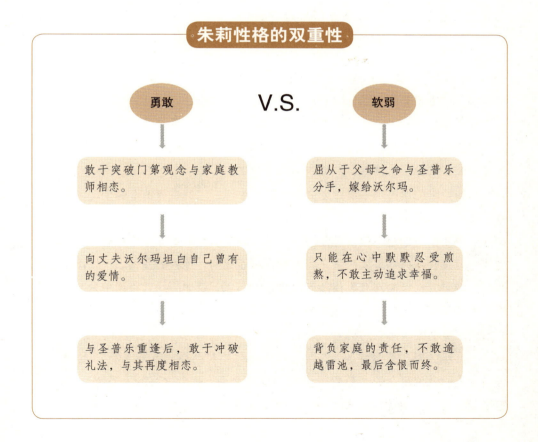

"纵观全文,我们便能发现,朱莉有着既勇敢又软弱的双重性格。她因为有不甘于被封建礼法压迫的勇气,所以才敢于与圣普乐相恋,又因为性格中的软弱成分,不得不屈从于父母之命。同样,对爱情的执着让她敢于不顾自己已婚的身份仍对圣普乐倾诉真心,可是出于对家庭的责任,又让她不敢跨越雷池一步,只能默默地在内心忍受煎熬。总之,朱莉的悲剧由其自身的双重性格决定,而卢梭老师的成功之处就在于,他能够始终把握住这一宗旨。"芳姐不愧是芳姐,每次都是精心准备,华丽出场。她这洋洋洒洒的一大篇,语言严密、自信从容,当真让人叹服。

自然之爱与道德之爱

"这位同学的观点很新颖,也把朱莉的性格剖析得很深刻,非常不错。"卢梭老师再次对芳姐提出表扬。"还有没有哪位同学想发表一下自己的看法?"

看来芳姐的发言已经震撼全场,教室里一片安静,再没人主动发言。

"好吧,既然没有人想说,那么接下来就让我这个当事人亲自来说说吧。"卢梭老师清了清嗓子,然后轻声细语地讲了起来。

《新爱洛绮丝》是一篇以爱情为主题的小说,它的主要情节是围绕朱莉与圣普乐的情感纠葛展开的。但是,这部作品与一般的爱情小说又是不同的,因为我在这里想要探讨的绝不仅仅是爱情,还有由爱情引起的更深层次的思考。我歌颂爱情,但是我强调的是人与人之间那种自然而然的,纯粹的爱情,仅仅出于天然的两性吸引,这里面甚至不掺杂任何情欲的邪念。就如同我对小说中朱莉与圣普乐的爱情描写,他们是完全发自肺腑的'自然之爱',不论是婚前还是婚后,他们始终用纯洁的情感制约着内心的情欲。

"'自然之爱'是美好的,与'自然之爱'相对的是'道德之爱',也就是符合当时人们道德观念的'爱情',即听从父母之命、媒妁之言的'爱情'。当'自然之爱'与'道德之爱'相冲突的时候我们要怎么办呢?在我之前的小说家们都主张'自然之爱'要让位于'道德之爱',但是我却不这样认为。我认为这二者是可以调和的。就如同朱莉和圣普乐,他们虽然因为门第之见不能够在一起,但是他们可以在道德允许的范围之内,让彼此心中的那份'自然之爱'永久保存,尽管他们也曾挣扎在情欲的边缘,但是他们仍然始终不曾丢弃内心的那份纯洁。"

卢梭老师的这番"自然之爱"与"道德之爱"的论述引发了众人的深思。在沉寂许久之后,小文站起来发表了自己的看法。

"我觉得卢梭老师关于两种'爱情观'的观点对我们现代人来说也同样意义深刻。在卢梭老师所处的时代,'自然之爱'要受到封建礼教的制约,所以最大的阻碍往往来源于外界的压力。而在我们现代社会,按理说'自然之爱'与'道德之爱'已经可以融合,然而可悲的是,当'自然之爱'不再被禁锢,过度的自由又导致了道德的丧失,这便让更多的年轻人堕入情欲的漩涡,反而忘了珍惜'自然之爱'的美好。由此看来,无论是在哪个时代,这种简单纯粹,完全发自内心,没有任何杂念的'自然之爱'都是同样的难能可贵啊!"

小文"借古论今"的精彩发言博得了众人的一致认同,教室里掌声雷动。雷鸣般的掌声过后,众人才发现,卢梭老师已经不声不响地离开了教室。时间过得真快啊!不知不觉中,又一堂精彩的文学课落下了帷幕,可大家都还意犹未尽。

小艾也不想离开,此刻她才惊觉,她已经爱上了这间"神秘教室":这里有随时会带来惊喜的神秘老师,这里有睿智可爱的同学,还有这里那种人与人之间简单纯粹的相处模式——彼此都是生命中的过客,不问过去,不问将来,只要珍惜现在就好。这样想着,小艾决定不再向小文坦白自己的"来历",因为不管自己来自何方,不管自己如何来到这里,都无碍于他们此刻肝胆相照的友情。

胡思乱想着的小艾已不知不觉地回到现实。"兔子洞书屋"依旧冰冷空荡,不过这一次她却没有以往的失落感,因为心中已有所冀盼,因为知道明天还会相聚,所以此刻她选择笑着离开。

卢梭老师推荐的参考书

《爱弥儿》 卢梭著。这是一部讨论有关教育问题的哲理小说。在此书中,卢梭通过对他所假设的对象爱弥儿的教育,来反对封建教育制度,阐述他的资产阶级教育思想。

《忏悔录》 卢梭著。这是卢梭晚年写作的一部自传体小说,是文学史上难得的一部既具真实性又具文学性的优秀自传。在此书中,卢梭毫不掩饰地揭露了自己性格中的瑕疵,彻底地在公众面前暴露自己的灵魂,为我们展示了一个鲜活真实的平民知识分子形象。

第九堂课

歌德老师主讲 "永不满足地追求"

约翰·沃尔夫冈·冯·歌德（Johann Wolfgang Von Goethe，1749—1832）

德国最伟大的诗人、剧作家、思想家，他的创作把德国文学推向了欧洲第一流的位置，同时对整个欧洲文学的发展都作出了巨大贡献。歌德的作品充满了"狂飙突进"运动的反叛精神。他在诗歌、戏剧、散文、自然科学、博物学等方面都有较高的成就。他的主要作品有书信体小说《少年维特之烦恼》、长诗《普罗米修斯》、诗剧《浮士德》以及许多抒情诗和评论文章。

平静地度过了一个星期，什么事都没有发生。最近小艾一直埋头于书堆，阅读了许多中外名著，也对人生有了更深入的思考。人究竟为何活着？有一天这个问题突然闯入小艾的脑海，从此便久久困扰着她。为了名利？为了父母？为了爱情？为了工作？为了造福人类？这些答案好像没有一个是她想要的。小艾终日苦思，却百思不得其解。她憋得难受，想打电话找人倾诉，可是翻烂了电话本，却没有一个人是她想打的，这真是让人抓狂。

小艾躺在床上翻来覆去睡不着，终于忍不住了，于是便抱着试试看的心理来到了"兔子洞书屋"，想碰碰运气。今天是星期四，小悠给的课程表上没有显示今天有课程安排，可是当小艾来到"神秘教室"的时候，教室里已经坐满了人。讲台上一位体魄健壮、精神饱满的中年男子正在慷慨激昂地侃侃而谈，台下的同学们个个神采飞扬，全神贯注，可惜却没有一张熟悉的面孔。

"原来还有另外一群人在这里上课，他们多半和小悠、小文一样，也是来自各大高校的高材生。"小艾在心中暗自揣测。"也不知道他讲的是什么内容，不妨进去听一听，说不定能解答我心中的困惑。"抱着这种心态，小艾悄悄地溜进教室，在最后一排拣了一个空位坐下，开始听讲。

✒ "狂飙突进"时期

"刚刚给大家简要叙述了我幸福的童年生活，接下来我再给大家谈谈我在莱比锡的学习时光。正是在这里，我开始发现了自己对文学艺术和自然科学的兴趣，这里带给我的影响是十分深远的。"台上的老师认真地讲述着自身的经历。

"莱比锡？文学艺术？自然科学？这位老师到底是谁？"小艾因为错过了主讲老师的开场白，所以不得不费力猜测，可是仅凭这几个简单的关键词，她还完全搞不清楚状况。

"在莱比锡学习期间，我听了作家盖勒特的诗艺讲座，并参加了他的写作风格练习班，这些启发了我对文学的兴趣。之后，我有幸品尝了一次甜美的爱情，它激发了我内心澎湃的激情。当文学与爱情相遇时,我便成了一位诗人。在这个时期,我的诗句欢乐、轻快,具有洛可可风格传统,处处都洋溢着爱情的喜悦。"主讲老师一边追忆着甜蜜的似水年华,一边柔声细语地讲述着他的"诗歌之路"。

"美好的爱情犹如烟花般短暂,转瞬即逝。在经历过漫长的痛苦自愈之后,我重振精神,开始对人生进行全新的探索。1770年,我来到斯特拉斯堡继续学业。在这里,我接受了卢梭的思想和斯宾诺莎哲学思想的影响,并且结识了'狂飙突进'

魏鹏举老师评注

盖勒特是德国启蒙运动作家,他的作品主要是宣传理性,劝人戒恶从善。

运动的精神领袖赫尔德和一批文学青年。在他们的影响下,我开始阅读荷马和莎士比亚的作品,并研究了民间文学,这些有益的学习让我逐渐摆脱早期那种宫廷文学和古典主义的束缚,也给我的诗歌创作带来了很大的帮助。在这个时期,我写下了《五月之歌》《野玫瑰》等诗歌,它们大多感情真挚,旋律优美,民歌特色浓郁,得到了世人的好评。他们说我是德国近代抒情诗的创始者,这个头衔我实在不敢当,我只能说,我是用心在写诗歌。"

主讲老师又滔滔不绝地讲了许多,同学们都听得津津有味,乐在其中,唯独小艾一人仍在痛苦中挣扎,当然此时让她痛苦的早已不再是先前反复思考的哲学问题,她早已把那件事抛诸脑后,如今她最想搞清楚的就是,眼前这位风流倜傥、谈吐优雅的主讲老师到底是何方神圣。"都怪我才疏学浅,人家都透露了这么多'私人信息',我却仍然毫无头绪。"小艾抱怨着,懊恼不已。

"'狂飙突进'的思想对我影响很大,它不仅体现在我的诗歌上,还渗透到其他各种类型的作品中,是我这个时期创作的主要方向。历史剧《葛兹·封·伯利欣根》就是一部体现着我'狂飙突进'精神的著作,这部作品取材于16世纪德国宗教改革和农民战争的历史,主人公是德国16世纪一个没落骑士。他一度参加农民起义,但最后背叛了农民。在这里,我把葛兹塑造成一位对诸侯作战、反封建、争自由的英雄,从而表达我不满封建暴政和渴望国家统一、要求自由平等的思想。"

"我在写作这部作品时,借鉴了莎士比亚的创作,有意识地突破了古典主义'三一律'的束缚。这部作品中人物众多,情节复杂,场景不断变化,问世之后,在当时颇为轰动。魏兰特在看过该剧作之后,还称赞我是'美丽的怪物',这个评价真是让我哭笑不得。"说到此处,主讲老师哈哈大笑起来,他声音洪亮,毫不克制,从这爽朗的笑声中就能感受到他热情奔放的性格。

歌德主要作品简介

抒情诗
近代德国抒情诗的开端,诗歌赞颂大自然,歌颂爱情和友谊,充满了积极、乐观、健康的精神。

历史梦剧《葛兹·封·伯利欣根》
一部体现"狂飙突进"精神的著作,通过一位农民起义领袖的悲剧故事表达了作者对当时社会的不满。

书信体小说《少年维特之烦恼》
这是德国第一部具有世界意义的作品。作者成功塑造了一个精神高度觉醒,却缺乏行动能力的叛逆者形象,并且通过维特的悲剧反映了时代的悲剧。

哲理诗剧《浮士德》
这是由一幕序曲,两个赌徒,以及浮士德的终身追求构成的五幕悲剧。诗剧通过浮士德一生的追求,探讨了生命的真谛。

✏️ 震惊世界的"春雷"

"'狂飙突进'运动仍在继续,我的思想仍旧在'狂飙突进'精神的影响下翻滚,在这段时期,我的内心陷入了迷茫、痛苦和挣扎。一次爱情的失败对我打击沉重,之后又得知了一位朋友自杀的消息,这两件事都带给我很大的震撼,也直接激发了我的创作灵感。就这样,在一系列机缘巧合下,我写下了《少年维特之烦恼》,当时真没想到,这本书会带给我如此丰厚的名誉和财富,甚至因它而闻名世界。我只能说,幸运女神真的对我格外垂青!"

"原来台上的主讲老师就是德国最伟大的诗人歌德!天哪!我真是笨得够可以了,竟然才听出端倪。"当歌德老师提到《少年维特之烦恼》一书时,小艾终于恍然大悟。"歌德老师可是我的偶像啊!当年读《少年维特之烦恼》的时候,我简直被书中的维特迷得神魂颠倒呢!"小艾又发挥起了她胡思乱想的特长,开始各种神游。不过还没等思路飘出窗子,小艾就被一阵低沉迷人的声音拖回了现实。

"歌德老师,您就不要自谦了。您的《少年维特之烦恼》一书一经出版就在整个德国乃至欧洲掀起了一股'维特热',使年轻一代如痴如醉,有的与维特遭遇相仿的人甚至轻生而死,由此可见其影响之大。"说话的是一位高高瘦瘦的男生,这个人浑身散发着一股与生俱来的忧郁气质,再加上那低沉迷人的嗓音,活活一个现代版的"维特"。

"是的,《少年维特之烦恼》这本书的确在当时引起了一阵空前的轰动。不过我个人认为,这部作品之所以会产生如此大的影响,原因是多方面的。首先,我可以毫不谦虚地对这部作品的文学价值给予肯定,不过,我觉得它能产生如此热烈的反响,最主要的原因还在于它恰逢其时的缘故。之前我就有过这样的比喻:'就像爆炸一个地雷只需一点导火索那样,《少年维特之烦恼》在读者中引起的爆炸也是这样。'"歌德老师说话时一脸严肃,丝毫没有得意之色和自夸之嫌。

"《少年维特之烦恼》这本书就好像被施了魔法一样,影响的何止是一代年轻人?至今我们读来仍为之沉迷。当年我读这本书的时候,还青涩懵懂,初尝爱情的滋味,我觉得自己简直就是维特的分身。他的喜悦、痛苦、迷茫、困惑,都引

魏鹏举老师评注

据说当年有一些青年在看了《少年维特之烦恼》以后竟然模仿维特做出轻生举动,由此可见一部文学作品对世人的影响之大啊!

起了我在情感上强烈的共鸣。"说话的仍然是刚才那位瘦高男生,他那饱经沧桑的语气和年龄极不相称,让人不禁猜想他一定是经历过什么不为人知的事情。

"看来这位同学对我的《少年维特之烦恼》感情颇深嘛,那么你不妨趁此机会跟大家分享一下你的心得体会。"歌德老师笑着发出邀请。

"维特出生于一个较富裕的中产阶级家庭,受过良好的教育。他能诗善画,热爱自然,思维敏捷,情感丰富细腻。他接受过卢梭思想的影响,追求自由平等,痛恨等级制度和贵族特权。一年初春,为了排遣内心的烦恼,他告别了家人与好友,来到一个风景宜人、民风淳朴的小镇。在这里,维特认识了一位叫作绿蒂的可爱少女。二人一见倾心,彼此爱慕,可惜却不能在一起,因为绿蒂已与维特的好友定下婚约,她不能违背。一面是友情,一面是爱情,还有一面是残忍无情的现实,维特从此陷入尴尬之中,不能自拔。后来经过一番痛苦抉择,维特选择了离开。他来到全新的环境,试图通过事业来寻求情感上的解脱,然而鄙陋的环境、污浊的人际关系、压抑个性窒息自由的现存秩序,都使他无法忍受,最后他终于又重返绿蒂身边。可是此时他却发现,自己心爱的姑娘已经嫁为人妇。残酷的现实让维特万念俱灰,最后他决定以死殉情,于是用一支手枪结束了自己的生命。"瘦高男生一口气叙述完了整篇故事的梗概,也不稍作休息,便又接着讲了下去。

"少年的维特到底在烦恼着什么?是什么导致了他的人生悲剧?当年我读这本书的时候一直在思考这个问题。难道仅仅是一次失意的恋爱?当然不是,维特若是如此肤浅,根本就不会引起一代又一代青年人的共鸣。深入地解读这部作品,我们会发现,爱情上的烦恼不过是一个导火索,其实维特的痛苦源于他自身的不合时宜。他有着超前于当时社会的先进思想,他无法容忍当时落后的制度、陋习、偏见等压抑人性的观念,他主张个性解放、感情自由,然而那却只能是一个口号,他根本无力改变。所以说,维特的烦恼其实是每一代思想进步的青年都会遇到的烦恼,我们都是反抗者,我们都渴望打破旧有的陋习,建立更好的制度,可是,我们都缺乏积极的行动能力,所以才会陷入痛苦,甚至导致人生悲剧。"瘦

《少年维特之烦恼》详解

创作背景

- 对夏洛特·布夫的爱。小说在极大程度上是自传性的，歌德把自己的两段爱情经历融入小说，塑造了绿蒂的形象。

- 耶路撒冷的自杀。小说结尾部分维特自杀的情节安排是受一位年轻的同事耶路撒冷的激发而产生的。歌德将耶路撒冷的许多性格特征转移到维特身上，以与熟悉耶路撒冷的人的谈话，以及他自己对耶路撒冷的记忆构成了小说的基础。

作品分析

- 这部小说采用的书信体形式开创了德国小说史的先河，作品描写了维特跌宕起伏的感情波澜，在抒情和议论中真切、详尽地展示了维特思想感情的变化。

- 作者将其个人恋爱的不幸放置在广泛的社会背景中，对封建的等级偏见、小市民的自私与守旧等观念做了揭露和批评，热情地宣扬了个性解放和感情自由的观点。

- 通过主人公反抗社会对青年人的压抑，表现出一种抨击陋习、摒弃恶俗的叛逆精神，因而更具有进步的时代意义。

高男生对这本书的解析实在是深刻透彻，让人折服。

"这位同学的分析既精彩又全面，实在是无以复加，我就不再画蛇添足了。"歌德老师对瘦高男生的发言给予了充分肯定，接着看了看手表，发现时间有点儿紧迫，所以就赶忙进入了下一个话题。

浮士德的"体验之旅"

"我们现在来说一说我的下一部作品《浮士德》。"歌德老师的语速都快了起来。

"关于《浮士德》我要从何谈起呢？这可是我一生心血的结晶。"谈到《浮士德》，歌德老师显得有点儿激动，毕竟这部作品是他花了60年时间，呕心沥血才酿成的佳作啊！可想而知，这部作品对歌德老师来说是多么的重要。

"歌德老师，我知道《浮士德》是与《伊利亚特》《神曲》《哈姆雷特》并称为欧洲古典四大名著的一部巨作，可惜却一直没能有幸拜读，不知道您能不能在评讲之前为我们介绍一下剧情梗概。"一位文文静静的女生坦白而又直接地提出要求。

"我正发愁不知从何讲起，多谢这位同学帮我理清思路。那么接下来我就先给大家讲讲《浮士德》的故事。"歌德老师整了整衣襟，清了清嗓子严肃认真地讲了起来。

"在广阔的天庭，上帝向魔鬼墨菲斯托询问浮士德的情况。墨菲斯托说无穷的欲望让浮士德处于绝望和痛苦之中。魔鬼墨菲斯托认为，人类无法满足的追求终必导致其自身的堕落，可是上帝却不同意这一观点，他认为尽管人类在追求中难免会犯错误，但最终能够达到真理。二人观点不一，于是立下赌约，由魔鬼下凡去诱惑浮士德，看他能否让浮士德堕入邪路。

"与上帝打过赌之后，墨菲斯托兴冲冲地从天宫下到凡尘，一心想要把浮士德引向堕落。此时已年过半百的浮士德正在一个中世纪的书斋里坐卧不安。他想到大半辈子自己埋头在故纸堆中，与世隔绝，到头来却一事无成，深感生命的可悲。心灰意冷之下，他欲饮鸩自尽，可是教堂响起的复活节钟声却勾起了他对人生的眷恋。

"就在这生死一线之时，墨菲斯托出现了。他提出让浮士德签订灵魂契约的建议。墨菲斯托表示，自己甘愿做他的仆人，为他解愁除闷，寻欢作乐，获得一切需要。但若是浮士德在某一刻表示已经满足，那么他的灵魂将归自己所有。浮士德根本不相信'来生'，便毫不犹豫地与魔鬼签下契约。"

"自此以后，好戏才真正开始。有没有哪位同学愿意替我把下面的故事讲完？

我一个人都说得口干舌燥了。"歌德老师故意摆出一副委屈的神色。

"既然歌德老师讲得累了,那就由我来代劳吧。"一位阳光帅气的男生从座位上跳起来,主动请缨。歌德老师带着笑容默默点头表示同意,于是男生便接着讲了下去。

"与墨菲斯托签订契约后,浮士德便开始了他的'体验之旅'。魔鬼带他来到莱比锡的地下酒店,让他体验充满'快乐'的世俗生活,酒店里一群大学生在饮酒作乐,浮士德对此嗤之以鼻。接着魔鬼又让浮士德喝下魔女的药汤,让他恢复青春,去体验爱情的甜蜜。浮士德爱上了美丽的玛甘泪,并且在魔鬼的帮助下享受到了爱情的欢乐。然而好梦易醒,两人才刚刚尝到爱情的甜蜜,就不得不面对一连串的残酷打击。首先是玛甘泪误杀母亲,之后浮士德又误杀了玛甘泪的哥哥,玛甘泪在一连串的打击之下精神错乱,两人的爱情最终以悲剧收尾。

"凡尘的爱情不能使浮士德感到满足,墨菲斯托又带领他来到金銮宝殿,让他帮助皇帝排忧解难。浮士德怀着满腔热情想要大展身手,可是政治也不能使他满足。后来浮士德有幸见到希腊美人海伦,对其一见钟情。接着在墨菲斯托的帮助下,浮士德将海伦救出地狱,与其结成夫妻并生下一子欧福良。后来欧福良不幸死亡,海伦也在万分悲痛之下幻化而去,浮士德的美梦再次破碎。

"最后,浮士德降落在山顶上,他俯视大海,一个庞大的计划涌上心头:他要移山填海,造福人类。最后在魔鬼的帮助下浮士德完成了心愿,当看到自己的伟业实现时,浮士德终于喊出:'你真美呀,请停留一下!'随声倒地死去。浮士德终于满足了,魔鬼正欲收走他的灵魂,可是众天使抢先一步,夺回了浮士德的灵魂,带他飞入天堂。"

永不满足地追求

《浮士德》的故事讲完了,在"阳光帅哥"绘声绘色的讲述中,众人如痴如醉,仿佛与浮士德一起上天入地了一番。还没等大家回过神来，歌德老师已经迫不及待地开口了。

"我们都是一样的人，我想我们每个人来到世间后都会遇到一个同样的问题：我们为何而活？"当歌德老师说到这一句时，小艾激动得差点儿喊出声来。歌德老师提出的问题正是几天来苦苦缠绕她的难题，她做梦也没想到，连歌德老师这样"功力深厚"的大文豪也会和自己遇到同样的困惑。

"《浮士德》这部诗剧探讨的正是这个主题。"歌德老师接着讲下去，"我们为何而活？这其实是每个人终其一生都在探索的问题。作为与你们一样的人，我也有着同样的困惑。我用一生的时间在探寻，从书本到现实，从感官上的享乐到精神上的满足，从个人价值的追求到成就全人类的幸福，我的一生从未停歇，我把我的体验全都写进了《浮士德》中，我得出的结论就是：人生要一直追求，永不满足地追求，这才是生命的意义。"

歌德老师的一席话说完之后，教室里鸦雀无声。所有人都陷入沉思，这个话题实在有点儿深奥难解。

"歌德老师，您说的'永不满足地追求'是什么意思呢？恕学生愚钝，还望您点拨一二。"一位穿着长袍大褂的老先生文绉绉地发问，看他的模样，活像是"中国版"的浮士德。

"今天上课的人还真是奇怪，什么样的人都有。这位老先生不会是从古代'穿越'来的吧？"小艾又禁不住胡思乱想了一番。

"刚才我可能说得有点儿抽象，下面还是让我通过浮士德的故事来为大家具体讲解一下。我在《浮士德》的一开篇，就通过上帝和魔鬼打赌的形式提出了本剧想要探索的基本主题：人是贪图感官享受的动物还是具有高尚精神境界的灵长？我们是该满足于眼前还是该不断战胜自己、超越自身？以上这两个问题是每一个人都会遇到的困惑，是人性中根本存在的矛盾。只有解决了这一问题，我们才能悟得生命的真谛，才能解答人为何而活的问题。"

"要找到答案，就必须亲自实践。于是，接下来，作为人类代表的浮士德便从此踏上了'体验之旅'。在书中，我故意为浮士德安排了五段生活，这五段生活都具有不同的象征意义，也代表着浮士德体验之旅的五个不同阶段。第一部分写浮士德一生困于书斋，年过半百之后终于彻悟，原来这种脱离现实的生活根本毫无意义，于是他决心与魔鬼签订契约，去亲历世间繁华，找寻生命的意义。走

第九堂课
歌德老师主讲"永不满足地追求"

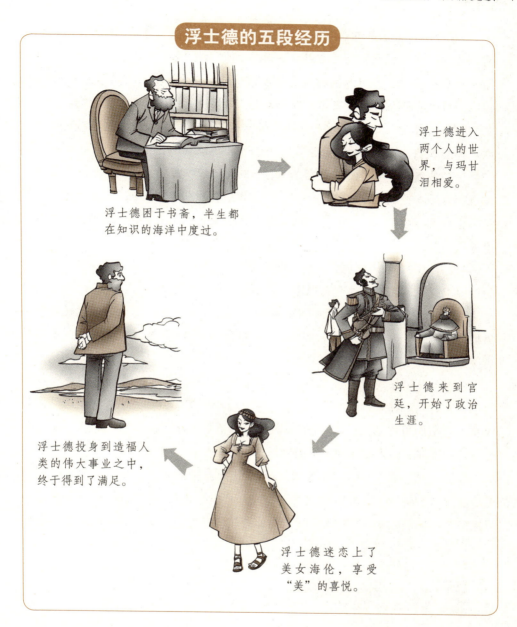

出书斋后,浮士德进入了两个人的世界,即爱情的世界。魔鬼墨菲斯托一心想把浮士德引向堕落,希望他能在感官的享乐中得到满足,浮士德也一度在情欲的支配下做了许多错事。不过当他看见由于自己的自私给爱人带来痛苦与不幸时,浮士德幡然悔悟,并且陷入深深的痛苦与绝望之中。

"在经历过爱情的甜蜜与痛苦之后,浮士德又来到了官场,希望能在政治上有所建树。然而宫廷声色犬马的生活同样让他感到厌倦,接下来他又迷恋上了希腊美女海伦。浮士德对海伦的苦苦追求其实是象征着人类对古希腊艺术的追求,他以为自己能够在对美的追寻中得到满足,可惜结局仍旧是以悲剧收场。

"在自身价值都已得到实现之后,浮士德决定要从精神世界的浮游转向对物质世界的改造。最后他终于在造福人类的伟业得以实现之际,获得了满足感,不过可惜,这确实是个美丽的误会,因为他的伟业根本没能实现。不过这个结局并不意味着浮士德的悲剧,恰恰相反,我是想借此表明自己的观点:生命不息,探索不止。人类对自身、对世界的探索是永无止境的,人类只会满足于永不满足地追求。"

"我们中国有句古话叫作'天行健,君子以自强不息',不知您说的'永不满足地追求'是不是就是这个意思呢?"长袍老先生再次发问。

"没错,这位老先生概括得很准确,浮士德一生永不满足地追求就是自强不息精神的体现,再通俗一点儿说就是,活到老,学到老,探索到老,这样说大家应该更好理解了吧?"

歌德老师笑了笑,继续说道:"不好意思,我讲得太专心,都没注意到已经过了上课时间。好了,同学们,今天关于《浮士德》的讲评就先进行到这里,下次有机会咱们再详细探讨。"说罢,歌德老师迈着大步走出教室。这位文学大师的一言一行都能让人感受到无限的激情。

真是一堂震撼人心的"文学课",小艾庆幸自己的好运,竟然又一次误打误撞地解开了心头疑难。此时她只觉一身轻松,脚步也轻快了起来。"让生命尽情燃烧吧!"小艾的内心在呐喊。歌德老师的热情已经点燃了她心中的火种,明天又会是一个全新的开始。

歌德老师推荐的参考书

《阴谋与爱情》 席勒著。这是德国18世纪杰出戏剧家席勒的著名剧作,主要讲述了平民琴师的女儿露伊丝和宰相的儿子斐迪南的爱情悲剧。该剧戏剧冲突曲折而尖锐,情节线索复杂而清晰,尤以在矛盾纠葛中展示人物性格见长,被称为"德国第一部有政治倾向性的戏剧"。

第十堂课

拜伦老师主讲"个人式反抗"

我可以独自兀立人间,但绝不把我自由的思想换取一座王位。

乔治·戈登·拜伦(George Gordon Byron,1788—1824)

英国19世纪杰出的浪漫主义诗人。他出身于贵族家庭,生性孤傲、狂热、浪漫,具有反抗精神,他的诗歌正是他坚持理想,与黑暗现实战斗的有力武器。拜伦的主要作品有《普罗米修斯》《恰尔德·哈罗德游记》《唐璜》《东方叙事诗》等。他在这些诗歌中塑造了一系列"拜伦式英雄",对后世影响极大。

"小艾,你个死丫头,你现在要是不回来就永远也别回来!"小艾妈的"夺命追魂嗓"几乎撼动了整条街,可惜却撼动不了小艾那颗顽石般的心。顺着小艾妈的声音看去,只见小艾一手拎着衣服,一手提着皮鞋,一边忙不迭地"逃命",一边还回头张望,模样甚是狼狈。

小艾何以沦落至此?若要追溯根由,往深了说可以牵扯到封建家长制残留的余毒,往浅了说就是"女大不中留,留来留去是个愁",总而言之,就是小艾遇到了所有大龄单身女青年都不得不面对的难题:被迫相亲。

这个话题如今已经不新鲜了,这样的场面对小艾来说更是司空见惯。这一年里,小艾妈充分运用自己的人脉关系,七大姑八大姨三舅姥爷全都派上了用场,只要是门当户对、条件相当的靠谱适龄未婚男青年,全都成了小艾的相亲对象。

为了不伤害老妈那颗多情脆弱的心,小艾每次还都会完成任务似的去走走形式。可是今天实在是不巧啊,相亲的时间和"兔子洞书屋"的上课时间撞车了,所以逼得小艾不得不使出三十六计中的上上之计,逃出家门,赶去上课。

都怪老妈太难缠,害得小艾比平时出门晚了半个小时,为了不错过精彩的开场,她一路小跑着来到"兔子洞书屋"。几经周折,终于抵达了"神秘教室",小艾喘着粗气,抬手看了看手表,轻声叹道:"唉——还是晚了十分钟。"

小艾小心翼翼地推开门,正想以最不起眼的方式溜进教室,可却意外发现,今天的主讲老师也还没到场。小艾正站在门口暗自庆幸,一个声音突然从身后传来。"同学,一起进去吧。迟到太久不太好。"小艾应声转过头去,只见一位身材瘦削、面容忧郁的年轻男子站在自己面前。二人于是一同走进教室,男子一瘸一拐地走上讲台,这时小艾才反应过来,原来他就是今天的主讲老师。

"诗人式"的英雄主义

"实在不好意思,让大家久等了。我为我的迟到致歉。"年轻男老师客客气气地鞠了一躬,态度十分诚恳。道过歉之后,年轻老师没有急着开口,而是目光深沉地望着窗外，一副若有所思的神情，让人捉摸不透。在场的所有人都明显感觉到今天的主讲老师有点儿非同寻常，他浑身上下都散发着一股孤独、忧郁的气质。

"'若我还能再见你，事隔经年。我如何贺你？以眼泪，以沉默。'这是今天的天气让我想起的句子。"主讲老师突然深情款款地背起诗来，弄得众人莫名其妙。

"不好意思，请大家原谅我的情绪化。下面言归正传，我首先来进行一下自我介绍。我是英国诗人拜伦，非常高兴认识大家。"拜伦老师的这句话犹如一颗重磅炸弹，刚一抛出，教室里便炸开了锅。

"原来是英国大诗人拜伦！您的好多情诗都是我的最爱。'我看过你哭，一滴明亮的泪涌上你蓝色的眼珠。那时候，我心想，这岂不就是一朵紫罗兰上垂着露。'您的诗句实在是太美了！"最先开口的是小悠，这丫头果然是拜伦老师的"铁杆粉丝"，竟然当场背起了他的诗。

"小悠背的是拜伦老师的《我看过你哭》，的确是一首优美动人的好诗。不过我还是最喜欢拜伦老师那些慷慨激昂、宣扬自由、追求个性的诗歌，每次读过之后我都觉得热血沸腾，心潮澎湃。"这次说话的是小新，他永远以一副当仁不让的姿态出场。

"大家先别激动，我们还是让拜伦老师自己说说吧。"识大体的芳姐主动站起来维持秩序。

"呵呵……看见同学们这么喜欢我的作品，我十分开心。"拜伦老师眼带笑意地说道。"不过，往日你们只读我的诗，却未曾读过我的人。今天机会难得，不如我就在这里向大家诉诉衷肠，跟你们唠叨唠叨'我和诗歌的那些事儿'。"在同学们的带动下，拜伦老师的情绪也逐渐高涨，竟然难得地展示了自己幽默的一面。

"我出生在一个古老没落的贵族家庭，自幼丧父，从小跟随母亲在英格兰度过了贫穷而孤寂的童年。10岁的时候我继承了男爵爵位，我的身份由一个穷小子变成了'拜伦勋爵'，而我的人生也从此发生了巨变。我曾在哈罗中学和剑桥大学读书，在这里，启蒙主义给了我很大影响。**毕业之后，我世袭了贵族院议员的席位，可是在这里我过得并不开心，天性高傲、敏感、**

魏鹏举老师评注

天才的思想总是超越同代中人，因此才会不被世俗所容。而这种不被理解所带来的痛苦又往往能够在其伟大的作品中碰撞出绚烂的火花。

"拜伦式英雄"详解

"拜伦式英雄"的思想和性格具有矛盾性：一方面，他们热爱生活，追求幸福，有火热的激情，强烈的爱情，非凡的性格，敢于蔑视现在制度，与社会恶势力誓不两立；另一方面他们又傲世独立，行踪诡秘，好走极端，经常犯个人主义和自由主义的毛病。

"拜伦式英雄"一词最早来源于拜伦的《东方叙事诗》中，用它来描述一批侠骨柔肠的硬汉。他们有海盗、异教徒、被放逐者，这些大都是高傲、孤独、倔强的叛逆者，他们与罪恶社会势不两立，孤军奋战与命运抗争，追求自由，最后总是以失败告终。

拜伦塑造的"拜伦式英雄"形象的代表主要有以下几位：第一位是《恰尔德·哈洛尔德游记》中的贵公子哈洛尔德，他高傲冷漠，放荡不羁，对上流社会憎恶和鄙视。第二位是《海盗》中的主人公康拉德，他是一个剽悍孤独的豪爽男子，为某种神秘罪孽苦恼着，却没有悔过和恐惧的心情，专以掳掠和杀戮为生，虽然对世界充满恶意，可是却对恋人梅多拉一腔深情。第三位是《曼弗雷德》中的主人公曼弗雷德，他从小便是一个落落寡合的人，壮年时独自居住于阿尔卑斯山的大自然中，但心却不能宁静，终日苦闷厌世。

反叛的性情让我不能忍受上流社会的腐败奢靡,同样他们也嫌弃我的不合时宜,所以很不幸,我被赶出了我的祖国。"说到这里,拜伦老师那清澈的双眸里闪烁着泪花。

"离开祖国时,我的心情是悲愤的,是痛苦的。不过正如你们中国那句老话所说,'塞翁失马,焉知非福。'正是因为离开了一处风景,我才有机会看到更多的美景。离开英格兰之后,我先后游历了葡萄牙、西班牙、马耳他、阿尔巴尼亚、希腊、土耳其等众多国家,这次旅行拓宽了我的视野,增长了我的见闻,同时也激发了我的创作灵感。《恰尔德·哈罗德游记》正是我在这次旅途中所作,同样,后来写成的《东方叙事诗》的素材和灵感也同样得益于此。

"接下来我经历了结婚、离婚、被流言攻击、离国出走等一系列不太美好的事情,在这里就简略带过吧。忧伤已经随风而逝,喜悦才值得永久回味。离开英国后,我曾在瑞士生活过一段时间。**在这里我结识了雪莱,这可谓是我人生中最大的乐事之一,这位伟大的诗人在思想和创作上都对我产生了很大的影响。**

魏鹏举老师评注

雪莱和拜伦的友谊是英国文学史上的一段佳话。他们相互勉励,相互影响,都从这段友谊中受益匪浅。

"移居意大利后,我加入了意大利烧炭党,希望能够为世界人民的解放出一份力。在此期间,我的诗歌逐渐由浪漫主义的幻想走向现实,如《塔索的悲哀》《威尼斯颂》和《但丁的预言》等作品,都闪烁着战斗的光辉。"

"拜伦老师,我了解过您的生平,品读过您的作品,我知道尽管您时而会流露出悲观、伤感的情绪,但您的心却始终是反叛的,自由与正义永远是您思想的核心,更准确地说,自由才是您一生的永恒追求。我记得您曾骄傲地宣称:'我可以独自兀立人间,但绝不把我自由的思想换取一座王位。'您是这样说的,也是这样做的。您把一生都献给了追求人类自由的伟大事业,所以您是真正的英雄。"小悠慷慨激昂地说出这番话,可以看出,她对拜伦老师的赞美完全是发自肺腑的。

"哈哈……这位同学谬赞了。我不是什么英雄,我不过是一个一心想成为英雄的诗人罢了。我可以骄傲地说,我的一生都在为世界人民的自由而努力。"一番感慨过后,拜伦老师又回归正题,接着讲述自己的生平。

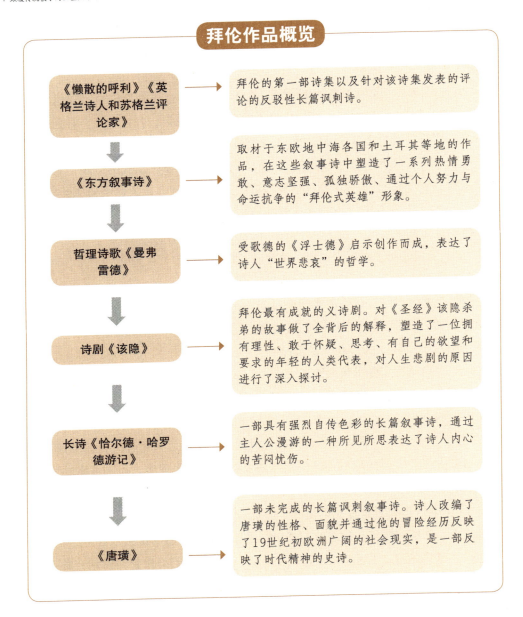

"离开了意大利后,我又前往战火纷飞的希腊,自己招募军队,亲赴战场作战,可惜壮志未酬,命数已尽,人生就是这般无奈啊!"拜伦老师长叹一声,良久不言,看来他又被自己的悲观情绪包围了。

"壮志未酬身先死,长使英雄泪满襟!"不知是哪位同学吟出这两句古诗,还真是十分应景。

"这位同学背的是你们中国的古典诗歌吧？我虽然不是太懂，但是大意还是能够理解，看来不管是东方人还是西方人，大家的痛苦都是相同的，诗歌果然是没有国界的啊！好了，话题扯得有点儿远了，我们还是言归正传，继续探讨诗歌的话题。接下来让我们谈谈那部让我一夜成名的《恰尔德·哈罗德游记》吧！"

内涵深刻的"旅行日记"

"《恰尔德·哈罗德游记》是我的成名作，它记录了我在两次国外游历中的见闻与感想，既是一部生动热情的旅游日记，也是一首针砭时弊的政治讽刺长诗。这部游记的第一、二章是我在旅途中完成的，里面融入了我这一路游历的所闻所感以及对人生的思考，感情真实而炽热，所以才能格外打动人心。

"长诗的主人公恰尔德·哈罗德是我的一个分身，我把自己的某些遭遇、感受赋予了他。哈罗德是一位年轻的英国贵族，因为厌倦了上流社会骄奢淫逸的生活，于是便带着满腔的孤独、苦闷离开了祖国，开始了欧洲漫游之旅。这位'忧愁的流浪者'首先来到了葡萄牙。在这里，他游览了美丽的自然风光和丰富的人文景观，可同时也闻到了硫黄硝烟的气味，听到了枪弹炮火的声音，看到了葡萄牙人民水深火热的处境。接着，他又来到了西班牙，亲眼目睹了西班牙人民英勇反抗拿破仑军队。经历了以上种种，哈罗德的忧伤还是没能减轻，于是他又去了阿尔巴尼亚，感受了那里豪爽的民风；之后又到了希腊，遍览了古迹遗址，可惜忧郁的情绪依旧如故。几年后，哈罗德再次出国，这一次他先后游历了滑铁卢、莱蒙湖、威尼斯和罗马，然而这些风光却都无法唤起他对生活的激情。最后，他漂行于大海之上，面对着汪洋肆意、广阔无边的大海，终于悟得了什么是力量与永恒。

"长诗以游历主人公哈罗德的游历过程为线索，由四章连成一个整体。诗中共有两位主人公，一个是游历主人公哈罗德，一个是抒情主人公。哈罗德是一位

孤独忧郁、悲观高傲的漂泊者,他对现实不满,有着叛逆的思想,却没有积极的行动,所以他不论身在何处都注定了痛苦不堪。而抒情主人公却与哈罗德不同,他是一个精力充沛、感情炽烈、有反抗思想的观察家和批评家。他用犀利的眼神审时度势,批判暴政,反对民族压迫,主张追求自由、独立,热情地歌颂欧洲各国的解放斗争,所以他是一位头脑清醒、正视现实、具有反抗精神的民主战士形象。"

"拜伦老师,为什么长诗中的游历主人公与抒情主人公所表现出的性格反差如此之大呢?"小悠一脸困惑地问道。

"这位同学问的问题正是我接下来要谈到的。对我有一定了解的同学可能知道,我这个人是集合了两种对立思想的矛盾体。我一方面热爱生活,渴望自由,追求幸福,希望推翻所有不平等的制度;另一方面又傲视独立,悲观厌世,不敢正视现实,不能戒掉贵族习气。在长诗中,我把这两种相互矛盾的思想分别赋予了抒情主人公和游历主人公,他们分别代表我思想中积极和消极的一面,因此也就造成了这两个人性格上的反差。总之,《恰尔德·哈罗德游记》对我来说是一部十分重要的作品,在这篇长诗里我向人们展示了内心的矛盾,抒发了对民族自由的强烈渴望,同时,还大胆尝试了许多新鲜的艺术手法,将叙事、抒情、描写融为一体,相互穿插交织,超越时空界限。"

"据说《恰尔德·哈罗德游记》的第一、二章发表后,创下了在4个星期内行销7版的佳绩,而您也从此名声大振,我曾看过记载,说您当时在日记中这样写道:'我在一个美好的早晨醒来,发现自己成名了。'这件事是真的吗?"提出这个问题的是小新,从他一脸艳羡的神情可以看出,他也十分渴望这种"一夜成名"的美事能够发生在自己身上。

"呃……应该有吧,事情太久了,我也记不清了。不过这些都是题外话,时间有限,咱们还是继续讲课吧。"拜伦老师对这些名利之事并不愿多谈,于是话题又回到了讨论他的另一部轰动世界的作品——《唐璜》上。

"拜伦版"的唐璜

"《唐璜》是我最大的成就,同时也是我最大的遗憾,因为它最终未能完成。《唐璜》这部作品对我个人而言是一次突破,因为在这里我塑造了一个全新的主人公形象。我不得不承认,从上面讲到的《恰尔德·哈罗德游记》开始,我大部分作品中的主人公都统一表现高傲倔强、忧郁孤独、悲观厌世、我行我素、不满现实而又无力改变的共同性格特征。据说,后人还专门送给他们一个称号,叫什么'拜伦式英雄',真是让我哭笑不得啊。

"好了,且不管后人如何评价,我们还是回到我的《唐璜》。唐璜这个人物大家应该并不陌生,我知道之前莫里哀老师曾给你们上过课,他一定给你们讲过他那出著名的喜剧《唐璜》吧?"

"没错,莫里哀老师提到过这个人物,唐璜本是西班牙传说中的色鬼、恶棍,可是莫里哀在喜剧中把他写成了一位具有双面性格的'恶棍大贵人'，以此来讽刺那些'金玉其外，败絮其中'的贵族阶级。但不知道在您的长诗中，唐璜又会以怎样的形象登场呢？您又在他身上赋予他怎样的独特含义呢？"善于思考的小文简洁回答，严谨发问，一副专业模样。

"这位同学的话中略带挑衅意味啊？你是想让我和莫里哀老师PK吗？"拜伦老师竟然会用"PK"这么时髦的词汇，真是让人意外。

"好啦，开个玩笑，下面我就来让大家见识一下'拜伦版'的唐璜。我笔下的唐璜是一个天真、热情、善良的贵族青年，他顺从天性，无视清规戒律，绝少虚伪做作，对恋人总是倾心相予，并不朝三暮四。他不怯懦，关键时刻总能表现出英雄气概，但是他缺乏坚定信念，意志力薄弱，经不起诱惑，时常随波逐流，随遇而安，无法掌握自己的命运。唐璜并不是一个完美的英雄，他身上有许多人类本性固有的弱点，如喜好女色、玩世不恭，他不过是芸芸众生中的一员，我正是想通过这个人物性格中的二重性来体现现实世界里生活的多样性和道德的复杂性。"

"好了，这就是'拜伦版'的唐璜，怎么样？你们还满意吗？"原来忧郁的拜伦老师也有"活泼俏皮"的一面，从刚才的"PK"到现在的"拜伦版"，看来拜伦老师对我们的现代用语知道的还挺多嘛！

不同版本的《唐璜》对比

原型	"莫里哀版"	"拜伦版"
《唐璜》的原型是提索·德·莫里纳所撰写的《塞维利亚骗子与石像客人》。在此书中，唐璜被塑造成一个恬不知耻、玩弄女性的男人，用伪装成她们的爱慕者、许诺与其结婚的方式诱骗女性。	"莫里哀版"的唐璜是一个充满诱人魅力，却厚颜无耻、到处窃玉偷香的西班牙贵族。故事中，情场上数之不尽的胜利与征服麻痹了唐璜，使得他丧失了爱的感觉。最后，唐璜落得身陷地狱的结局，却至死不悔。	拜伦笔下的唐璜是一个天真、热情、善良的贵族青年，他顺从天性，无视清规戒律，总是无意识地一次又一次坠入情网，却在压抑的天主教观念下成为无辜牺牲者。

"'拜伦版'的唐璜跟您本人一样魅力十足,拜伦老师果然'给力'!"爱犯花痴病的小悠已经开始"失控"了。

"哈哈……这位同学真会说话,那么接下来不如由你来给大家讲完本堂课的最后一个问题——剖析一下长诗《唐璜》的主题。"拜伦老师的突然发问给小悠来了个措手不及,众人都替她捏把冷汗,不知她能否应对。不过小悠好歹也是从名校精挑细选出来的高才生,虽然平时大大咧咧,口无遮拦,给人傻乎乎的感觉,可是关键时刻却从不露怯。只听小悠从容不迫地说道:

"《唐璜》这部长诗中最有思想价值的地方便在于它的讽刺性。拜伦老师特意把主人公安排在18世纪末到19世纪初,通过他在游历过程中的所见所闻向读者展示了'各国社会的可笑方面',并由此表达了自己与一切反动势力为敌的民主自由思想。拜伦老师的'讽刺之笔'是十分犀利的,他笔下的帝国是残暴的,权贵是跋扈的,政治家都是骗子,文人都利欲熏心,贵族男女也荒淫无耻。他用这支笔刺穿了统治阶级冠冕堂皇的外衣,同时也揭露出了那个时代的本质特征——封建专制的残暴和社会道德的虚伪。总而言之,《唐璜》是一部具有鲜明时代精神的作品,正像拜伦老师自己所说:'如《伊利昂纪》之应和荷马的时代精神一样,《唐璜》也应和着我们的时代精神。'"

听完小悠的回答,拜伦老师带头鼓起了掌,接着教室里掌声雷动。"没想到你这个小丫头这么厉害,句句合我心意,看来你对我的研究真的很透彻嘛!好了,时间差不多了,本堂课就到此结束吧!能与你们共度一堂课的美好时光,对我来说真是一次十分愉快的体验。不过你们中国不是有句古话叫'天下没有不散的宴席'么,就让咱们暂别吧,有缘自会再相会。"

浪漫的英国大诗人用一个浪漫的结尾结束了今天的课程,望着他蹒跚离去的背影,所有人心中都缱绻着一股留恋之情。小悠情绪失控地哭了起来,在她的感染下,一旁的小艾也红了眼圈。这又是让人回味无穷的一节课,小艾咀嚼着拜伦老师的一生,思考着"自由"的话题。每个人都是自由的,每个人都需要自由,这个社会不该有压迫、歧视,当然,也不该有"逼婚"。小艾又想到了自身的处境,此刻,她已决定,誓死都要捍卫自己的恋爱自由,坚决要与"包办婚姻"斗争到底。

拜伦老师推荐的参考书

《解放了的普罗米修斯》 雪莱著。该诗剧取材于古希腊罗马神话，表达了雪莱的哲学思想和社会理想，是诗人的代表作。

《西风颂》 雪莱著。这首诗是诗人"三大颂"诗歌中的一首，写于1819年。在该诗中，诗人那"骄傲、轻捷而不驯的灵魂"的自白，是时代精神的写照。

第十一堂课

雨果老师主讲"仁爱"

法律不过是压迫穷人的工具,唯有仁爱才能真正救世。

维克多·雨果(Victor Hvgo,1802—1885)

　　法国浪漫主义的代表作家,19世纪前期积极浪漫主义文学运动的领袖,人道主义的代表作家。他一生创作了众多诗歌、小说、剧本、散文、文艺评论及政论文章,在各个文学领域都有重大建树。

日子过得真快，一晃又到了周末。这个星期天小艾难得闲暇，既不用没完没了地加班，又不用应付老妈安排的相亲，真是开心死了。小艾懒洋洋地睡到自然醒，正躺在床上美美地盘算着要如何享受这大好时光，此时电话铃声突然响起，电子屏幕上显示着一串陌生的号码，小艾犹豫片刻，但还是接了。来电的竟然是小悠，这真让小艾喜出望外，她记得自己曾给过小悠号码，但没想到她真的会打给自己。小悠约她一起逛街，吃饭，晚上顺便一起上课，小艾本想欣然答应，可是一想到晚上要跟小悠一起上课，那自己的"秘密"岂不就露馅了？所以只好推脱有事拒绝了小悠的邀请。

　　挂上电话之后，小艾心里很不舒服。她不想骗小悠，也不想骗"神秘教室"里的任何人，好多次她都想找机会把自己遇到的"离奇经历"告诉大家，可就是开不了口。她要如何对大家说呢？说自己每次都是"梦游"过来的？这也太荒唐了，谁会信呢？大家只会觉得她疯了。善意的谎言难道不好吗？反正对大家也没有坏处。可是骗人的感觉怎么这么难受啊！小艾本来平静如水的心再次掀起了波澜。看来美好的周末又泡汤了，她只能苦苦挨到晚上八点半，期待着让今晚的这堂文学课来"救赎"自己了。

浪漫主义代表

　　"大家好，我是维克多·雨果。诗人、戏剧家、小说家……或者还有更多头衔，但不管加上多少后缀，我的一生都离不开'浪漫'二字。浪漫啊！你是我一生永恒的主题！"雨果老师一开场就为我们展示了他的浪漫性情，他还真是当之无愧的法国浪漫主义代表。

　　今天的主讲老师竟然是法国的浪漫主义大作家雨果，这有点儿让小艾喜出望外。小艾一向偏爱现实主义作家，所以对雨果老师的作品很少涉猎。不过这一段时间电影《悲惨世界》正在热映，公司里掀起了一场"雨果热"，小艾也跟风去买了一本《巴黎圣母院》，没想到读了之后竟然完全着了迷。更没想到的是，自己昨天晚上还一边读着《巴黎圣母院》，一边赞叹雨果老师的才华，今天他本人竟然就站在了自己眼前。

就在小艾胡思乱想之际，雨果老师已经正式开讲了。他皱着眉头，一脸严肃，简直与刚才做自我介绍时判若两人。

"一生信奉浪漫主义的我，首先是一名诗人。了解我的同学应该都知道，我从12岁起就开始了写诗生涯。15岁时我参加了法兰西科学院举办的诗歌比赛，不但有幸获得了人生中的第一个鼓励奖，还得到了当时名重一时的浪漫派先驱夏多布里昂的赞美，这对我来说，真的是一个巨大的鼓励。从那一刻起，我就下定决心：要么成为夏多布里昂，要么一事无成。这是我为自己立下的第一个雄心壮志，也正是凭借着这份壮志，我才一步一步地走向了文坛的巅峰。"

"说这些不是自夸，是想通过我的亲身经历给在座的同学一点儿激励。好了，好了，我就不再啰唆自己那点儿破事了，我看那边都有同学在打哈欠了。"雨果老师半开玩笑地把话题引回正轨。

"《〈克伦威尔〉序言》无疑是我决心投身浪漫主义的宣言书，在这篇文章里，我明确提出了自己的浪漫主义美学主张：对照。我个人认为，丑在美的旁边，畸形靠近着优美，丑怪藏在崇高背后，美与恶并存，光明与黑暗同在。这条滑稽丑怪与崇高优美的对照原则一直指导着我之后的文学创作。"

 魏鹏举老师评注

1827年，雨果发表韵文剧本《克伦威尔》和《〈克伦威尔〉序言》。《〈克伦威尔〉序言》被称为法国浪漫主义戏剧运动的宣言，是雨果极为重要的文艺论著。1830年，他据序言中的理论写成第一个浪漫主义剧本《爱尔那尼》。它的演出标志着浪漫主义对古典主义的胜利。

"我知道，一提到'美与丑'的对照你们就会不自觉地想到《巴黎圣母院》，没错，在这部小说里，我的确将对照的美学主张发挥得淋漓尽致。不过关于这部作品可真是说来话长，所以我们还是稍等一会儿，先来谈谈我的诗歌吧。"

"既然要讲诗歌，雨果老师，您不妨给我们谈谈您写情诗的故事吧。"调皮的小伦从不放过任何调侃的机会，即使对着世界级的大文豪，他也依旧本性难改。

雨果老师自然听出了弦外之音，小伦是在影射自己给爱人朱丽叶写了一生情诗的事。不过这位文学大师好像并不太想在公共场合多谈私事，所以对于小伦的

魏鹏举老师评注

《静观集》是雨果抒情诗创作的巅峰之作。雨果曾在序言中说："这是一部'灵魂的回忆录。'"在这部诗集里，雨果用时而饱满时而抑郁的笔调叙述了经历人世种种后的复杂感情。灵魂回望过去的时光，诗人以父亲、作家和祭司的身份交错出现，为我们呈现出了静观背后复杂的心理张力和灵魂挣扎。

调侃他只是淡然一笑，便又继续谈起了自己的诗歌。

"我的一生一共写下了26部诗集，这些诗歌的主题大多是表达对自由的向往，对民族解放运动的支持，对暴政的揭露与反抗，对贫富分化的现实的关注，对重大历史事件的严正态度以及对人生、爱情、自然景色的感叹与歌颂。在《东方集》里，我赞美了希腊人民的民族解放斗争，在《心声集》里，我回忆了家庭生活，描绘了大自然的美景。**在流亡期间创作的《静观集》是我对自己生涯的回顾和总结，里面富含哲思，感情真挚。**

"除了以上这些政治诗和抒情诗之外，我还写过一部关于'人的诗歌'——《历

雨果对浪漫主义文学的贡献

戏剧、美学理论和政论创作 → 一生共创作了12部戏剧，21部理论著作和2部政论。
其中《〈克伦威尔〉序言》是一篇浪漫主义宣言书，在这篇文章里，雨果提出了著名的"美丑对照原则"。

诗歌创作 → 雨果是法国最伟大的诗人之一，诗歌贯穿了他的整个创作生涯。代表作品有《东方集》《秋叶集》《惩罚集》《黄昏之歌》《心声集》《静观集》等。

小说创作 → 雨果在小说上的创作成就尤为突出，他的小说创作的共同特点都是以人道主义精神为主线。主要作品有《海上劳工》《笑面人》《九三年》《巴黎圣母院》《悲惨世界》等。

代传说集》。这是一部人类的诗史，我从《圣经》、神话和历史中撷取素材，充分发挥了自己的想象力，并且将积极乐观的历史态度融入其中，因此它绝对不同于一般历史教科书上的史实，而是一部真正的史诗。"

"好了，我'自卖自夸'了这么久，也有点儿口干舌燥了。不知道有没有哪位好心的同学愿意帮个忙，接着帮我分析分析我的诗歌特色呢？"雨果老师摆出一脸诚恳的模样，让人忍俊不禁。

"雨果老师的诗开拓了诗歌领域，在他的笔下，无论是抒情、讽刺、写景、咏史，还是哲理、沉思都能得心应手，大大扩大了诗歌的表现功能。""一马当先"的依旧是小新。有时候真的不得不佩服他的勇气与速度，当然还有智慧，好像每一次他的发言都还不赖。

"雨果老师的诗激情澎湃，风格豪放，洋洋洒洒，犹如滔滔江水，连绵不绝。"这次发言的是小伦，这个鬼机灵刚才"出言不逊"碰了一鼻子灰，现在赶紧趁机来"拍马屁"。

"雨果老师将对比原则应用于诗歌创作，常常让人出乎意料，印象深刻。此外，他还善用同位语隐喻，将抽象概念和具体意象相结合，产生新的含义，与象征手法一脉相通。"芳姐从语法修辞的角度给出了评价。

"雨果老师的诗歌想象力丰富，把那些没有生命的东西都描写得生机盎然，读后让人心生向往。此外，其诗歌的语言更是丰富多彩，韵律自如，灵活多变，对后世影响重大。"最后发言的是小悠，她一副如痴如醉的表情，好像已经完全陶醉其中了。

美与丑的对照

"够了，够了，你们夸得我都不好意思了。诗歌的话题就先告一段落，接下来咱们直接进入'小说专题'。刚才咱们在讲对照原则的时候谈到过《巴黎圣母院》，那么就从这部小说讲起吧。"讲起课来的雨果老师又恢复了一脸严肃，让人望而生畏。

"小说的故事发生在1842年的巴黎圣母院。流浪艺人爱斯梅拉达在巴黎圣母院前的格雷弗广场表演歌舞，圣母院的副主教克洛德被吉卜赛少女的美和活力打动，当晚，他指使他的养子、圣母院畸形敲钟人伽西莫多去劫持女郎。机缘巧合之下，爱斯梅拉达被宫廷侍卫长弗比斯所救，女郎随即爱上了这位英俊的军官。然而爱斯梅拉达却不知，弗比斯不过是一个金玉其外的空皮囊，他的本性既自私又轻浮。

"一次，爱斯梅拉达与弗比斯幽会，克洛德趁机刺伤弗比斯，并将罪行嫁祸于女郎，女郎因此被判绞刑。受过爱斯梅拉达'滴水之恩'的伽西莫多得知消息后，及时从法场上将女郎救回，并把她藏在圣母院楼顶，日夜守护。后来克洛德又煽动官兵来逮捕少女，乞丐王国的流浪汉们闻讯前来保护，可惜却遭到官兵围杀，救援失败。最后克洛德亲手将爱斯梅拉达送上了刑场，无辜的少女不幸丧命。绝望的伽西莫多认清了克洛德的真面目，将他从楼顶上推下摔死，自己则抱着少女的遗体默默死去。"

"好了，故事讲完了，接下来就是动脑子时间了。不知道有哪位同学愿意来分析一下这部作品呢？"雨果老师又露出了可亲的笑容，不过这一次却没有同学响应。

"看来你们还没有进入状态，没关系，那么就让我先来开个头吧。我就从这部作品中的美丑对照手法讲起吧。在这部作品的人物塑造上，我严格遵循了这条原则。小说中的四个主要人物分别代表着四个不同的灵魂。**克洛德是外表正经内心险恶的伪君子，在他身上体现了内在恶与外在善的对照。**弗比斯外表俊美却内心丑陋，我用他外在的美来反衬其内在的恶。而钟楼怪人伽西莫多虽然外表奇丑，内心却极美，他外在的丑与内在的美同样形成鲜明对照。至于全书唯一的女主人公爱斯梅拉达则是美丽纯洁、天真善良的'完美女神'，在她的身上体现了内在美与外在美的高度统一。"

魏鹏举老师评注

鲁迅先生曾说："因为不得已而过着独身生活者，无论男女，精神上不免发生变化，有着执拗猜疑阴险性质者居多。欧洲中世纪的教士、日本维新前御殿女中（女内侍）、中国历代的宦官，那冷酷险狠，都超出常人许多倍。"从克洛德这个人物看来，鲁迅先生这句话还真是言之有理。

《巴黎圣母院》中的美丑对照

克洛德

外表正经、内心险恶，内在恶与外在善的对照。

伽西莫多

外表奇丑，内心极美，外在丑与内在美的对照。

弗比斯

外表俊美、内心丑陋，内在恶与外在美的对照。

爱斯梅拉达

外表美丽，内心善良，体现了内在美与外在美的高度统一。

"好了，我已经说了这么多了，下面也该你们表现表现了吧？"雨果老师再次提问。

"那我就来分析一下克洛德这个人物吧，他是全书矛盾的核心，一切恩怨都因他而起。"这次自告奋勇是小文，他轻易不发言，一发言则"不可收拾"。

"我记得雨果老师曾经在《海上劳工》的序言中提到：'宗教、社会、自然，这是人类的三大斗争。'无疑，《巴黎圣母院》这部作品正是为了控诉宗教而写的。美丽纯真的少女竟然在宗教邪恶势力的迫害之下最终无辜受死，她的悲剧命运不正是对中世纪欧洲社会的黑暗以及教会的邪恶势力最好的抨击吗？"

"小文同学，你不是说要分析克洛德吗？怎么扯到宗教上去了？这跑题也太严重了。"小文正说到慷慨激昂之处,小新却出来拆台。

"你着什么急呀,我这不是'抛砖引玉'嘛。克洛德这个人物本身既是宗教制度的牺牲品,又是宗教邪恶势力的代表,这个人物身上体现的双重矛盾性格正是宗教势力的产物,要分析他的性格,当然要从分析宗教开始。"小文辩驳得有理有据,让小新无话可说。

"克洛德是一个非常复杂的人物,他并非天生残酷险恶之人,他那扭曲的灵魂完全是宗教禁欲制度造成的。作为一个正常人,他也有人类具有的正常欲望,可是为生计所迫他不得不当了牧师,禁锢自己的欲望。正是因为他自己得不到幸福,所以他才开始仇恨世人,仇恨世间一切美好的事物。他爱上了爱斯梅拉达,但却得不到她,所以他就要毁了她。他的内心是不健全的,人性是扭曲的,这个人物既是可恨的,更是可悲的。"

"仁爱"方能救世

"这位同学的分析非常到位,已经无需我再多做补充。因时间关系,《巴黎圣母院》的话题我们就先进行到这,下面让我们再来讨论一下我的另外一部重要小说——《悲惨世界》。"雨果老师看了一眼手表,匆忙转换了话题。

"人们常说世界是美好的,可是为何我看到的却是一幕幕悲惨图景?千千万万的穷人在死亡线上挣扎,压迫与剥削随处可见。法律根本不分青红皂白,善良的人反遭诬害……面对这一幕幕惨相,谁还能说这世界是美好的?这根本是一座人间地狱。这就是我看到的,所以我要写出来。我要用一部小说让世人看清他们的处境,我要让人们知道,法律不过是压迫穷人的工具,唯有仁爱才能真正救世。于是,我写下了《悲惨世界》。"

"在《悲惨世界》里,我提出了当时社会的三个迫切问题——'贫穷使男子潦倒,饥饿使妇女堕落,黑暗使儿童羸弱。'淳朴的工人冉·阿让为了饥饿的孩子偷了一块面包,竟然服了19年苦役;贫苦诚实的女工芳汀被人诱骗后沦落到社会底层,最后在伪善残忍的资产阶级道德和法律的逼迫下不得不出卖自己的肉体,最终因贫病交加而死;5岁的柯赛特在泰纳迪埃家里受尽非人的对待,辱骂、虐待、殴打都是家常便饭,她每天还要打扫房间和院子、洗碗、搬重物,黑夜到森林打水,简直比童话中的灰姑娘还要可怜。男人、女人、儿童,这3个人物代表了所有的穷人,代表了整个悲惨世界。通过这些小人物的缩影,我要让人们看清整个资本主义社会的罪恶。"雨果老师的声音颤抖了,这位人道主义大师完全动了情。

"既然世界如此不堪,那么我们要怎样才能摆脱苦难,走向幸福与美好呢?"小悠提出了自己的困惑。

"这个问题问得好。我之所以要揭露社会的阴暗,并不是想让大家灰心绝望,而是希望人们能够积极地改变这种悲惨的现状。至于如何改变,众所周知,我是

《悲惨世界》人物关系表

主要人物	人物关系
冉·阿让	因为偷一块面包救济7个外甥而坐牢19年的囚犯,性格倔强,不畏强权,由于不信任法律,屡屡越狱以致罪刑加重。假释后他受神父启发向上,改名当上市长,为人慈悲,帮助女工芳汀抚养女儿柯赛特,救了女儿的情人。最后,在女儿有了好归宿之后,带着赎罪的爱离开了人间。
芳汀	冉·阿让工厂里的女工,命途坎坷,在怀了男友的骨肉之后却被恶意遗弃,后来为了女儿的生活,只好狠下心把她寄养在蒙佛梅一位酒馆老板的家里,自己来到巴黎谋生并定时寄钱回去。但由于她有私生女的事被同事揭发,被赶出工厂,只好卖了首饰、长发,甚至肉体,不幸沦为一名妓女。
柯赛特	芳汀的女儿,在一家酒馆度过悲惨的童年,从小被当成女佣一般,成天埋头做杂活,母亲攒下的钱几乎全用来栽培酒馆老板的亲生女儿。不过她苦命的日子比起母亲是少了许多,冉·阿让把她视如己出,使她能忘却童年回忆,后来她与青年马洛斯恋爱,有情人终成眷属。
沙威	正义的坚持者,他相信慈悲是罪犯的根苗,所以穷其一生誓将冉·阿让抓回牢狱。可是当他发现冉·阿让的善良本性后,这位抱持着人性本恶论的"顽固正义者"也开始动摇了,最后他选择在下水道放走背负马洛斯的冉·阿让。可是,由于无法再面对自己持守多年的信念,他选择用跳河的方式结束自己充满殉道意味的一生。

人道主义的信奉者，所以我坚信，仁爱的精神可以感化人心，拯救世人。"

"在《悲惨世界》里，我特意塑造了一个仁爱的化身——福来主教。他把主教府改成救助穷人的医院；把自己的俸禄捐助给慈善事业；他对待偷走自己银烛台的冉·阿让不仅不斥责，反而将另一对烛台送他。冉·阿让正是在他的感悟下醒悟过来，最后又成为了另一个宣扬仁爱的'使徒'。"

"我坚信，爱是可以传递的。一个人用仁爱之心对待他人，他人自然也会回报以仁爱。同样，这位得到爱的人，也会继续对别人施爱。因此，若是每个人都能拥有一颗仁爱之心，那么这份美好就会传递下去，悲惨世界也就会变成幸福天堂。"谈到仁爱精神时，雨果老师满脸洋溢着幸福。

魏鹏举老师评注

《悲惨世界》不仅主题深刻，其艺术成就也是非凡的。这是一部浪漫主义与现实主义完美结合的著作，语言激烈、热情，经常运用多义词，富有隐喻性，在叙述上具有史诗的风格。

雨果老师的话引发了众人的深思。小艾想到的是：既然爱可以传递，那么恶也是可以传递的。就像自己今天撒了谎，不管是出于善意还是恶意，以后都要用更大的谎言来填补。而自己若不能以真诚待人，别人自然也不会以真诚待己。这样恶性循环下去，这个世界就将变成充斥着谎言的虚伪之地，人与人之间也不再会存在信任。这样的人间，岂不也同样的悲惨？而我们现代人的悲哀不也正来源于此吗？

小艾顺着雨果老师的"仁爱"话题一路想下去，千头万绪，浮想联翩。她思考得太过专注，根本没注意到雨果老师何时离场，也忘了自己是何时回到现实的。不过这些都已无关紧要，小艾心中的困惑已经解决。她毫不犹豫地拿起手机，拨通了小悠的电话。这一次她要坦诚相待，让真相大白。

 雨果老师推荐的参考书

《一个世纪儿的忏悔》 缪塞著。这是缪塞的一部自传体小说，讲述的是一个悲观主义、缺乏理想、缺乏行动决心的青年人的悲剧。这部小说塑造了一个"世纪病"患者阿克达夫的形象。通过该形象，表达了作者对复辟王朝压抑人性的不满。

第十二堂课

巴尔扎克老师主讲"金钱的罪恶"

在资本主义社会,金钱是唯一的生存法则。

奥诺雷·德·巴尔扎克(Honoré de Balzac,1799—1850)

19世纪法国现实主义文学的主要代表,世界公认的杰出的小说家。他创作的巨著《人间喜剧》囊括了91部小说,2400多个人物,是人类文学史上罕见的文学丰碑,堪称法国社会的"百科全书"。

在当今社会，"嫁人要嫁'高富帅'，娶妻当娶'白富美'"已经不仅仅是一种口号，更是一种"风尚"。对于现代人来说，"有车没车""有房没房""有钱没钱"这样现实的问题早就已经取代了"青梅竹马""情投意合""两情相悦"，这些傻气的字眼成为了新时代的择偶标准。打开电视，各类热播相亲节目都在潜移默化地"点拨"着你，唯有"奥迪"和"迪奥"才是女人的最正确的选择。正是终日受着这种思想的熏陶，小艾妈最近又抽起了风，发动各种人脉关系要给自己的女儿找一个"金龟婿"。

今天小艾刚一进家门，小艾妈就满脸堆笑地走过来嘘寒问暖，小艾一见这反常举动，就知道今天准没好事。果然，没过一会儿，老妈就拿着一沓照片来给自己看。原来又是相亲，这对小艾来说早已是家常便饭，她想也没想便接过照片，敷衍着翻看起来。不看还好，这一看把小艾气得差点儿没动手打人。这次照片上全都是四五十岁的老男人，简直都可以跟她爸拜把子啦！小艾瞪着那双快要喷出火的眼睛看着老妈，气势汹汹，逼她说出理由。经过一番"严刑逼供"，小艾才终于得知，原来这群老男人全都是传说中的"钻石王老五"。

了解了真相之后，小艾反而气消了，连脾气都不想发了，因为心都凉了。怎么连自己的老妈也变成了这样呢？这哪是嫁女儿，明明是卖女儿！这个社会是怎么了？"拜金"难道真的可以成为一种"风尚"？小艾的心再次堕入迷途。

现实主义作家

不管心里怎么难受，日子还得过，课还得上。星期天晚上八点半，小艾准时来到"神秘教室"。她郁郁寡欢地坐在角落，没和任何人打招呼。不一会儿，一位高大魁梧的中年男子昂首阔步地走进教室，他那副气势汹汹的模样，让人望而生畏。

"大家好，我是法国现实主义作家巴尔扎克，今天能来到这里给大家上课，我感到十分荣幸，希望我们能共度一段难忘时光。"巴尔扎克老师虽然长相严肃，可是说起话来却十分客气。

"这么多年来都是动笔,很少站在讲台上给人讲课,一下子我还不知道该从何讲起了。同学们,要不你们给我提个醒?"巴尔扎克老师谦虚地说道。

"不如就从您'法国现实主义作家'的头衔谈起吧。上节课来给我们讲课的雨果老师,讲了他的浪漫主义,我们很想了解一下,您的现实主义与他的浪漫主义有什么不同之处。"这次小文居然抢在小新前头发言,这是难得一见的现象。

"哈哈……原来雨果已经抢先我一步来上过课了,那这节课我可一定得好好发挥,不能被他比下去了。"巴尔扎克老师幽默地开了个玩笑,之后继续说道:"这位同学的提议非常不错,问的问题也很有水平。不过关于现实主义与浪漫主义有什么不同,这个问题我不会直接告诉你们答案,我想,只要你们认真听完这堂课,一定能够自己找到答案。

"谈到我的现实主义创作,自然要从《人间喜剧》谈起。虽然之前我也写过许多部作品,但是都还处在摸索阶段,创作并不成熟,直到1829发表的《舒昂党人》,既揭开了一整部《人间喜剧》的序幕,也标志着我的创作正式走上轨道。

"**我不知道我是不是一个拥有文学天赋的人,但是我想说,在文学创作这条路上我可不是个幸运儿。**不过尽管屡遭挫折,甚至有人曾对我说:'你无论做什么事都可以,除了从事文学。'然而这些都不能动摇我投身文学的决心,我曾说过,我要用我的笔完成拿破仑那把长剑所没能完成的伟业。正因为怀抱着这种雄心壮志,所以要创作一部空前巨著的念头早已在我的心头酝酿。我要用小说的形式写一部被历史学家遗忘的风俗史,让人们看清19世纪法国的社会生活,各色人物的真实嘴脸,资产阶级的贪婪,拜金主义导致的罪恶。正是在这种原则的指引之下,我用一生的时间写下了一部《人间喜剧》。"

"巴尔扎克老师,我知道您的《人间喜剧》分为'风俗研究''哲理研究'和'分析研究'三大类,本来原定书名为《社会研究》,可后来受到但丁老师《神曲》谓之'神的喜剧'的启发,才改名为《人间喜剧》。我说得对不对?"小悠一脸

> **魏鹏举老师评注**
>
> 巴尔扎克的文学之路并不顺利,他的家人都反对他写作。他最开始写作悲剧,并不成功,还因此遭到奚落。然而他却锲而不舍,坚信自己的选择,终于凭借着一部部优秀作品,向世人证明了自己的文学才能。

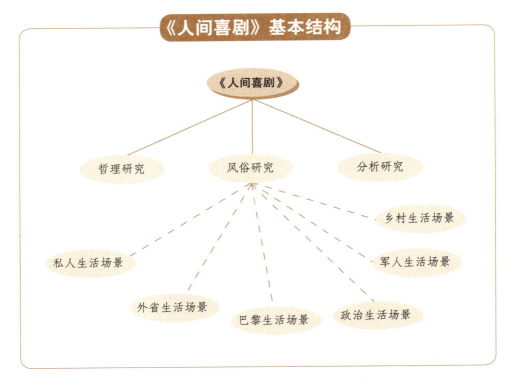

天真地发问。

"这位可爱的女同学,你说得完全正确。不过你要是能够再介绍得详细一点儿就更好了。"巴尔扎克老师露出一张和蔼可亲的笑脸。

"第一部《风俗研究》是《人间喜剧》中最主要的部分,它包括'私人生活场景''外省生活场景''巴黎生活场景''政治生活场景''军人生活场景'和'乡村生活场景'6个方面,反映了一切社会现象。第二部《哲理研究》探讨的是造成上述社会现象的原因。而第三部《分析研究》探讨的是'原则'。"小悠进一步完善了她的回答。

"非常不错。看来你们对我的作品还是颇有研究嘛。好了,关于《人间喜剧》的话题我们一会儿还要结合作品具体讨论,在此之前,还是让我先来介绍一下我在这些年的创作过程中积累下来的现实主义创作理论吧。

"首先,我认为世界是一个多样性的统一整体,彼此都是相互联系的,所以我觉得文学应该反映整个历史时代。其次,我认为艺术的任务在于再现自然,文学中的真实不等于生活中的真实,需要经过艺术加工、进行选择,从而增加其真实性。而要想实现这一目标，小说家就必须要面对现实生活，使自己成为当代社会的风俗史家。然后，在我看来，艺术的使命之一就是创造典型，即人物要典型化，典型要个性化，通过典型去反映现实。最后，我认为小说中的环境描写十分重要，因为它既是人物活动的舞台，又是产生人物思想、行动的基础，对人物有决定性的作用。此外，我还坚持艺术要为社会服务的观点。我一向认为，艺术家的职责不仅在于描写罪恶和德行，而且还应该指出其中的教育意义。艺术家必须同时是道德家和政治家。

"以上就是我一生都在不断坚持、不断完善的现实主义创作原则，不知你们听了之后有何感想，想要了解现实主义创作与浪漫主义创作不同之处的同学，不妨结合雨果老师上节课的内容好好对比思考一下，相信你们会从中获益颇多。"

巴尔扎克老师一口气讲完了自己的创作理论，也不喝口水稍作休息，又赶忙继续讲下去。这位把工作看得比命还重要的"工作狂人"果然名不虚传，难怪他能够在有生之年写下数量惊人的作品，看来真的是一分耕耘，一分收获！巴尔扎克老师这种孜孜不倦的工作精神真是令人佩服。

巴尔扎克的现实主义创作的原则

原则一 →	世界是统一的整体，文学应该反映整个历史时代。
原则二 →	文学的真实是需要经过艺术加工进行选择的真实。 小说家必须要面向现实生活，使自己成为当代社会的风俗史家。
原则三 →	艺术的使命是创造典型，只有个性化的人物才能反映现实。
原则四 →	要注意小说中环境描写，它对人物有决定性作用。

法国社会的"百科全书"

"前面已经简单提到了《人间喜剧》这部作品,接下来让我们继续这个话题。《人间喜剧》总共由 90 多部作品组成,塑造了 2000 多个人物,描绘了从拿破仑帝国、复辟王朝到七月王朝这一历史时期法国社会的不同的阶级、不同的阶层、不同的职业、不同的活动场所,几乎是一幅法国社会的缩影图。

"19 世纪的法国,正值封建主义和资本主义的交替时期。在这个时期,金钱逐渐代替了贵族头衔,资产阶级以捞钱为生活目标,为了积累资本不择手段。我在《人间喜剧》里对这些形形色色的具有时代特点的资产者进行了重点刻画,希望通过这些形象能让人们清楚地看见这部资产阶级罪恶的发家史。

"如《高利贷者》中靠原始的、低级的方法贮藏商品的高利贷者高布赛克是旧式剥削者的代表,他还没学会'最新'的发财致富之道,宁愿把商品贮藏在家里,而不敢把它当作资本来增殖,他是以囤积商品的方式来贮藏货币的守财奴。与高布赛克相比,《欧也妮·葛朗台》里的葛朗台老头的头脑较为灵活,他是由旧式剥削者向资本主义企业经营过渡的投机商人。他精明能干、狡猾诡诈,懂得利用企业投资来获取资本。而《纽沁根银行》中的纽沁根男爵则是交易所中用暴发户手段兴起的新型资产阶级的代表。他的策略是使所有的资本经常处于不断的'运动'中,利用法律的庇护搞假倒闭,逼得几千家小存户陷于破产,自己却捞到百万黄金。

"从高布赛克到葛朗台再到纽沁根,通过这些典型人物,我们可以清楚地看到资本主义的发展历程,以及在这个发展过程中,人类是如何一步一步堕入金钱的罪恶。高布赛克和葛朗台是小资本家,他们的钱'来之不易',因此他们爱钱的表现是装穷,吝啬,视财如命。而纽沁根是大资本家,有更高明的赚钱手段,因此财大气粗,挥金如土,穷奢极欲,用尽各种手段炫耀自

魏鹏举老师评注

巴尔扎克笔下的人物是"连贯的",同一个人物会出现在不同的小说里,并且在每一部小说中他们都会随着性格的发展,扮演不同的角色,然后又会对一些新人物的性格形成起到一定作用。

己的财富。在他身上表现出的享乐主义、拜金主义正是七月王朝时期法国金融资产阶级的共同特点。"

又一番长篇大论之后，巴尔扎克老师终于感觉有点儿累了，额头都渗出了汗珠。可是这位"工作狂人"丝毫没有要停下来的意思，他从口袋里掏出手帕，擦了擦汗，又继续讲了下去。

"除了刚才提到的这些具有时代特色的资本家外，我还特意在《人间喜剧》中刻画了一批资产阶级个人野心家的形象。如《驴皮记》中的拉法埃尔·德·瓦仑丹；《高老头》中的拉斯蒂涅；《幻灭》中的吕西安·吕庞泼莱，这些青年人在初入社会时都曾渴望通过'正当的'途径寻求成功，可惜后来由于都沾染了上层

《人间喜剧》中三类资产者的典型形象

典型形象	代表人物	性格特点
第一类	具有资本原始积累时期特点的老一代资产者形象	《高利贷者》中高布赛克	剥削方式单一，经营手段落后；生活方式陈旧，极端吝啬，这是资本主义早期剥削者的特点。
第二类	具有过渡时期，即自由竞争时期特点的资产者形象	《欧耶妮·葛朗台》中的老葛朗台	剥削方式具有多样性，经营手段带有投机性；生活方式仍带有早期资产者极度吝啬的特点。
第三类	具有垄断时期金融寡头特征的新一代资产者形象	《纽沁根银行》中的纽沁根	剥削方式带有更大的冒险性和欺骗性，经营手段超越经营范围，向政权渗透；生活方式现代化，纸醉金迷，穷奢极欲，是新兴资产阶级的代表。

社会的恶习，堕落为道德沦丧的野心家。不过，这些年轻人的悲剧其实也是这个时代悲剧的一个侧面，在资本主义金钱原则的支配下，原本温情脉脉的家庭也渐渐沦为相互欺骗、掠夺的场所。如《欧也妮·葛朗台》中的葛朗台老头，为了金钱竟不惜逼死自己的妻子，葬送女儿一生的幸福。《高老头》里高老头的两个女儿，在耗尽他的财产后，竟然把父亲像一只挤干了的柠檬一样丢掉。这就是资本主义社会啊！除了金钱别的都是扯淡！这就是现实。"

巴尔扎克老师一边回顾着自己的作品，一边愤怒地斥责着资本主义的罪恶，讲到最后，连这位平日最冷静、最客观的现实主义大师也不禁情绪失控。

"不好意思，请原谅我的失态。"巴尔扎克老师在调整好情绪后又恢复了他那不掺杂任何感情色彩的语气，同学们一听便知，他这是又要继续讲课了。

从《高老头》看"金钱的罪恶"

"刚才我已经从宏观的角度为大家介绍了这部《人间喜剧》，接下来我将从中挑选一部典型作品来进行具体讲解，希望你们能更多地从细微的角度对其进行全面的理解。"

"巴尔扎克老师，我猜您接下来要讲的一定是您的名著《高老头》。"大胆的小伦又来插嘴。

"没错，看来这位同学对我的作品还颇为了解嘛。我讲了这么久也有点儿累了，不如你来给大家讲讲这个故事，你看如何？"巴尔扎克老师也觉得累，这简直是太阳打西边出来啊。

"学生虽然才疏学浅，不过还是恭敬不如从命吧。"小伦故意装腔作势地说起了古文，还摆出一副得了便宜还卖乖的神情，逗得全体同学哈哈大笑。一番热闹过后，小伦整了整衣襟，清了清嗓子，一本正经地开始讲了起来。

"故事发生在1819年末至1820年初的巴黎。偏僻街区的伏盖公寓里聚集了各色人物。钦羡上流社会奢华生活、一心想向上爬的穷大学生拉斯蒂涅，形迹可疑的野心家伏脱冷以及年迈力衰、精神沮丧的高老头。故事围绕这三个人物展开。高老头溺爱女儿，无条件地满足她们的欲望，可是最后在钱财被榨干之后，却遭到女儿无情的抛弃。伏脱冷是一个苦役监逃犯，他的人生原则是成功就要不择手段。他企图利用泰伊番小姐的婚姻大赚一笔，后来被人揭穿，阴谋败露，而自己也被捕入狱。

"大学生拉斯蒂涅是青年野心家的典型，他本来还怀着天真的愿望，希望通过脚踏实地的努力飞黄腾达。可是来到巴黎，先后接受了表姐鲍赛昂子爵夫人、伏脱冷的两堂资产阶级自私自利的教育课后，他渐渐接受了资产阶级利己主义和金钱至上的原则。然而此时他的内心还是动摇的，还有一丝良知尚存，所以在高老头凄惨地死于公寓的时候，他还主动为高老头料理了后事。然而，正是高老头之死给他进行了最后的社会教育。高老头两对女儿女婿的无情无义让他彻底看清

《高老头》的艺术成就

典型环境
巴尔扎克非常重视详细而逼真的环境描绘，一方面是为了再现生活，更重要的是为了刻画人物性格。

人物性格
巴尔扎克不仅塑造了高里奥、拉斯蒂涅、鲍赛昂夫人、伏脱冷等典型形象，而且在其他人物形象的塑造中也做到了共性与个性的统一。如雷斯多伯爵夫妇和纽沁根男爵夫妇虽然有贵族的头衔，实际上都是资产者。他们既有追求个人私利的共同特性，又都是独具个性的典型。

结构精致
小说以高老头和拉斯蒂涅的故事为两条主要线索，又穿插了伏脱冷、鲍赛昂夫人的故事。几条线索错综交织，头绪看似纷繁而实际主次分明、脉络清楚、有条不紊。

对比手法
艺术上的对比手法在《高老头》中运用得十分广泛。伏盖公寓与鲍赛昂府的强烈对比，不仅促使拉斯蒂涅个人野心的猛烈膨胀，而且表明不管是赫赫声威的豪门大户还是穷酸暗淡的陋室客栈，一样充斥着拜金主义，一样存在着卑劣无耻。这种鲜明对比的手法，使作品的主题更加鲜明突出。

了这个社会寡廉鲜耻的真实面貌，于是他决定抛下自己最后的良知，彻底投身于极端利己主义的阵营。"

"小伦同学言简意赅地讲出了这个故事的核心内容，非常不错。"小伦话音刚落，巴尔扎克老师就给出了肯定的评价。

"之所以要为大家讲解《高老头》这部作品，是因为在这部作品里，我通过大大小小各色不同人物，从不同的角度揭示了金钱的统治作用和拜金主义的种种罪恶。在这里，父女之间的感情只能用金钱来计算，有钱时是'好爸爸'，没钱时便是'老混蛋'；在这里，婚姻只是骗取钱财的手段，爱情只为满足人们的野心和欲望；在这里，一个人要想成功，就必须把'良心喂狗'，'你越没心肝，越升得高。你得不留情地打击人家，叫人家怕你。''要挣大钱就要大刀阔斧地干，要不就完事大吉。'这就是资本主义社会的生存法则，人与人之间没有温情，只有金钱。金钱就是一切。"

一番鞭辟入里的分析过后，巴尔扎克老师又接着说道："关于金钱的罪恶也'控诉'得差不多了，咱们这堂课就上到这里吧。今天能在这里与大家探讨作品、交流心得，我非常开心，希望还能后会有期吧。"言毕，巴尔扎克老师迈着仓促有力的步伐离开了教室，真是"来也匆匆，去也匆匆"，看来这位文学大师还真是一位"效率达人"啊！

小艾默默目送大家离场，自己仍郁郁寡欢地坐在角落里沉思。是啊，金钱的确是罪恶啊！听了巴尔扎克老师这堂课，她渐渐地明白了为什么老妈会有如此可怕的改变，原来金钱真的可以腐蚀人心。高老头的两个女儿都能弃之如敝屣般的抛弃自己的亲生父亲，自己的老妈不过想给自己找个有钱人，这又有什么好大惊小怪的呢？想到这里，小艾只得苦笑。这一次她真的陷入了困境。人类的欲望，金钱的罪恶，何时才能终结？好像连巴尔扎克老师都没能给出一个圆满的答案。看来唯有背负困惑，继续前行，继续探索了。

巴尔扎克老师推荐的参考书

《欧也妮·葛朗台》 巴尔扎克著。该作品是巴尔扎克《人间喜剧》这部巨作中"最出色的画幅之一"。小说以暴发户葛朗台的家庭生活和剥削活动为主线，以女儿欧也妮的婚事为中心，讲述了一个金钱毁灭人性和造成家庭悲剧的故事。

第十三堂课

托尔斯泰老师主讲"心灵辩证法"

> 深入人物的内心，一丝一毫地追索人物思想感情的变化……

列夫·尼古拉耶维奇·托尔斯泰（Лев Николаевич Толстой，1828—1910）

19世纪俄国最杰出的现实主义作家，公认的世界上最伟大的小说家之一。托尔斯泰的创作生涯长达60年，为后人留下了众多的优秀作品，其中《战争与和平》《安娜·卡列尼娜》和《复活》三部巨著，被视为世界文坛上的永恒经典。托尔斯泰和巴尔扎克被后人并称为现实主义文学中的两座最高、最辉煌的峰峦。

小艾最近的日子过得很不好，生活和思想都陷入了困境。老妈的问题还没解决，她依旧在金钱中"疯狂"。终于，她凭借着自己那份"不达目的誓不罢休"的顽强决心，成功为小艾选了一位"理想佳婿"——学历好，家世好，长相好，绝对是限量版"高富帅"，此等良机，谁要是错过谁就是傻子。

小艾倒是真想做个傻子，可惜天不遂人愿，无奈，她有个太精明的妈。终于，在老妈的一番威逼利诱、说教洗脑之后，小艾这座无坚不摧的"堡垒"也陷落了，她答应与"高富帅"交往看看。本来在老妈那三寸不烂之舌的美化之下，小艾还对此人抱有一丝幻想，可是见面三次以后，她就得出了一个结论，这位传说中的"高富帅"才是真正的"傻子"。

"高富帅"倒是"名副其实"，这点完全没有造假。可是此人只要一开口，就是满嘴的房产、股票、车子、牌子，小艾觉得他根本就是一部"报价机器"。"高富帅"对小艾倒是挺满意，这并不是因为小艾多讨人喜欢，而是"高富帅"觉得她的"硬件"还算不错——学历、长相、出身、谈吐基本达标，可以进入"下一轮考核"。

小艾妈收到"高富帅"的反馈之后，脸都乐开了花，可是小艾一盆冷水直接浇下：就算全世界的男人都死光了，她也不会嫁给"高富帅"。于是，从小艾这句"独立宣言"开始，小艾家彻底炸开了锅。母女俩终日上演各种"大战"，闹得鸡犬不宁。原来"婚姻自由"这一目标，在如此高度文明的现代社会仍然不能彻底实现，真是可悲啊！

"自我救赎"的创作之路

终于盼到了周末，小艾迫不及待地赶到"神秘教室"，现在每周一次的文学课已经成了她唯一的精神寄托。

"同学们晚上好，很高兴能与大家在这里相会。"讲台上突然有人说起了话，众人都被吓了一跳，因为大家根本没有注意到他是何时进的门。循着声音望去，只见一位长须飘飘的长者稳若泰山地站在讲台中央,他那副和颜悦色的神情,宛若世外仙人。根本不用自我介绍,只看这一张独一无二的脸便可得知,此人正是享誉世界文坛的俄国大作家列夫·托尔斯泰。

"昨天突然接到邀请,说要来给中国学生上一堂课,这个消息让我很兴奋,因为大家都知道,我曾经读过孔子、老子的作品,所以对你们中国的文化很有好感。从昨天开始我就一直在思索,一堂课的短暂时间,要讲点儿什么才算不虚此行。思前想后,我决定要跟大家分享一下我一生的创作经历,希望你们能从我不断摸索的过程中得到启发。"说着,托尔斯泰老师挽了挽衣袖,又接着讲了下去。

"我出身于贵族家庭,大学时期受到卢梭、孟德斯鸠等启蒙思想家的影响,我开始对学校教育产生不满,于是毅然退学,回到故乡领地进行改革农奴制的尝试。可惜改革未能成功。**灰心之余,我在莫斯科上流社会过了一段懒散的生活,这段荒唐的日子让我更加心烦意乱,此时我开始在焦虑不安中思索着如何保持和完善道德纯洁的问题。**之后,我又参军服役,并且经历了战争。这段军旅生活让我彻底看清了上流社会的腐化,同时也让我在内心对这种生活产生了深深的厌恶。带着对人生的困惑和思索,我开始了写作。

 魏鹏举老师评注

我们中国有句古话叫作"浪子回头金不换",这句话用来形容这个时期的托尔斯泰,真是再合适不过了。

"《童年》《少年》《青年》三部自传体小说是我在文学上的初步尝试,在这些作品里,我表达了自己对贵族生活的批判态度,开始使用道德探索和心理分析的创作方法。中篇小说《一个地主的早晨》写的是一个主张自由主义的贵族试图通过改革来改善农民的处境却失败的过程,这部作品表现了我对地主与农民之间问题的思考。"

"经过了一番创作积淀之后,我的三大代表作之一,长篇历史小说《战争与和平》终于问世了,这部作品可以说是我创作过程中的第一个里程碑,相信在座的不少同学都应该读过吧?"托尔斯泰老师情绪激昂地问道。

"当然读过。《战争与和平》结构宏大,人物众多,手法壮阔,可谓是一部具有史诗和编年史特色的鸿篇巨制,是我们中国学生的百部必读名著之一。"脑子灵嘴巴快的小伦抢先回答。

"既然这位同学读过,那就劳烦你替我为大家简单介绍一下这本书吧。"托尔斯泰老师笑着说道。

"《战争与和平》这部小说以包尔康斯基、别祖霍夫、罗斯托夫和库拉金四个豪族为主线,在战争与和平的交替中,展示了当时俄国从城市到乡村的广阔社会生活画面。除此之外,小说还气势磅礴地反映了1805年至1820年之间发生的一系列重大历史事件,歌颂了俄国人民的爱国热忱和英勇斗争精神,探讨了俄国的前途和命运,以及贵族的地位和出路问题。"小伦寥寥数语,便言简意赅地概括了这部巨著。

"这位同学总结得相当不错,完全无需我再赘述。时间紧迫,下面我们直接进入下一部作品《安娜·卡列尼娜》。这部作品是我创作中的第二座里程碑,同时也是我一生中'最完美'的作品,集中了我世界观中的所有矛盾和创作中的全

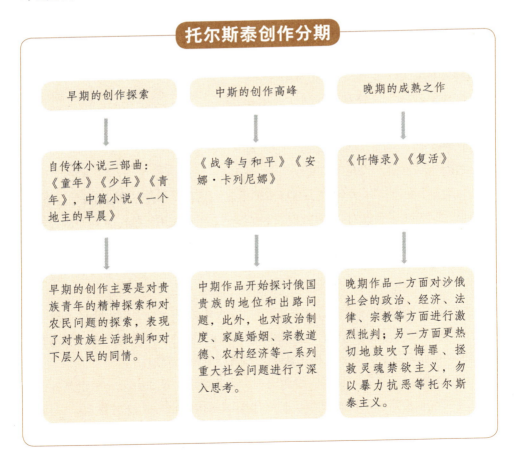

托尔斯泰创作分期

早期的创作探索	中期的创作高峰	晚期的成熟之作
自传体小说三部曲:《童年》《少年》《青年》,中篇小说《一个地主的早晨》	《战争与和平》《安娜·卡列尼娜》	《忏悔录》《复活》
早期的创作主要是对贵族青年的精神探索和对农民问题的探索,表现了对贵族生活批判和对下层人民的同情。	中期作品开始探讨俄国贵族的地位和出路问题,此外,也对政治制度、家庭婚姻、宗教道德、农村经济等一系列重大社会问题进行了深入思考。	晚期作品一方面对沙俄社会的政治、经济、法律、宗教等方面进行激烈批判;另一方面更热切地鼓吹了悔罪、拯救灵魂禁欲主义,勿以暴力抗恶等托尔斯泰主义。

部精华,通过解读这部作品,你们可以对我的批判现实主义创作文风有更全面的了解。"

对爱情和婚姻的探索

"小说由两条平行而又互相联系的线索构成。一条写安娜·卡列尼娜和伏伦斯基之间的爱情婚姻纠葛,展现了彼得堡上流社会、沙皇政府官场的生活;另一条写列文的精神线索以及他与吉提的家庭生活,展现了宗法制农村的生活图画。

"《安娜·卡列尼娜》这部小说关注的是家庭题材,同时又通过家庭的冲突反映了时代的矛盾和个人的困惑。安娜是一个追求新生活、主张个性解放的人物,**她对生活充满热情,对人与人之间的纯真关系充满向往,她厌恶自己那个伪善自私、'官僚机器'般的丈夫,厌恶她身处的充满谎言、欺骗的环境,所以在伏伦斯基的爱情激励下,她勇敢地对现实做出了反抗,开始义无反顾地追求自己的幸福。**"

"既然安娜已经勇敢地选择了爱情,选择了她想要的生活,那么为什么她最后还是没能获得幸福呢?"这一次发问的是小艾,因为托尔斯泰老师的这个故事刚好触及了她的心事。

魏鹏举老师评注

安娜的形象在作家创作过程中有过极大变化:从一个低级趣味的失足女人改写成真诚、严肃、宁为玉碎、不为瓦全的女性。托尔斯泰通过安娜的爱情、家庭悲剧寄寓了他对当时动荡的俄国社会中人的命运和伦理道德准则的思考。

"这位同学的问题问到了点子上,安娜的悲剧其实并不只是她个人的悲剧,也是时代的悲剧,是她的性格与社会环境冲突的必然结果。安娜不满于贵族社会的虚伪,所以她要反叛,同样,上流社会的道德观也无法容忍安娜的存在,他们必须把她'剿杀'。虚伪的卡列宁以'拯救'安娜的名义不肯与她离婚,不让她

《安娜·卡列尼娜》的两条线索

《安娜·卡列尼娜》通过女主人公安娜追求爱情的悲剧,和列文在农村面临危机而进行的改革与探索这两条线索,描绘了俄国从莫斯科到外省乡村广阔而丰富多彩的图景。

两条线索

安娜

- 书里的内容改为:安娜与伏伦斯基坠入爱河,二人没能禁住情欲的诱惑,逾越了雷池。
- 安娜不愿忍受通奸的生活,于是为了爱情选择了离家出走。
- 安娜的行为不为世俗所容,但爱情降温之后,她因为无法忍受流言蜚语和内心的挣扎痛苦,最终选择了卧轨自杀。

列文

- 一直致力于调和地主与农民关系的贵族列文怀抱着满腔热情在庄园尝试改革,可惜却惨遭失败。
- 经历了事业和爱情双重失败的列文陷入了迷茫,他的理想在现实中找不到出路,他开始灰心绝望,甚至产生了自杀的念头。
- 在经过了一系列的思想斗争和灵魂洗涤之后,列文终于在农民弗克身上领悟了生命的真谛,从此走上了"为上帝、灵魂而活"的"博爱"与"道德自我完善"之路。

与儿子相见,社会舆论都谴责她是一个抛夫弃子的'坏女人',这一切都让安娜痛苦不堪,她的内心在忠于封建操守和追求个人幸福的两种思想之间饱受折磨,所以最终,她只能在'一切全是虚伪'的慨叹中,在'上帝,饶恕我的一切'的哀号中凄惨死去。而安娜的死其实是她对封建贵族社会的最后反抗。

"接下来再谈谈小说中的另一个主人公列文,这个人物其实是我自己的一个分身,他在文中的思想探索过程有很多我个人的痕迹。列文是一个死抱住宗法制不放的贵族地主,他赞扬自给自足的农村,憎恨都市文明,看不起资产者,反对地主采用西欧方式经营田庄,但他又不能不看到俄国农奴制崩溃、资本主义成长的事实。为了挽救贵族地主的没落,他试图在自己的庄园尝试改革,却惨遭失败。在经过了一段时间的迷茫、绝望之后,他终于领悟到生命的意义应该是'为上帝、为灵魂而活',因此开始走上了'博爱'与'道德自我完善'的道路。"

心灵辩证法

"列文找到的精神归宿就是后世人们所说的'托尔斯泰主义'吧?"小悠突然插嘴。

"原来后人们还专门用我的名字命名了一种'主义',这个问题我还真的没法回答你,因为连我自己都不知道。不过我知道有人曾把我描写人物心理的手法称为'心灵辩证法',我对这个名字倒是颇为满意。"

"'心灵辩证法'的说法是俄国文学批评家车尔尼雪夫斯基在评价托尔斯泰老师心理描写的技巧时提出的。他说您善于深入人物的内心抓住思想感情的每一个细微的变化,一丝一毫地追索出人物思想感情的巨大变化或剧烈转变的全过程……总之,他还说了很多,不过这些话实在是太抽象,太深奥了,我反复读过之后还是没能完全理解,不知道您能不能为我讲解一下。"很少发言的小文,一脸谦逊地提出自己的困惑。

魏鹏举老师评注

"托尔斯泰主义"是指托尔斯泰所宣扬的悔罪、拯救灵魂、禁欲主义、"勿以暴力抗恶""道德自我完善"等观点。

"当然可以,能为别人答疑解惑对我来说是最大的快乐。"托尔斯泰老师果然是身体力行着自己"博爱"的思想。

"其实所谓的'心灵辩证法'不过是一种刻画人物心理运动、变化过程的方法,

托尔斯泰的创作特点

托尔斯泰

创造了史诗体小说
以《战争与和平》为例,这部巨著再现了整整一个时代,气势磅礴,场面壮阔,人物众多。他将历史的史诗与艺术的虚构融合,千头万绪的线索轻易驾驭,把小说表现得波澜壮阔。

对微观世界刻画细致
托尔斯泰的艺术魅力不只在于再现宏观世界,而且在于刻画微观世界。他洞察人的内心奥秘,在世界文学中空前地把握心灵的辩证发展,细致地描写心理在外界影响下的嬗变过程,并且深入人的潜意识,把它表现在同意识相互和谐的联系之中。

善于描绘性格的发展和变化
托尔斯泰的风格特点是朴素。他力求最充分最确切地反映生活的真实或表达自己的思想,因此,他虽然在艺术上要求严格,却不单纯以技巧取胜,不追求形式上的精致,也不回避冗长的复合句,而只寻求最大的表现力。

用抽象的话描述可能不太好懂,下面我结合具体作品中具体人物的心理过程来为你讲解,你应该更容易明白。"

"比如刚才谈到的《安娜·卡列尼娜》,在这部作品中我就曾大量运用这种手法。如卡列宁从安然平静的家庭生活状态忽然陷入妻子与他人私通的尴尬境地后,他内心世界的复杂状况；伏伦斯基与安娜相遇后，他的整个生活、事业、前程、家庭关系和社会关系的变化所带来的心理变化等，这些都是'心灵辩证法'的运用。"

看着小文仍旧一脸茫然，托尔斯泰老师继续说道："下面我再以安娜临死前的那段心理描写为例，为你做更进一步的讲述。这段心理独白先是写安娜有了'死'的念头，接着便用虚虚实实、视觉、嗅觉、听觉、想象、回忆等各种形式把安娜临死前那种对人世间的一切加以猜测、怀疑、误解的反常心理描写出来。"

"她怀疑伏伦斯基和索罗金娜幽会，怀疑真心爱她的吉蒂和朵丽看不起她，她的思想行为处处走向极端。接着她又产生了许多幻觉，一会儿好像见到了儿子谢辽沙，一会儿好像伏伦斯基在亲吻她，一会儿又听见伏伦斯基在说粗鲁的话。她忽然梦见一个小老头儿在敲一块铁板，忽然想起自己17岁时跟姑妈去朝拜三圣修道院的情景，她胡思乱想，烦躁不安，不知所措。她一会儿决心去死，一会儿又自言自语说，'不啊，怎么都行，只要能活着！'就是在这样混乱的心理状态和自我误导下，安娜一步步走到了那节火车轮下。"

"听了您的讲解，我的思路清晰了许多。我记得评论家们说您的另一部名著《复活》也是'心灵辩证法'运用的典范之作，不知道您能不能再为我讲讲这部作品。"小文微笑着再次发问。

托尔斯泰老师捋着胡须点了点头，刚要开口，可是下课的铃声却不识相地响了起来。无奈，时间已到，不得不分别了。"不好意思了，同学们，看来只能等下次有机会再给你们讲解我的《复活》了。"托尔斯泰老师面带笑容与大家道别，眼中带着明显的不舍之情，看来这位慈爱的长须老者也对我们这个"神秘教室"产生了感情。

众人纷纷离去，小艾也返回现实。果然每一次来"神秘教室"都会有意外收获，今天托尔斯泰老师的这堂课又给小艾带来了不少惊喜。当然不止是文学上的灵感，还有生活上的启发。在听完了安娜的悲剧故事后，小艾决定买一本《安娜·卡列尼娜》送给老妈，让她亲眼目睹"包办婚姻"的可怕。"要是你再冥顽不灵，我就会变成下一个安娜！"小艾连对付老妈的"台词"都想好了，希望下次上课时能听到她胜利的好消息。

托尔斯泰老师推荐的参考书

《复活》 托尔斯泰著。小说取材于当时的一件真实事件,通过男女主人公的"精神救赎"之路,撕下了一切假面具,揭露了法律制度的虚伪和反人民的本质。小说对整个官僚机构、宗教法制进行了无情批判,还从经济制度上探究了人民痛苦不幸的根源,否定了土地私有制,表现了托尔斯泰"最清醒的现实主义"。

第十四堂课

海明威老师主讲"迷惘与抗争"

正因为我们是比别人承受了更多战争痛苦的"迷惘的一代",所有就要更加努力地去与现实和命运抗争。

> **欧内斯特·米勒·海明威**(Emest Hemingway,1899—1961)
>
> 　　20世纪美国著名小说家,他以独特的现代叙事艺术风格开启了一代文风,是美国"迷失的一代"作家中的代表人物。海明威的主要作品有《老人与海》《太阳照常升起》《永别了,武器》《丧钟为谁而鸣》《乞力马扎罗山上的雪》等。这些作品都对20世纪的欧美文学产生了重大影响。

相亲的"闹剧"总算可以告一段落了，小艾妈在读了托尔斯泰老师的《安娜·卡列尼娜》之后果真没再闹腾。虽然不知道她老人家是不是彻底地被"思想改造"成功，但至少近期内小艾可以过两天消停日子了。现在小艾又恢复了每天到"兔子洞书屋"阅读的好习惯，周一到周六看书，周末"穿越"到"神秘教室"上课。细细想来，自己已经在"神秘教室"上了13堂课了，时间过得真快。上次听小悠说，文学课程好像一共只安排了18堂，18堂课过后，就要"曲终人散"了，想想便觉得心中酸楚。

为什么人生中总有那么多事让人无能为力呢？比如生离，比如死别。面对逝去的，我们挽不住；面对当下的，我们扛不住；面对未来的，我们却只有迷茫、无助。生命好像轻飘飘的，人活着好像就为了等死，什么都没意思，什么都无能为力。小艾又陷入了思维的怪圈，不能自拔。带着这份无法排解的迷惘，小艾已不知不觉地来到了"神秘教室"。不知道今天又会是哪位文学大师来把小艾导出迷津呢？

"迷惘的一代"

"大家晚上好。"一位高大英俊、结实硬朗的男子迈着矫健的步伐走上讲台。他留着满脸的络腮胡子，笑容含而不露，坚毅的目光中闪着柔情，给人一种亲切舒服的感觉。

"我是美国作家海明威。或许有人听过我的名字。"

原来这就是那位以独特的"冰山"文风在文学界独树一帜的美国大作家海明威，果然是闻名不如见面。这位作家举手投足间的风度绝对可以与他的文字相媲美。

"能来到中国授课，本人十分荣幸。听说前几节课的老师都是文坛上举足轻重的大人物，这让我倍感压力。不过我相信，我个人的独特风格应该也能够让你们终生难忘。好了，时间宝贵，话不赘述，咱们开门见山，直奔主题。"海明威老师果然是以文笔简练出名，就连说话做事也都奉行着"简而不冗"的原则。

"说到我的文学创作，我想我会从《太阳照常升起》这部小说谈起，因为这是让我在文坛获得声誉的第一部长篇小说。"

"这部小说我听过,据说它是美国'迷惘的一代'的代表作品,在世界文坛上都声名显赫。"一听到自己熟悉的话题,小新又忍不住出来表现。

"这位同学说得没错,《太阳照常升起》这部小说描写的确实是'迷惘的一代'。创作这部小说时,我刚刚经历过第一次世界大战,亲眼目睹了人类空前的大屠杀,亲

魏鹏举老师评注

菲茨杰拉德也是"迷惘的一代"的代表作家。他不仅长篇小说出色,短篇小说也造诣颇深。《夜色温柔》和《最后一个大亨》都是值得一读的作品。

海明威小说简介

类型	主要作品	内容简介
短篇小说	《印第安营地》《打不败的人》《五万元》等	海明威的短篇小说主要创作于20世纪20年代。作品中充满了暴力、鲜血和死亡的意象以及海明威蔑视死亡的"硬汉子"精神。
中篇小说	《老人与海》	作品一方面歌颂了人类的伟大力量,另一方面又对人生表现出无可奈何的绝望心情。作品着力塑造了老人桑迪亚哥这个敢于与现实和命运抗争的完美"硬汉"形象。
长篇小说	《太阳照常升起》	海明威第一部长篇小说,"迷惘的一代"的宣言书,表达了第一次世界大战后美国一部分年轻知识分子对现实的绝望,揭示了战争给人生理上和心理上造成的巨大创伤,带有自传色彩。
	《永别了,武器》	是"迷惘的一代"创作的高峰和终结。小说以第一次世界大战为题材,通过一个美国中尉亨利自述的形式,描述了战争中人与人的相互残杀以及战争对人的精神的毁灭和对美好爱情的扼杀。
	《丧钟为谁而鸣》	以西班牙内战为题材的一部长篇小说,展现了西班牙人民反法西斯的斗争。在这部作品中,作者摆脱了以往悲观、迷惘的感伤基调,塑造了一个为异国正义事业而捐躯的英雄形象。

身经历了战争给人们带来的苦难。这些难以磨灭的痛苦记忆让我深深地觉得什么'民主''光荣''牺牲'的口号都是骗人的,我对社会、人生感到一种前所未有的失望,也因此陷入了一种迷惘、彷徨、失望的情绪中。

"后来,一次机缘巧合之下,我结识了另一位美国著名的作家菲茨杰拉德,你们对他应该并不陌生吧?"海明威老师笑着问道。

"当然不陌生,他的名著《了不起的盖茨比》可是我的最爱。"一听到自己喜欢的作家,小文按捺不住,嚷了起来。

"没错,就是在读了菲茨杰拉德这部《了不起的盖茨比》的手稿之后,激发了我的创作灵感,不久之后,我便写成了这部《太阳照常升起》。

"《太阳照常升起》这部小说描写的是第一次世界大战后一群青年人迷惘、苦闷的精神状况。小说的男主人公杰克·巴恩斯是在巴黎工作的美国记者,在战争中负伤,失去了性爱能力。巴恩斯爱上了英国姑娘勃雷特·艾希利,但两人却无法结合。为了解除精神上的苦闷与无聊,他们与几个意气相投的朋友结伴来到西班牙的比利牛斯山区游玩,终日以狩猎、钓鱼和观看巴斯克斗牛来消磨时光。然而美丽的自然风光却未能安抚受伤的心灵,这群迷惘的青年人终日在无休止的酗酒、追求刺激、争风吃醋、打架斗殴之中消磨生命。他们的内心痛苦不堪。后来巴恩斯受到了斗牛士勇敢精神的激发,似乎看到了人的本质力量,悟得了生命的真谛,可是这也不过是短暂的热情,最终他再次陷入了对生活失望和厌倦的情绪之中。小说的最后,男女主人公失望地回到了巴黎。苦闷和迷惘未能解决,这一代青年人注定是孤独的,不能结合在一起,只能在幻想中求得安慰。"

"海明威老师,我们这代人没经历过战争,无法理解你们那代人所承受的痛苦,但是即便是身处当今的和平时代,我们也时常会产生悲观、无助的迷惘感,找不到生命的意义,看来我们又是新的'迷惘一代'啊!"听了海明威老师讲的故事,多愁善感的小艾"触景生情",不禁大发感慨。

"这位同学的想法未免太过悲观,迷惘其实不只是一个时代的主题,而是每一代青年人的'必经之路'。迷惘是为了引发思考,思考人生,思考走出迷惘的正确方法。我承认由于战争的阴影,我笔下的人物不免流露出悲观、厌世的负面情绪,但那只是我思想中的一个层面,除了这些之外,你还应该看到我从不放弃的努力和抗争。"海明威老师目光笃定,语气坚定,让我们看到了他性格中硬朗的一面。

"硬汉式"的抗争

"人生本来就应该不断抗争，而正因为我们是比别人承受了更多战争痛苦的'迷惘的一代'，所以也要比以往更加努力地去与现实和命运抗争。了解我作品的同学应该知道，在我的作品中，曾经塑造过众多在迷惘中顽强拼搏的'硬汉形象'。他们坚强刚毅、勇敢正直，无畏地面对痛苦和死亡。他们都处在尖锐剧烈的外部矛盾和内心冲突中，他们都面对严酷的悲剧命运，但无论情况多么严重，困难多么巨大，死神多么可怕，他们都不失人的尊严，不失勇气和决心，时刻都能表现出临危时的优雅风度。"

"海明威老师，您的名著《老人与海》中的老渔夫桑迪亚哥是不是您说的这类'硬汉形象'的代表人物之一？"小文再次插嘴，这堂课他显得格外活跃。

"没错，这位同学举的例子非常恰当。《老人与海》中老渔夫的形象正是我心目中'完美硬汉'的代表。他与我以往刻画的硬汉形象有所不同，他象征着一种哲理化的硬汉精神，一种永恒的、超时空的存在，一种压倒命运的力量。下面我就为大家简述一下这部作品，让你们感受一下老渔夫的那种不屈不挠的抗争精神。

"古巴老渔夫桑迪亚哥已经连续84天没有钓到一条鱼了，人们都认为他倒了血霉，可是他却并不灰心。这是他第85天出海，他去了更远的海域，碰上了一条从未见过的大马林鱼。经过两天两夜的搏斗之后，他终于制服了大马林鱼。可是正当他准备凯旋之际，却碰上了鲨鱼群，为了保住胜利果实，老渔夫与鲨鱼群拼斗了一天一夜。最后鲨鱼群被赶跑了，可是他的大马林鱼却被鲨鱼吞噬得只剩下一副残架。之后，老渔夫筋疲力尽地返回家中，倒头大睡。这晚他做了一个梦，梦见了狮子。"

魏鹏举老师评注

在西方文化中，狮子象征着胜利和权威，作者以这个梦结尾，在某种程度上是在暗示读者，老人才是最终的胜利者。

"这就是《老人与海》的故事，它没有具体的背景、时间限制，仅仅就是一个5万字的简单故事。有些评论家把它归为预言式小说，说它象征丰富。这都是他们的臆断。我想说的是，海就是海，老人就是老人，鱼就是鱼，不好也不坏。

不要刻意用象征的手法去解读它,其实正像艺术史家贝瑞孙所说,一部真正的艺术品,它本身就会散发出独特的象征和寓言意味,而我认为,我的这部作品,成功之处正在于此。"从谈到《老人与海》这部作品开始,海明威老师的情绪就明显激动了起来,可以看出,这部小说对他而言,意义非同小可。

《老人与海》的故事

老渔夫已经连续84天没钓到一条鱼了。

老渔夫幸运地碰见了一条从未见过的大马林鱼。

经过两天两夜的搏斗,老渔夫终于制服了大马林鱼。

与鲨鱼搏斗了一天一夜,终于保住了胜利果实。

可惜,大马林鱼已被吞噬得只剩一副残骸。

"海明威老师,你把我说糊涂了。那么您的《老人与海》到底是有所象征还是没有象征呢?"小悠挠着脑袋,一脸困惑地问。

"哈哈……我刚才的话好像是绕了不少弯子,这可不符合我简洁明快的风格啊!好啦,下面我还是恢复我的'直言不讳'吧。

"其实我想说的是,老人与海的故事简单,也没有刻意的象征隐喻,但它却寓意深刻,内涵深广,这两者并不相矛盾。老人与马林鱼、鲨鱼的搏斗,其实就是一场人与自然、社会、命运的抗争。我要让人们看到,在不可战胜的力量面前,人类的反抗是注定要失败的,可是我们不要忘记,有一种失败,叫作'虽败犹荣'。就像故事中的老渔夫,虽然他拼尽了全力还是没能保住大马林鱼,但是他却通过自己与鲨鱼顽强的搏斗中,捍卫了'人的灵魂的尊严',显示了'一个人的能耐可以达到什么程度'。所以,他是一个胜利的失败者,一个失败的英雄。

"这正是我心目中最完美的'硬汉形象'。'你尽可以将他消灭,但就是打不败他。'肉身可以被打倒,可是不屈不挠的抗争精神却永远不能被打败。这就是我想向人们传达的'硬汉'精神。"

独特的叙事艺术

"好了,关于深刻的人生话题已经讨论得差不多了,下面让我们来换换脑子,谈点文学性的话题吧。"海明威老师停下来喝了口水,向上挽了挽衬衣袖子,又继续讲了起来。

"我知道,在后世的文学史上,人们在评价我时,最为赞同的就是我写作小说时采用的独特的'冰山风格'。而我也正因此获得了诺贝尔文学奖,这真的是我生命中光辉的一笔。那么'冰山风格'究竟是什么意思呢?我不知道在座的同学有没有人知道?"

"您曾在《午后之死》一书中写道:'如果一位散文作家对于他想写的东西心里有数,那么他可以省略他所知道的东西。读者呢,只要作者写得真实,会强烈地感觉到他所省略的地方，好像作者已经写出来似的。冰山在海里的移动很庄严宏伟,这是因为它只有八分之一露在水面上。'我猜我应该没有记错。"关键时刻，博学认真的芳姐当仁不让地给出了她"教科书式"的标准回答。

"这位同学的回答相当专业嘛，居然能背得出我的原话，非常不错。的确，我一向认为，冰山的运动之所以雄伟壮观，正是因为它只有八分之一在水面之上。所以，在一部文学作品中，文字和形象是所谓的'八分之一'，而情感和思想是所谓的'八分之七'。前两者是具体可见的，后两者是寓于前两者之中的。"

"海明威老师，我有一个困惑。您的'冰山理论'对于写作散文可能非常实用，但是要把它应用于小说的写作之中，是不是有点儿困难？我们要怎样才能写出您那种'冰山风格'的小说呢？"小文再次发问。

"冰山理论"

海明威认为，一部优秀的文学作品就应该像一座雄伟的冰山一样，只微微露出八分之一的一角，而留下八分之七的空白让读者自己去填补。

"冰山理论"

"没错，我的'冰山理论'最初确实是针对散文写作提出来的，众所周知，我曾经是一位记者，经受过严格的新闻写作训练，所以这使我形成了简洁、明快、活泼的文风。也正是以这种文风为基础，引发了'冰山理论'的构想。我希望能尝试着用这种不同寻常的方法写作小说，如《老人与海》《丧钟为谁而鸣》等作品，我都应用了这种风格，事实证明，收效非常不错。"

海明威老师首先回答了小文的第一个问题，接着又继续说道："要想写作'冰山风格'的小说，你首先要注意到，我的这条'冰山理论'中包含的两个方面的内容。其一，小说的文字要简而又简。也就是要删掉小说中一切可有可无的东西，什么形容词、副词，什么夸张、修饰，什么比喻、排比统统剪掉，我们要的是以少胜多。就像你们中国的水墨画技巧，以白当黑，不要铺陈，不要全部，而只要八分之一。其二，'冰山理论'更内在的质素其实在于'经验省略'，也就是省略掉那些人们完全可以凭借经验想象填充的部分，不要巨细无遗，喋喋不休，把冰山下面的八分之七留给读者自己填充，这样的效果会更讨巧。"

看见同学们全都聚精会神，海明威老师欣慰一笑，然后又接着说了下去。"除了上述亮点之外，'冰山风格'的小说在结构上也有其独特之处。我的小说从来不会采用传统的史诗式的小说结构，我只会截取故事的一个时间段或时间点，以集中反映重大的主题或历史事件，至于历史的经过和历史背景，则当作'冰山'的八分之七隐匿在洋面之下，含而不露，虽然一笔为题，但却仍然能够让读者强烈地感到它的存在，这就是精妙之所在。

"好了，这节课上到这里，希望我'冰山风格'的演讲没有让你们失望。"言简意赅地说完最后的结语，海明威老师迈着健步走下讲台，匆匆离开。**这位以"电报式文风"著称的老师真是人如其文：语言简洁、行事干练、目标明确，毫不拖泥带水，让人印象深刻，又回味无穷。**

又告别了一堂课的精彩，又解决了一个困惑。听完海明威老师的这堂课，犹如洗了一个冷水澡，让那个曾经沉浸在缠绵悱恻、小情小调中的小艾彻底清醒。什么"新的迷惘的一代"，都是没病找病。谁的青春不迷惘？谁的日子不艰辛？人

> **魏鹏举老师评注**
>
> 海明威是记者出身，受过严格的新闻写作训练，正是这段经历成就了他举世闻名的"电报式"文风。

活着就会有困惑，有痛苦，难道还能因为这些小伤小痛就轻生不成？做人就要像老渔夫一般，勇敢乐观，生活不过如此，咬紧牙关，总能过去。

 海明威老师推荐的参考书

《了不起的盖茨比》 菲茨杰拉德著。这部作品是美国"迷惘的一代"的代表作之一，小说通过主人公盖茨比的追求和毁灭来表现"美国梦"的幻灭，深刻揭露了"美国梦"的虚假实质，是一阕华丽的"爵士时代"的挽歌。

第十五堂课

卡夫卡老师主讲"世界的荒诞"

人的种种努力总是朝着与愿望相反的方向发展……

> **弗朗茨·卡夫卡（Franz Kafka，1883—1924）**
>
> 奥地利小说家，西方现代主义文学奠基者之一。他的文笔明净而想象奇诡，常采用寓言体且寓意难解。卡夫卡一生创作不多，主要作品有4部短篇小说集和3部长篇小说，大部分作品都用变形荒诞的形象和象征直觉的手法，表现被充满敌意的社会环境所包围的孤立、绝望的个人。短篇小说《变形记》被公认为其代表作。

周末的晚上,"兔子洞书屋",小艾和小悠两人聚精会神地盯着桌上那本老旧泛黄的《古希腊神话》,等待着见证奇迹的时刻。自从上次小艾把自己"穿越"的秘密告诉小悠之后,小悠一直吵着要小艾带自己去亲眼见识一下,于是便有了上述场景。

小艾已经"穿越"多次,经验丰富,她熟练地将"魔法书"翻到1007页,不出所料,今天的内容又有不同。"当格里高·萨姆莎从烦躁不安的梦中醒来时,发现他在床上变成了一个巨大的跳蚤。他的背成了钢甲式的硬壳……",小悠兴奋地读着书上的文字,她还搞不清楚状况,对一切都觉得新鲜好奇。而小艾则在一旁皱眉沉思,咀嚼着书中的文字,因为她知道,按照老规矩,书上讲的内容一定与今天的主讲老师相关。

"巨大的跳蚤""钢甲式的硬壳",总觉得这段文字在哪里读过,可是一时间却怎么都想不起来。就在小艾苦思无解之际,墙上的老挂钟、相框都开始晃动起来,突然间天旋地转,伴随着小悠一声穿透云霄的尖叫,二人已身在"神秘教室"了。

从《审判》谈卡夫卡的成长

小悠惊魂未定,小艾思绪未停,可是其他人却都安坐于自己的座位上,静静地翻着书,等待上课,根本没人注意到她俩的异样。这堂课的气氛明显与往常不同,大家的心情似乎都格外沉重,教室里安静得让人连大气都不敢喘。今天的主讲老师到底是何方神圣?小艾越发好奇。

"咯吱……",一阵轻轻的推门声打破了教室的沉寂,众人翘首以待,只见一位高大英俊、身材瘦削的年轻男人缓步走上讲台。他眉头微皱,神色忧郁,清澈的眼眸空洞地望着远方,似乎在想着什么,又似乎什么都没想。

"我是弗朗茨·卡夫卡,故乡在布拉格。我没有国籍,我是一位孤独的流浪者。"年轻的老师低沉着嗓音,简略地做了自我介绍。

原来是"文坛奇葩"卡夫卡!难怪今天的气氛如此不同寻常。这位用德语写作的作家与法国作家马塞尔·普鲁斯特、爱尔兰作家詹姆斯·乔伊斯并称为西方现代主义文学的先驱。据说他一向行事低调，今天居然会来到这里给我们上课，看来这间"神秘教室"还真是惊喜不断啊！

"我也不知道自己为何会在这里，我从前只做过秘书，会写几个字，对于讲课这件事真的不太擅长。不过既然人家看得起我，叫我来了，我还是非常高兴的。尽管我喜欢孤独，但是我也不排斥与人接触。再说，能与人谈谈自己的作品，这总是件让人开心的事情。"卡夫卡老师渐渐放松了许多，话也多了起来。

"在我的所有作品中，《审判》是我的最爱。这部作品表现的是父子两代人之间的冲突，也与我个人的成长经历密切相关，我们就先从这部作品谈起吧。

"《审判》讲述的是这样一则故事。主人公格奥尔格·本德曼是个商人，母亲去世之后一直与父亲一起生活。一天，他在房间里给一位俄国朋友写信，告诉他自己订婚的消息。写完信来到父亲的房间，他意外发现父亲对自己的态度非常不好。父亲怀疑他根本没有给俄国朋友写信，指责他背着自己做生意，还盼着自己早死。突然间，父亲又转换了话题，嘲笑格奥尔格在欺骗他朋友，并且说其实自己一直在与那位俄国朋友通信，并早已把格奥尔格订婚的消息告诉他了。格奥尔格越听越生气，忍不住顶撞了父亲，父亲便判独生子去投河自尽，于是独生子真的投河而死。"

"卡夫卡老师，恕我直言，您这则故事讲得真是莫名其妙。格奥尔格好端端的一个人怎么会因为父亲的一句气话就真的投河自尽了呢？这部作品到底想表达什么意思呢？"小新直言不讳地提出心头之困惑。

"这则故事虽然看似荒诞，但却寓意深刻，我是用一种夸张放大的方式来让人看到父子和谐关系背后暗藏的汹涌'杀机'。在主人公格奥尔格身上，其实有我自身的影子。我出生在一个犹太家庭，父亲是一位成功的商人，性格粗暴刚愎，从小便对我实行'专横有如暴君'的家长式管教。这位强大的父亲给我的性格带来了双重影响。一方面我很敬畏他，崇拜他，想成为他、超越他；另一方面我又因他的强势而变得性格孤僻忧郁、内向悲观。所以说，我与父亲之间的感情是复杂的，而我的内心也是十分痛苦的。正如小说中所写的，父亲总是高大强壮、毫无理性，而清白善良的儿子居然被父亲视为有罪和执拗残暴。生活在父亲淫威之下的儿子，终日害怕，恐惧到了丧失理智，以致自尽。

"为什么格奥尔格要自尽呢？这其实并不仅仅是父亲对他的判决，也是他对

卡夫卡作品概览

· 长篇小说

书名	内容简介
《美国》	原名《生死不明的人》。主人公生于富裕家庭，16岁时被35岁的女奴引诱，和她生了孩子，后被逐出家门流落美洲大陆。故事没有结尾。小说在形式上受流浪汉小说影响，用狄更斯式的传统叙述手法，揭示西方社会人的生存状态。
《诉讼》	银行职员K在30岁生日时被突然宣布逮捕，无论他如何四处奔走要弄清自己犯罪的原因都无济于事，一年后被架到一个荒凉的采石场杀死。这部小说标志着卡夫卡式的风格完全形成。
《城堡》	从人与城堡的关系表现人在荒诞世界中的生存状态。主人公K是资本主义社会中小人物的象征，既是现代人命运的象征，也是卡夫卡的精神写照——"现代人的困惑"。

· 短篇小说

书名	内容简介
《审判》	卡夫卡最喜爱的作品，表现了父子两代人的冲突。小说在体现卡夫卡独特的"审父"意识的同时，也表现了对家长式的奥匈帝国统治者的不满。
《变形记》	通过主人公格里高尔的变形及其变形后的遭遇及其悲惨结局，深刻揭露了资本主义社会中人与人之间赤裸裸的利害关系，表现了人的"异化"。
《地洞》	写一只人化了的鼠类动物，为了生存，抵御大小动物的进攻，而营造了一个既能储存食物又有不同出口的地洞。小说表现了小人物的恐惧心理和生存环境的非理性。

自己的判决。格奥尔格在临死前曾低声辩白——'亲爱的父母亲，我可是一直爱你们的。'这其实不仅是格奥尔格，也是我自己最隐秘的心声。我是爱他们的，

但是我们之间的冲突无法化解。父与子之间的冲突其实只是表象,在这背后揭示的主题是:生存于权威和凌辱之下的人类的扭曲心态,我想'审'的不仅是'父',还有像父亲压迫儿子一样压迫人们的统治者,我要让人们看清我们身处的环境,这生活是多么的荒谬。"

魏鹏举老师评注

作家之所以能成为作家,往往是因为他们有着比常人更敏感的神经,并且经历过更深沉的痛苦。卡夫卡与父亲之间的矛盾冲突既是他一生痛苦的根源,同时也成了他创作灵感的泉眼。

听了卡夫卡对《审判》的亲自解读,众人如梦初醒,若有所得。原来一篇看似荒诞的故事背后,竟然蕴含着如此丰富的内涵,看来卡夫卡老师的作品还真是要细读之下才能品出真味啊。

从《城堡》谈卡夫卡的思维悖谬

"我知道很多人都觉得我的作品晦涩难懂,通常一篇文章会被解读出七八种意思,还有很多人抱怨说我的小说情节不够连贯,根本不知所云,是吧?"在沉默片刻之后,卡夫卡老师主动开口谈到了这个每个人都想说,却没一个人敢说的问题。

"你们中国人不是常说,要了解一个人的作品,首先要了解这个人的性格吗?其实我的作品之所以会呈现出荒诞晦涩的风格,这主要与我自身悖谬的思维方式和行为方式有关。所谓悖谬思维,就是凡事都爱往完全相反的方向去说,去想,甚至去做。比如,我曾几次订婚又退婚,在谴责父亲的同时又同情父亲,视创作为生命却又想把它们付之一炬,这些反常的行为都是我自身悖谬性格的表现。"

"卡夫卡老师,对您这些反常的举动,我也曾通过资料有所了解。那么究竟是什么导致您形成了这种悖谬的思维呢?"小文好奇地发问。

"这个问题有点儿不好回答,我想这种悖谬思维的形成可能与我从小生活的环境以及我接触的人和思想有关吧。我的家庭看似温馨和谐，可是我却从来不曾真正幸福过。我的内心是孤独的，我觉得从来没有人能够真正懂我，我总是比一个陌生人还要陌生。除了时刻感到孤单之外，恐惧更是我内心的常态。对我来说，安宁永远都是不真实的，恐惧仿佛才是我生命的本质。然而我在害怕着什么？有时候连我自己都不知道，我只觉得对我而言，这个世界就是一个障碍重重的世界，而似乎一切障碍都在摧毁着我。"卡夫卡老师很坦率地向我们敞开了心扉，这一次他没有腼腆怯懦，或许他希望我们能通过对他性格的了解，而触及他作品中更真实的一面。

"卡夫卡老师，不得不说您真的是一个性情古怪的人，不过也正是因为您如此怪异的性格才成就了您伟大的作品。您能不能给我们说说，这种悖谬思维在您的作品中有哪些表现呢？"小文继续发问。

"一个人的思想决定着他的创作，其实我的这种悖谬思维在每部作品中都有所表现。不过要说影响最大、表现最集中的作品，那应该是长篇小说《城堡》了，不知道你们是否读过这个故事。"卡夫卡老师语气极其平静地说道。

"《城堡》讲述的是一个名义上的土地测量员K，前往不知名的城堡应聘工作。可是城堡内层层机构都没有人知道这项聘任，于是K只得在重重阻挠之下孤军奋战，和官僚权贵不懈地进行斗争。可惜直到最后，他也没能进入城堡，而小说则在荒诞离奇中莫名其妙地结束了。"小新言简意赅地对《城堡》进行了讲评，对于言语间流露出的主观感情丝毫不加掩饰。

"是的，在很多人看来，《城堡》又是一则荒诞无稽的故事，可正是在这荒诞之中包含着我对社会、人生、亲情、爱情的深刻思考。很多人猜测城堡象征着什么，在这里我不想给出定论，因为它可以只是一座城堡，也可以代表任何你想要的东西。无论如何，K在努力寻求，可是却求之不得。这个荒诞无情的世界给我们设置了种种障碍，无论你怎么追求，怎么努力，最终都是徒劳。**这则故事所表现的正是我思维中的悖谬，也是人类社会的悖谬，即人的种种努力总是朝着与人的愿望相反的方向发展，正像《城堡》中的K，他耗尽毕生精力也办不了户口，但在弥留之际，城

魏鹏举老师评注

你越想得到就越求之不得，而当你终于学会放手之时，所求之物反而"不请自来"，这果真是让人无奈的悲哀。

关于"城堡"寓意的几种猜想

《城堡》是最能体现卡夫卡创作风格的一部作品。在这部作品里,卡夫卡延续他一贯的创作手法,将现实与非现实相结合,在一个真实的环境背景下讲述了一个情节荒诞的故事。K花费毕生精力想进入城堡,可是城堡究竟代表着什么?卡夫卡故意把城堡的形象抽象化,让这个象征物时隐时现,给读者带来无限猜想。

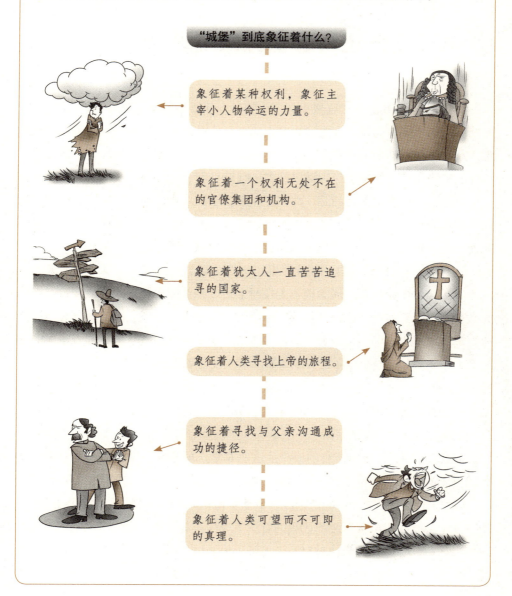

"城堡"到底象征着什么?

- 象征着某种权利,象征主宰小人物命运的力量。
- 象征着一个权利无处不在的官僚集团和机构。
- 象征着犹太人一直苦苦追寻的国家。
- 象征着人类寻找上帝的旅程。
- 象征着寻找与父亲沟通成功的捷径。
- 象征着人类可望而不可即的真理。

堡却突然宣布准予他在村子里住下。这样讽刺的结局，何止是 K 一个人的悲哀，其实也是生存于这个荒诞世界上的每个人的悲哀。"

从《变形记》看世界的荒诞

"说到世界的荒诞，我突然想起了您的另一部作品《变形记》，如果我没记错的话，这部小说写的是人变成了大甲虫的离奇故事，我想其中一定也是别有深意吧，您可不可以给我们讲讲？"听完了卡夫卡老师的一番透彻剖析，小新收敛了刚才的嚣张气焰，换上了一副谦逊笑容，继续发问。

"没错，《变形记》的确是一部寓意深刻的小说。在这部作品里，我用神话象征的模式表现了一个真实而荒诞的世界，通过人的异变来表现现代人精神世界的扭曲异化，以及人与人之间温情脉脉背后的孤独感与陌生感。"

"小说共分三部分，第一部分写推销员格里高尔一觉醒来发现自己变成了一只大甲虫，他十分着急，因为他不能按时上班就会被公司解雇，而他若被解雇就无人来承担家庭的经济重担，他的变形引起了全家人的恐慌。第二部分写格里高尔逐渐养成了甲虫的习性，但却保留了人的意识。他真心真意地关心着家里的每一个人，可是不能再挣钱养家的他却被全家人视为累赘，家人渐渐地开始厌弃他。第三部分写格里高尔遭到家人遗弃，他又饿又病，陷入深深的绝望，最后怀着对全家人的温柔爱意离开人世。而家里人在摆脱了他这个'负担'之后则迁入新居，开始了自给自足的全新生活。"

"这真是一个荒诞而悲哀的故事。这悲哀是人的悲哀，这荒诞是悲哀的人所处的世界的荒诞！"听完卡夫卡老师这则《变形记》之后，小艾不禁发出感叹。

"没错，卡夫卡老师讲的这则故事虽然看似荒诞不稽，可是却又是那么真实。他在一个荒诞的故事背景之下让我们看清了现代人真实的内心，原来当一个人变成甲虫之后，也就是说当他对家庭失去了价值之后，家人给予他的就是这样的待遇：母亲无奈、父亲狂怒、妹妹厌弃，最后所有人都弃他而去，而他只有孤零零

格里高尔变甲虫后自己和家人的心理变化对照

格里高尔

第一阶段:突然发现自己变成大甲虫,惊慌、忧郁、黯然神伤,害怕遭人嫌弃。

第二阶段:渐渐习惯甲虫的生活习性,开始为家庭经济状况焦虑,自我责备。

第三阶段:身受重伤,遭到亲人的厌弃,在绝望而又平和的心境中死去。

家人

第一阶段:母亲惊恐昏厥,父亲暴跳如雷,妹妹同情并照料他。

第二阶段:家人出外做工自力更生,妹妹开始厌弃他。

第三阶段:全家人把他当作累赘,只想摆脱他,开始全新的生活。

地惨死家中。不得不说,这个故事实在是太触目惊心了!"继小艾之后,小文也发表了自己的感言。

"通过一部作品能够引发你们对人生、对自身生存环境的思考,这对于我来说已经算是成功了。我只想讲一个故事,我不想掺入任何的主观色彩去左右读者的思想。读过我作品的人应该了解,我的语调永远是客观而冷冰冰的,我的态度永远是'事不关己'。我不会去细心地为你摹景状物,安排情节,我只会为你剖析人物的内心,通过独白、回忆、联想、幻想等方式,让你看清一个个生存于现代社会的底层小人物的真实内心。他们在这个充满矛盾、扭曲变形的世界里惶恐不安,孤独迷茫,遭受压迫而不敢反抗,也无力反抗,向往明天又看不到出路。而这些人物,其实都是我的分身,他们的痛苦正是我内心正在承受的痛苦。**我的人生是孤独痛苦的。写作是我能找到的唯一出路。**"

卡夫卡老师在留下一番长篇独白之后,深深叹了一口气,便黯然地转身离开了。望着这位孤独者远去的背影,所有人都陷入了自身的迷惘。面对眼前这荒诞的世界,我们是否只能孤军奋战?作为现代人的我们是否已与甲虫无异?丧失了个性与自我价值之后,等待我们的是否也只有被抛弃的命运?这些都是卡夫卡老师给我们留下的人生思考题。

魏鹏举老师评注

人生而孤独,每个人都需要一条释放的途径。大多数人会找寻伴侣,而卡夫卡却选择了写作,所以我们只能庸碌一生,而他却可以名垂千古。

卡夫卡老师推荐的参考书

《诉讼》 卡夫卡著。这是一部标志着卡夫卡式风格完全形成的小说。小说讲述了银行职员K在30岁生日时被突然宣布逮捕,无论他如何四处奔走要弄清自己犯罪的原因都无济于事,一年后被架到一个荒凉的采石场杀死的悲惨故事。

第十六堂课

马尔克斯老师主讲"魔幻与现实"

时间在重复轮回,历史在原地打转,蒙昧和落后亘古不变,于是,所有的人和事都被镶嵌在一个个大大小小的循环怪圈之中。

> **加夫列尔·加西亚·马尔克斯**(Gabriel García Márquez, 1927—)
>
> 　　哥伦比亚作家、记者和社会活动家、小说家,魔幻现实主义文学的代表,1982年诺贝尔文学奖获得者。他将现实主义与幻想结合起来,创造了一部风云变幻的哥伦比亚和整个南美大陆的神话般的历史,代表作品有《百年孤独》《霍乱时期的爱情》等。

连续加班半个月，小艾整个人都变得灰头土脸的。今天难得休假，她赶紧到她最爱的书店闲逛一圈。好久没来书店了，感觉一切都变了样。果然是信息时代，图书的更新速度也在追赶着微博的刷屏速度，码堆上摆着各式各样的新书"，小艾觉得每本都好像是"最熟悉的陌生人"。在书海中寻寻觅觅，如同大浪淘沙一般，小艾终于找到了她今天的"猎物"——马尔克斯的《百年孤独》。

《百年孤独》是一部举世闻名的经典之作，可是由于其笔法过于"魔幻"，所以自从问世以来，读者群一直不大。可是最近不知是由于炒作还是别的原因，这本被大众评为"枯燥难懂"的名著竟然一夜之间"大翻身"，各大书店争相追捧，跟风购书的人更是不计其数。见到这种现象，身为"文学迷"的小艾感到十分好奇。抛开"沽名钓誉"的成分不谈，这本《百年孤独》何以能在现代人中卖得如此火热呢？为了探寻答案，小艾决定要亲自阅读体验一番。

书买回去了，也读了，可是读后感就是四个字——"囫囵吞枣"。小艾在"魔幻世界"里绕得晕头转向。还好今天又是周末，小艾已事先得到"内部消息"，由于最近《百年孤独》格外畅销，所以"神秘教室"背后的"神秘主管"特意通过各种关系请来了马尔克斯为大家"现身说法"，看来这回所有的谜题都能迎刃而解了。

马尔克斯与《百年孤独》

"大家好，我是加夫列尔·加西亚·马尔克斯，很高兴能来到中国与你们探讨我的《百年孤独》。"一位慈眉善目的老者缓缓走上讲台，语气温柔地做了自我介绍。原来这就是马尔克斯老师，果然是闻名不如见面。这位文学大师那副笑容可掬的神情，让人不由得心生好感。

"我这个人很有自知之明，我知道大部分同学都是通过《百年孤独》这部作品才开始知道我的，对我的个人情况并不十分了解，所以在开课之前，我想我有必要先详细地做一个自我介绍。"马尔克斯老师轻轻咳嗽了两声，然后带着慈祥的微笑继续讲道:"我出生在哥伦比亚一个叫作阿拉卡塔卡的小镇,童年一直在外祖父家度过。我的外祖母是一位勤劳的农妇,她有一肚子的神话传说和鬼怪故事,而幼小的我就是在她为我勾勒出的这个充满幽秘奇幻的世界中渐渐长大的,这些都成了我日后创作的重要源泉。

"上了大学之后,我开始如饥似渴地阅读各种世界文学名著,其中西班牙黄金时代的诗歌对我影响很大,这些积累都为我日后的写作奠定了坚实的基础。在此期间,

魏鹏举老师评注

马尔克斯曾说:"从写《枯枝败叶》的那一刻起,我所要做的唯一一件事,便是成为这个世界上最好的作家,没有人可以阻拦我。"这部作品不但开启了马尔克斯日后魔幻现实主义的创作道路,同时也奠定了他几乎所有未来作品的"孤独"主题。

我发表了处女作短篇小说《第三次辞世》,这是我在文坛的初次试水。大学毕业后,我进入报界,开始从事记者工作。**接着发表了我的第一部长篇小说《枯枝败叶》。在这部作品里,我使用了意识流小说的技巧,表现了现代文明冲击下马贡多人矛盾、迷惘和孤独的心境。这部小说为我日后创作《百年孤独》打下了基础。**

"好了,'闲话'已经说得够多了,接下来咱们还是赶紧直奔主题,谈谈你们最感兴趣的《百年孤独》吧,不知道有没有哪位同学愿意为大家简述一下这部作品的故事梗概?"

"我来讲!我来讲!"小艾兴奋地叫了起来,她才刚刚读完《百年孤独》,虽然是读了个囫囵吞枣,一团雾水,但是热情却依旧高涨。

"**《百年孤独》讲述的是一个光怪陆离的布恩迪亚家族在 100 年间,六代人因权力与情欲的轮回上演的一部兴衰史。**西班牙移民的后裔何塞·阿尔卡蒂奥·布恩迪亚和表妹乌尔苏拉结婚后,乌尔苏拉担心他俩会像姨妈与叔父结婚那样生出长尾巴的孩子,因而拒绝与丈夫同房。一次,布恩迪亚与邻居阿吉尔拉斗鸡并发生口角,阿吉尔拉就以老婆拒绝与他同房的事情嘲笑他,布恩迪亚一怒之下用长矛刺死了阿吉尔拉。从此,死者的鬼魂日夜出没于布恩迪亚家,搅得他们日夜不得安宁。为了躲避鬼魂,布恩迪亚两口子离开村庄,搬到了一个被人们称为'镜子城'的小村马贡多定居,于是布恩迪亚家族的百年兴废史由此开始。"讲了一大段之后小艾稍作停顿,她环顾四周,看见马尔克斯老师和同学们都听得聚精会神,于是又兴致勃勃地讲了下去。

"第一代何塞·阿尔卡蒂奥·布恩迪亚是个富有创造精神的人,他一直在尝试用各种方法带领村民发财致富,可惜最后都以失败告终,最后他沉迷于炼金术,终日躲在屋里制作'小金鱼',直至死去。布恩迪亚家族的第二代有两男一女。老大是在去马贡多的路上出生的,长大成人后回到马贡多与布恩迪亚家族中的养女贝丽卡相爱,最后却莫名其妙地被暗杀了。老二奥雷里亚诺参加了内战,当上了上校,最后也和父亲一样沉迷炼于金术,一直到死。小妹阿玛兰姐与侄子乱伦,负罪之下便把自己关在房中,终日缝制殓衣,孤独万状。

魏鹏举老师评注

在庞大繁杂的人物关系设置上,马尔克斯的《百年孤独》完全可以和曹雪芹的《红楼梦》一较高下。

"第三代只有两个堂兄弟,他们其中一人恋上生母,一人爱上自己的姑妈,最终都抱憾终生。第四代、第五代仍旧周而复始地在重复着之前的种种,放纵情欲,昏沉度日,一代不如一代。到了第六代子孙奥雷里亚诺·布恩迪亚时,由于他与姑妈阿玛兰姐·乌尔苏拉近亲乱伦,生出了长猪尾巴的女孩——布恩迪亚家族的第七代继承人。奥雷里亚诺·布恩迪亚最终被一群蚂蚁围攻并吃掉。而就在此时,他终于破译出了吉普赛人100年前用梵语写成的羊皮密码。手稿卷首的题词是:'家族中的第一个人将被绑在树上,家族中的最后一个人将被蚂蚁吃掉。'原来,这手稿记载的正是布恩迪亚家族的历史。就在他译完最后一章的瞬间,一场突如其来的飓风把整个马贡多镇从地球上刮走,从此命运注定百年孤独的家族,再也不复存在了。"

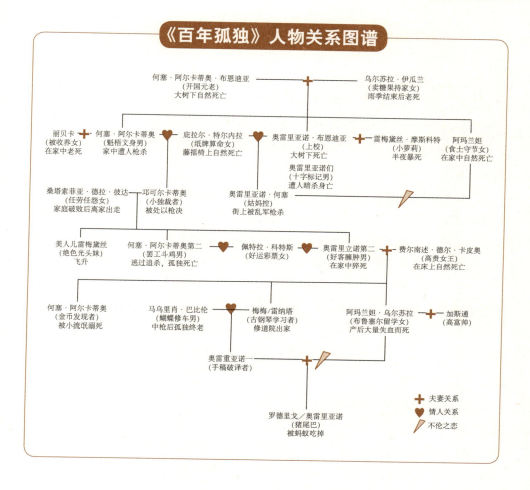

🖋 耐人寻味的循环怪圈

"好了,刚刚这位女同学已经为大家简述了《百年孤独》的剧情梗概,这里七代人之间复杂的关系图谱可能已经让你们听得晕头转向了,不过没关系,要理解一部作品最重要的就是要懂得'透过现象看本质',接下来就让我亲自为大家详细解读一番吧。"说罢,马尔克斯老师脱下西装外套,挽了挽袖子,摆开架势,正式开讲。

"读完《百年孤独》之后,很多人都会提出一个问题,这部小说到底在讲什么?他们只看到了布恩迪亚家族一代复一代重复着日子,重复着上一代的悲剧,莫名其妙地出生,莫名其妙地死亡,他们觉得这个故事'荒诞无稽''冗长乏味''不知所云'。可是其实我想讲的就是这样一个故事。一个建立在过去、现在和将来重复循环的象征框架中的现代神话。在这个魔幻的世界里,上演着布恩迪亚家族的百年兴衰,而这一整个家族的历史,反映的正是处于蒙昧落后状态下的哥伦比亚人的真实生活写照。

"时间在重复轮回,历史在原地打转,蒙昧和落后亘古不变,于是所有的人和事都被镶嵌在一个个大大小小的循环怪圈之中。正如小说中讲述的马贡多由衰及盛,由盛及衰的历史,百年之后,又回到原地,这便是一个大的循环怪圈。布恩迪亚家族中的前辈因近亲结婚生出带猪尾巴的小孩,到第六代近亲结婚再生出带猪尾巴的小孩,这又是一个大循环怪圈。顺着这个思路仔细思考,你们会发现,其实小说中还有很多处都在描写这种奇怪的循环,不知你们是否注意过。"

"家族中的第一代何塞·阿尔卡蒂奥·布恩迪亚后半生在小屋里制作'小金鱼',而他的儿子奥雷里亚诺·布恩迪亚最后也是终日沉迷于炼金术直至死去,这是不是也是一种循环呢?"小悠怯怯地发问。

"这位同学的例子举得很恰当。若你们仔细阅读后就会发现,其实布恩迪亚家族的每个人的行为都与制作小金鱼相似,每个人都处在过去、现在、将来的重复之中。如第四代奥雷良诺第二反复地修理门窗,雷梅苔丝每天花许多时间洗澡,第六代奥雷里亚诺上校晚年不停地缝制殓衣,等等,这些都是历史循环的微小写照。

魏鹏举老师评注

历史从来没有简单的重复,看似一成不变的循环背后,其实暗藏汹涌,蓄势待发。

"不仅如此,细心的同学还会发现,小说中的人物姓名与秉性也是循环重复的。布恩里亚家族中的男性,始终是阿尔卡蒂奥与奥雷里亚诺的重复和叠加,秉性也依次延续,其中隐含的也是时间上的轮回重复。吉卜赛人曾几次到马贡多村,可是村民们每次都和最初一次一样被那些磁石、放大镜耍得团团转,由此可见,尽管时间在推移,可是马贡多人的价值观念、思维方式却是百年如故,一成不变。这其中隐含的其实仍是时间的重复。"

"马尔克斯老师,您说了这么多,我只听懂了四个字:循环,重复。为什么您要不停地描写这些,不停地强调这些呢?《百年孤独》中这一个个大大小小的循环怪圈背后究竟蕴含着什么深刻含义呢?"性急的小新还没等马尔克斯老师讲完,便迫不及待地发问。

"这位同学的问题问到了这本书的核心,也正是我接下来要重点阐述的问题。没错,一整部《百年孤独》就是在写一个循环怪圈,布恩迪亚家族的命运其实早已被写入羊皮密码,冥冥中有股神秘的力量在指引,悲剧早已注定,无论他们再怎样苦苦挣扎,终究都是徒劳。然而,到底是怎样的神秘力量让这个家族陷入恶

布恩迪亚家族陷入循环怪圈的原因

百年不变的蒙昧与落后让布恩迪亚家族陷入了循环怪圈的噩梦,第七代"猪尾巴"女孩的出现是历史发展的必然结果,对于一个"孤独""自守"的民族来说,等待他们的只能是衰败和灭亡的命运。

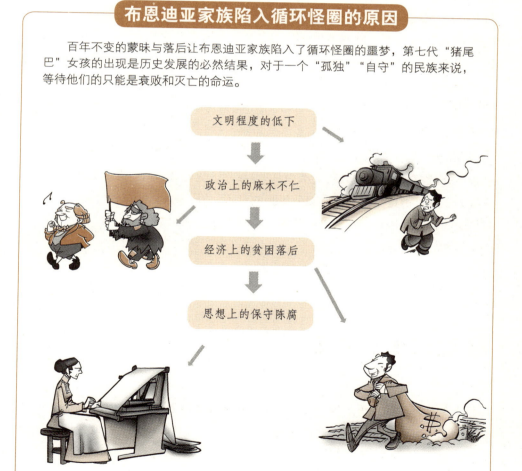

性的循环怪圈呢？答案其实我早已在小说中揭晓。"

"是文明程度的低下，是政治上的麻木不仁，是经济上的贫困落后，是思想上的保守陈腐。"小文突然激动地站起来，给出准确精练的回答。

"没错，这位同学的回答非常精准，看来你对我的《百年孤独》研究颇深。不知道你愿不愿意为大家做更详细透彻的分析？"马尔克斯老师满面笑容地问道。

"我非常乐意。"小文十分爽快地答应了。

"首先阐述第一个问题：文明程度的低下。正因为长期处于蒙昧无知的状态，布恩迪亚家族才会百年如一日地出现乱伦关系，才会一次又一次被吉卜赛人欺骗。他们排斥现代文明，把火车当作怪物，他们害怕改变，所以只能在自己的循环怪圈中抱残守缺。

"其次，政治上的麻木不仁让马贡多人经常糊里糊涂地充当了党派斗争的工具，许多村民白白牺牲了生命，却无助于社会的进步，这不得不说是一种悲哀。

"此外，由于经济的落后，马贡多人只得依附于外国殖民者，而随着种植园、工厂、跨国公司的出现，马贡多人民创造的财富又源源不断地流入到殖民者手中，这又是一个恶性循环，所以马贡多人变得越来越贫穷。

"最后一点，是思想上的保守陈腐。这一点在小说中可谓是随处可见。'制小金鱼''织殓衣''修破门窗''洗澡'，等等，这些都是马贡多人逃避现实、抱残守缺的表现。而正是因为饱受封闭思想的毒害，马贡多人无法挣脱命运的'魔咒'，只能无力地守在原地，等待着'猪尾巴'的重现。"

魔幻现实主义

小文条理清晰、生动深刻地揭示了循环怪圈背后的深意，同学们听过之后都拍手叫绝，就连马尔克斯老师也亲自送上了掌声。一阵喧闹过后，马尔克斯老师开口讲话了。

"解读过了《百年孤独》背后的深层思想，接下来我们再探讨一下它的文学成就。承蒙大家抬爱，这部作品被称为魔幻现实主义的代表作，对此我只能说是受宠若惊。不过我也不想过分谦虚，实事求是地说，这部作品的确是一部充满了'魔幻性'的现实主义著作。关于它背后的现实意义，刚才发言的那位男同学已经做了出色的讲解，所以接下来，我就对这部作品中所表现出的'魔幻性'做一下重点分析。"

"老师，能不能让我来代劳呢？"就在马尔克斯老师刚要开口的时候，小新突然站起来主动请缨。众人都心知肚明，他是看自己的"死对头"小文出了风头心里头不平衡，所以也想赶紧表现一下。

"当然可以，我非常乐意有人来代劳。而且就凭你这份敢于表现自己的勇气，我相信你一定能说得不错。加油吧，小伙子。"马尔克斯老师不但欣然答应了小新的请求，还给了他许多鼓励，于是小新便斗志昂扬地讲了起来。

魏鹏举老师评注

魔幻现实主义是20世纪50年代前后在拉丁美洲兴盛起来的一种叙事文学技巧。它不是文学集团的产物，而是文学创作中的一种共同倾向，主要表现在小说领域。魔幻现实主义小说大多以神奇、魔幻的手法反映了拉丁美洲各国的现实生活，把离奇荒诞的人物情节与现实主义的场景相融合，让人真幻难分，从而创造出"魔幻"而不失其真实的独特风格。

"说到《百年孤独》的魔幻性，最典型的就是马尔克斯老师为大家呈现的这个人鬼混杂、生死交融的奇异世界。小说中有对布恩迪亚家族苦苦追踪的阿吉尔拉的鬼魂；有上知天文、下晓地理，能够了解过去、预测未来的吉卜赛人，他一会儿生，一会儿死，还留下羊皮密码准确指出了布恩迪亚家族的悲剧命运，这些描写都具有超自然的色彩。

"其次，小说的魔幻性还体现在它所描写的那些千奇百怪、似是而非的神奇事物上。如吉卜赛人带来的飞毯可以载人飞翔；他们拖着磁铁在街上走过，就能把各家各户的铁锅、铁盆都吸走；奥雷良诺第二生活越是放荡，家里的牲畜和家禽的生殖能力就会越旺盛，导致家中财富剧增，这些桥段都具有超现实性。

"第三，马尔克斯老师在小说中运用了大量的神话和传说，这些都增加了其魔幻特征。如小说的一开头，从何塞·阿尔卡蒂奥·布恩迪亚'偷食了禁果'，从而不得不离开家乡，从这段失去乐园的经历中隐约可以看到人类祖先亚当和夏娃的影子。而他们的长途跋涉，则与《圣经·出埃及记》中的塔拉迁居哈兰类似。总之，像这样别具含义的桥段在小说中还有很多，不胜枚举。"

就在小新刚刚讲完第三点的时候，下课铃声不合时宜地响了起来，这也是"神秘教室"的规矩，铃声一响就必须离开，犹如死神的宣判，没有余地。就因为这条没有人情味的烂规矩的限制，这堂精彩的文学课不得不到此结束了，而关于《百年孤独》的故事也只能等到下次再续。不过相信今天这堂课的内容，已经足够让各位同学好好消化一阵了，小艾就已经迫不及待地打开书读了起来，她希望自己在听过马尔克斯老师的"现身说法"之后，能够重新在这本书中读出更多深意。

马尔克斯老师推荐的参考书

《霍乱时期的爱情》 马尔克斯著。作品以男女主人公的恋爱为主线，展示了19世纪末20世纪初哥伦比亚沿海城市的生活、社会变迁和时代风气，反思了人们的偏见与感情。男女主人公恋爱50多年而终未果，被评论界一致认为是继《罗密欧与朱丽叶》之后史上最动人的爱情故事。

第十七堂课

夏目漱石老师主讲"讽刺与批判"

> 我是一个具有自觉的文学意识的作家,我的小说创作一直都密切地关注着现实生活。

夏目漱石（Natsume Souseki，1867—1916）

原名夏目金之助,日本近代文学史上最杰出的代表作家之一,在日本享有盛名,几乎家喻户晓,也是20世纪全世界最为人熟知的日本作家之一,在日本有"国民大作家"的美誉。夏目漱石精通英文、俳句汉诗和书法,小说擅长运用对句、迭句、幽默的语言和新颖的形式,对个人心理描写得精确细微,开后世私小说风气之先河。

时间就像长了翅膀一样，总是一不留神就飞出去老远。小艾还清楚地记得，自己第一次误打误撞来到"神秘教室"的场景，那是3月中旬的一个傍晚，天气还是乍暖还寒，自己做梦似的便来到了这里，本以为只是一次偶然，谁也不曾想之后竟会有这么多的故事发生。

今天是倒数第二堂文学课，小艾怀着沉重的心情早早到场。她想趁众人没来之前再好好看一看这间教室，这里的讲台、黑板、桌椅、板凳，它们都是独一无二的，因为它们承载了这段独一无二的记忆。

曾经站在高高的讲台的莎士比亚老师、托尔斯泰老师、马尔克斯老师——他们的声音犹在耳畔。缓步走过每一张桌椅，芳姐、小新、小文、小悠——一张张熟悉的面孔晃过眼前。小艾安静地在自己的座位上坐好，全心全意地等待着新一堂课的开始。既然回忆无法复制，那就好好珍惜当下吧，因为每一个今天也都将成为再也回不去的昨天。

"三为"的文学观

正当小艾胡思乱想之际，一位西装笔挺的中年男子走进教室。此人头发梳得光洁整齐，留着八字胡须，一脸严谨正直，一眼望过去，便叫人不由心生敬意。这位不是别人，正是今天的主讲老师，夏目漱石。

"呃……这位同学，我不是走错教室了吧？"夏目漱石老师看见偌大的教室里只有小艾一人，不禁怀疑起自己来。

"您没走错，是咱俩都来早了。'神秘教室'都是八点半准时开课的。他们可能还在路上呢。"小艾今天没有犯傻，她一眼就认出了夏目漱石老师。这还多亏了小艾是多年的'日剧迷'，她对电视剧里那1000元日钞上的头像实在是再熟悉不过了。

"前16堂课的老师都是西方的文学家，真没想到还能在'神秘教室'见到黄皮肤、黑头发的熟悉脸孔，夏目漱石老师，您真给了我一个大大的惊喜！"小艾坦诚地表达了自己的激动心情。

"是的,我听说之前来给你们上课的都是文坛上举足轻重的名家,我能受邀来此也同样是受宠若惊啊!"夏目漱石老师谦虚地作答。

正在两人攀谈之际,上课铃声响起,那群坐着"特殊机器"的同学们按时赶到,于是这堂由夏目漱石老师主讲的文学课正式拉开序幕。

魏鹏举老师评注

为了彰显夏目漱石为日本文学作出的巨大贡献,他的头像一度被印在日元1000元的纸钞上,不过从2004年11月之后,头像已经更换成日本医生野口英世了。

"你们还真准时啊!一分都不差。"夏目漱石老师看了一眼手表,发出惊叹。他本想开口做自我介绍,可是却发现同学们对他早已"了如指掌"。

"夏目漱石老师,我知道您原名叫夏目金之助,'漱石'这个笔名是在22岁那年以中文写作时第一次使用,据说这个颇具内涵的名字也是取自我们中文。"一见到夏目漱石老师,小新便忍不住卖弄学问了。

见大家对自己如此了解,夏目漱石老师又惊又喜,于是想考考小新,便让他解释自己名字的由来。

"'漱石'的名字取自我国的《晋书·孙楚传》。相传孙楚年轻时想体验隐居生活,便对朋友王济说要去'漱石枕流',王济听了以后说:'流不能枕,石不能漱。'孙楚解释道:'枕流是为了洗涤耳朵;漱石是为了砥砺齿牙。'这个故事显示了孙楚不服输的精神。而夏目老师取'漱石'之名,多半也取此意。"

听了小新的从容对答之后,夏目漱石老师没有评价错对,只是抿嘴一笑,接着开口说道:"看来你们事先还真是做了不少功课,好吧,那就给你们一个表现的机会,接下来谁来谈谈我的文学创作?"夏目漱石老师话音刚落,一向很少发言的芳姐便赶紧站起来,抢了个"头彩"。

"夏目漱石老师是一位中西兼备、时刻关注现实的作家。他从小迷恋传统的汉文汉诗和俳句,后来又受到西方资产阶级民主思想的影响,开始主动学习和接受西方文化。正是在这种东方与西方、传统与现代诸文学和文化因素的比较中,夏目漱石老师建立了一种适合现代社会之发展的日本文学观。他认为,我们要在发挥日本文学清雅闲适的固有特色的同时,学习和借鉴西方文学,要建立一种

夏目漱石的著名公式

魏鹏举老师评注

一位优秀的作家要"兼容并蓄",不一味"排外",也不一味"媚外",有选择地吸收,才是成功之道。

'三为'的文学观,即写作要为自己、为日本、为社会。

"为此,他还提出了一个著名的公式:文学内容与形式 =F+f,即认识要素 + 情绪要素。虽然文学艺术实现的是情绪,但却并不排除认识要素。**像西方现代的包括人道主义思想在内的哲学、美学和心理学等都属于认识要素,情绪要素指的则是包括东方传统**的'为人生、为社会'的文学精神。而夏目漱石老师认为,只有将这两者有机结合,文学才能实现其帮助人们认识社会与世界,探求并解释人生意义的最大价值。"

芳姐用她素来专业的口吻为我们介绍了夏目漱石老师的文学观。在她说完之后,刚才没抢到发言权的小新不甘落后,赶紧又站起来补充道:"夏目漱石老师提出的这种 F+f 的文学观可谓是既具独创性,又富前瞻性。他提出的现实批判主义在当时自然主义文学盛行的文坛掀起了一股巨浪,可谓是异军突起,独树一帜,甚至形成了一个'漱石门派',可见影响之大。"

夏目漱石的前、后"三部曲"

概览	简介		作品详述
"前三部曲"：《三四郎》《其后》《门》	以冷峻的笔触，灰暗的色调指斥日本近代社会的不义，是本世纪初日本知识分子在不同人生阶段痛苦命运的共同写照。	《三四郎》	讲述青年平民知识分子三四郎到京城大学求学时所立下的三个理想——破灭。
		《其后》	富家子弟代助在富裕生活中难以领略人生乐趣，又逢爱情坎坷，前途未卜，表现出无可奈何的灰暗色调。
		《门》	主人公宗助虽然有工作、有温柔可爱的妻子，没有任何怪僻，并在努力适应这个社会，但依然不能解除其不堪忍受的精神苦闷，只能成为"伫立门外等待落日的不幸之人"。
"后三部曲"：《春分过后》《心》《行人》	着意从知识分子的个人道德和心理状况等方面去展示人生，刻画了一群自私自利者形象。	《春分过后》	采用集合若干小短篇的方式写就的长篇小说，描写了自我意识强烈的男人与天真烂漫的堂妹之间的感情纠葛，延续了作者对知识分子内心世界的探讨。
		《心》	追述了一位孤寂、痛苦、悲哀的知识分子由对人性自私、残酷的认识而自感负罪、到难以排解的自我责咎，最后用自杀超脱的人生旅程，塑造了一位步履维艰的灵魂探索者形象。
		《行人》	由四个短篇构成，分别为《朋友》《兄》《归后》《尘劳》，各篇之间连接紧凑。是一部"处理现代知识人因自我怀疑而产生的孤独情境"的作品。

在芳姐和小新说完之后,终于轮到夏目漱石老师开口了。"这两位同学一唱一和,把我都捧到天上去了。下面也该我这个'当事人'亲口说说了吧。"夏目漱石老师清了清嗓子,正式开讲。

《我是猫》中的讽刺艺术

"其实除去夸大吹捧的成分,刚才这两位同学对我的文学观的介绍还颇为准确。在这里我就不再赘述了。作为一名作家,我一直认为一切都应该靠作品说话,所以撇开那些空泛的理论不谈,接下来我要先为大家介绍一部小说,我相信在解读过这部小说之后,你们一定能够对我批判现实主义的创作风格有更清晰的了解。"

"漱石老师,您一定是想讲您的代表作《我是猫》吧?"又是小伦插嘴。

"没错,《我是猫》是我小说创作的处女作,本来只是一节短篇文章,没想到在杂志上发表之后竟然反响热烈,于是我便再接再厉,把它续成了一部长篇小说。从严格意义上说,这部作品并没有完整的故事情节,而是通过一只猫的所见所闻淋漓尽致地反映了20世纪初,日本中小资产阶级的思想、生活,对明治'文明开化'的资本主义社会进行了尖锐的揭露和批判。

"小说以猫为故事的叙述者,通过它的感受和见闻,写出它的主人穷教师苦沙弥及其一家平庸、琐细的生活,以及和他的朋友迷亭、寒月、东风、独仙等人经常谈古论今、嘲弄世俗、吟诗作文的故作风雅的无聊世态。除此之外,我还在文中穿插了邻家金田小姐婚事纠葛的桥段。

"资本家金田的妻子'鼻子'夫人打算把女儿富子嫁给有可能马上获得博士学位的寒月,于是特意到苦沙弥家里打听了未来女婿的情况。苦沙弥本就对充满铜臭味的金田家非常反感,所以不仅当场奚落了'鼻子'夫人,后来还竭力劝寒月拒绝此事,于是招来了金田夫妇的肆意迫害。他们先是指使一伙人污辱谩骂,接着唆使苦沙弥的同事进行报复,后来又买通落云馆的顽皮学生闹得他不得安宁,

《我是猫》中的讽刺艺术解析

多元化的讽刺对象

嘲讽了日本明治三十年代的一群不满社会现状又无力抗争，终日远离社会，浑浑噩噩，无所作为地打发时光的知识分子。如性情迂腐偏爱附庸风雅的苦沙弥，轻佻浮薄专爱戏弄人的迷亭和趋炎附势、阿谀奉承的铃木藤十郎等，作者在刻画这一系列形象时虽然带有讽刺，但同时也带有一种自爱自怜的善意和同情，笔锋相对柔和。

对当时社会中畸形丑陋的人事和黑暗的政治现状进行了尖锐深刻的抨击。作者讽刺了精通"三缺战术"的资本家，批判了资本主义金钱至上的原则，嘲讽了官吏、警察、侦探等人，同时还毫不留情地揭露了当时教育界的黑暗现象以及当时社会上盛行的盲目崇洋媚外之风，其讽刺之笔可谓犀利毒辣，面面俱到。

灵活多变的讽刺手法

将主观评论与客观叙述巧妙结合
在《我是猫》这部作品中，作者在客观描述人物和事件的同时，还屡屡借助猫之口对人和事发出精彩的评论，这些评论不但不会枯燥乏味，反而能够帮着读者更好地认清讽刺对象的本质特征，对增加讽刺效果有很大帮助。

漫画式的夸张手法
夏目漱石在勾勒人物的音容笑貌时喜欢以一种夸张的手法来突出人物某一方面的特点，使其特点因为格外突出而不协调，从而形成滑稽的讽刺画面，造成漫画式的效果。这种漫画式的夸张语言可以让人在一笑之后，感受到作者犀利的讽刺，强烈的反差会让人们印象深刻。

大量使用反语来增强讽刺效果
文中反语手法的运用大致有两种形式，一种是通过正话反说或反话正说来取得虚褒实贬或虚贬实褒的讽刺效果。另一种是故意将日语中符合特殊人物身份地位的尊敬语、自谦语或礼貌语等颠倒使用，让人在啼笑皆非的同时感受到字里行间的滑稽嘲弄。

最后还叫苦沙弥过去的同学对他进行规劝、恐吓。总之把苦沙弥家里闹得不得消停。

"小说的最后，寒月在老家与别人成了婚。而苦沙弥过去的一个学生多多朗多平向富子小姐求婚成功。他于婚礼前夕带了一箱啤酒来到苦沙弥家，众人借机寻欢作乐。深夜散去后，猫也酒兴大发地畅饮起来，结果醉意蒙眬中掉进水缸而爬不出来，最后只能念诵着'南无阿弥陀佛'，悄然死去。"

"夏目漱石老师，我曾经读过您的这部作品，我读过之后的感觉就是好像什么都没讲，但又好像什么都讲了。这是怎么一回事呢？"小悠怯怯地发问。

"你之所以有这种感觉并不奇怪，因为一般人读小说都偏重故事情节，可是我的这篇小说基本上没什么完整的情节，所以你会觉得好像什么都没讲。但是你又说感觉好像什么都讲了，这就是我这部作品的高妙之所在了。其实我最初的构思就是，想通过一只猫的视角，冷眼旁观这个世界。这不是一只普通的猫，它是一个虚构的、独特的艺术形象，不仅具有动物的习性，而且具有人的思想意识。它每天与人生活在一起，见证着众生百相，体味着世态炎凉，所以它是最客观的叙述者、评判者。

"通过这只猫的叙述，我们可以看见当时最真实的社会生活。我们看见了靠高利贷起家的金田大老爷'穷凶极恶，又贪又狠'的真实嘴脸。他大言不惭地宣称自己的致富秘诀在于精通'三缺'，即缺义理、缺人情、缺廉耻。他奉行的原则是'把鼻子、眼睛都盯在钞票上'，'只要能赚钱，什么事也干得出来'，把金钱看得比命还重要。他拥有了钱财，拥有了显赫的地位之后便开始仗势欺人，把老实正直的主人公苦沙弥一家祸害得鸡犬不宁。正是通过这只猫的眼睛，我让人们看见了当时社会中拜金主义的不良之风，同时我也通过猫的嘴说出了人类共同的心声：'金田是最坏的人类。'"

"夏目漱石老师，您的构思真是绝妙。这只猫不仅能看，还能发表评论，这样一来，您就可以借助猫的视角，来嘲笑那些时而可笑，时而可悲，时而可恨的人类了，难怪人家都称颂您这部作品既具讽刺性又有幽默感，原来是这只猫的功劳啊！"小伦看准时机，连忙插嘴，他已总结出经验了，这次插嘴倒是很合时宜。

"是的，这位同学评价得很准确，多亏了这只猫，我们才能看到这幅滑稽丑陋的众生百像图啊！这只猫是如此犀利，它不仅抨击了金田的拜金，同时对以主人公苦沙弥为首的明治时期的一群知识分子身上的种种弱点给予了辛辣的讽刺和嘲笑。这群知识分子正直、善良，鄙视世俗、不与败坏的社会时尚同流合污，这些都是他们身上的闪光之处，可是除此之外，他们也有自身难以克服的弱点。这群知识分子胸无大志、无所事事，虽然自命清高，但是却过着无聊、庸俗的生活。他们为了寻求精神刺激、填补生活的空虚，卖弄知识，故作风雅，嘲笑世俗。他们这种矛盾的生活状态和性格特点，正是当时一种既不满上层统治者又不与人民为伍的处在社会中间状态的中小资产阶级知识分子的典型写照。

"众所周知，我本身就来自这个阶层，所以对这群知识分子的生活习性和心理特征再熟悉不过了。因此我把他们赤裸裸地摆上台面，我要让他们的弱点暴露无遗。尽管我的笔锋犀利，但是这辛辣的讽刺背后，又何尝不是隐藏着我自己无限的苦闷与悲哀呢？"说到此处，夏目漱石老师颇为感慨，连声叹气。

魏鹏举老师评注

作家创作或多或少都会在作品中注入主观情感，而当作者与主人公共鸣之时，往往也是作品中最精彩的部分。

"如果我没记错的话，您曾说过这样的话：'比起嘲笑他们，我更嘲笑我自己，像我这样嬉笑怒骂是带有一种苦艾的余韵的。'对吧？"小伦第三次插嘴。

"没错，这位同学的记性还真不错，这句话的确是对我心情最准确的描述了。"说到此处，夏目漱石老师看了一眼手表，发现时间已经不多了，于是赶紧切换了话题。

深刻的批判与独特的"漱石风格"

"通过一部《我是猫》的讲解，我想你们应该大致了解我的写作风格了。不敢自夸，但我一直认为自己还算是一位具有自觉的文学意识的作家，我的小说创作一直都密切地关注着现实生活。我的笔下，写到了乡村青年进城生活的艰难，写到了都市知识青年的工作学习和恋爱生活、家庭生活的各种矛盾，写到了家庭的衰败、市民生活的平庸、工人生活的贫困、学校教育体制的问题，等等。通过这些客观真实的细节描写和对现实黑暗的批判，我希望人们能看清自己的生活现状，从而摆脱困境。"

"比如，小说《后来的事》，在讲述代助等人的三角恋故事的同时，也真实地描写了当时日本资产阶级经济剥削的残酷性和明治政府所推行的强权政治。而《疾风》中则严厉地抨击了社会上盛行的'金钱万能'的拜金主义生活现象。《三四郎》是通过人物之口，对日本社会当时愈演愈烈的盲目崇洋欧化的社会风气进行了批判，而小说《哥儿》则揭露了教育界的肮脏内幕。总而言之，我的小说一直都是本着批判现实主义的原则在进行创作，所以我不敢说我的作品写得有多精妙，但至少都是无愧于作家的使命的。"讲到此处，夏目漱石老师停了下来，仿佛若有所思。

趁着这个空当，一向爱表现的小新又赶忙站起来插话。"夏目漱石老师，您太谦虚了。其实您的小说是内容与形式兼备，不仅开启了日本批判现实主义的文

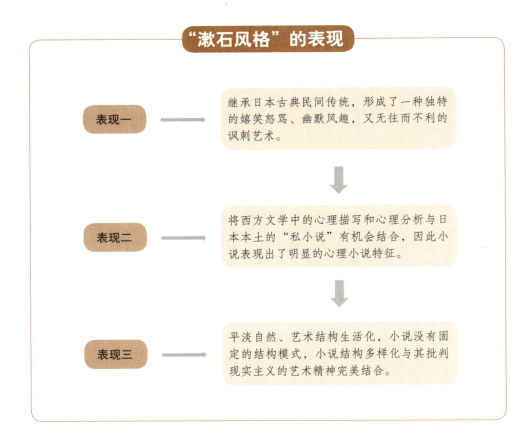

"漱石风格"的表现

表现一 → 继承日本古典民间传统，形成了一种独特的嬉笑怒骂、幽默风趣，又无往而不利的讽刺艺术。

表现二 → 将西方文学中的心理描写和心理分析与日本本土的"私小说"有机会结合，因此小说表现出了明显的心理小说特征。

表现三 → 平淡自然、艺术结构生活化，小说没有固定的结构模式，小说结构多样化与其批判现实主义的艺术精神完美结合。

风,而且在艺术形式上也形成了您独具特色的'漱石风格'。"

"这不是刚刚'大肆吹捧'过我的那位同学吗?怎么,你又有话要说?"看见小新又站起来发言,夏目漱石老师幽默地调侃道。

"没错,夏目漱石老师,让我来为大家介绍一下您独树一帜的'漱石风格'吧。憋着不说我实在是太难受了。"小新故意摆出一副委屈的神情,让人无法拒绝。夏目漱石老师无奈地点了点头,得到许可的小新好似开了闸的水龙头,立刻滔滔不绝起来。

"首先,夏目漱石老师在自己的小说创作中自觉地继承了日本古典和民间的文学传统,特别是'俳谐'文学和江户时代'落语'文学等日本古典文学和民间滑稽小说艺术等都是他创作的养分,再加上他对俗语、汉语、佛语、雅语、俚语等语言的熟练运用,这便使得他的小说形成了一种独特的嬉笑怒骂、幽默风趣,又无往而不利的讽刺艺术。这些特点在夏目漱石老师的早期小说中表现得比较突出。"

"其次,由于受到过良好的西方教育,夏目漱石老师还善于从西方文学中吸取精华并且能巧妙地化为己用。在夏目漱石老师后期的小说创作中,他更多地借用西欧文学惯用的心理描写和心理分析,并且把它与日本本土当时流行的'私小说'的描写艺术有机结合起来,从而使他的中后期小说呈现出明显的心理小说特征。"

"'漱石风格'的最后一种表现,是它平淡自然、非常富有生活化的艺术结构。纵观夏目漱石老师的全部小说作品,我们可以发现,他所创作的小说没有一种固定的结构模式,几乎每部作品都是自成一格。有些作品甚至没有一个完整的故事,有些作品则好似随意摘取的一个生活片断,敷衍成章。外行人可能以为这是作者不负责任,其实仔细研究之后方知,正是通过这平实自然又多样化的小说结构,才能让夏目漱石老师那深刻的批判现实主义艺术精神得到更好的凸显。"

小新有条有理、生动精练地为大家介绍了独特的"漱石风格",同学们都听得津津有味,恨不得赶紧去一览其作品的风采。而夏目漱石老师则在一旁笑而不语,从他谦虚的笑容中,我们可以看到一个文人的自信和淡泊。

美好的时光总是转瞬即逝,同学们还来不及稍加缅怀,那无情的下课铃声便响了起来。本来小艾还想和小悠、小文等人诉诉衷肠,可惜身不由己,当她再睁开眼时,自己已身在空荡冷清的"兔子洞书屋"。于是小艾只得一个人落寞地踏上归程,心中唯一的温暖,就是对那仅剩的最后一课的期待。

夏目漱石老师推荐的参考书

《雪国》 川端康成著。这部中篇小说是川端康成最负盛名的中篇小说，标志着他独特的创作风格的成熟。作品讲述有钱有闲的舞蹈研究者岛村与一位艺妓和一位纯情少女之间的感情纠葛，为读者展现了一种哀怨和冷艳的世界，展示了独特的东方"余情"之美。

第十八堂课

泰戈尔老师主讲"和平与博爱"

唯有以爱为出发点,我们方能求得人与神的完美结合;唯有爱和道德的自我完善才能实现人生理想。

拉宾德拉纳特·泰戈尔(Rabindranath Tagore,1861—1941)

印度杰出诗人、小说家和戏剧家。1913年获得诺贝尔文学奖,他因此成为第一位获此殊荣的亚洲人。泰戈尔自称是神的求婚者,他的诗是献给神的礼物。《吉檀迦利》《飞鸟集》《园丁集》等是他的诗歌代表作,这些诗歌中都蕴含着深刻的宗教和哲学的见解。泰戈尔的诗在印度享有史诗的地位,而他本人则有"诗圣"的美誉。

"悲莫悲兮生别离,乐莫乐兮新相知。"每次读到这一句,心中都千头万绪。从新知到故交,有相聚就有别离。有时候总想,人生若只如初见多好,缘尚浅,情尚薄,可以轻易聚散,无谓悲欢。不过哪里有那么多如果,人生在世,总有些事无从选择。改变不了结局,只能改变自己的心。盛宴过后,何必非要泪流满面?"天空中没有翅膀的痕迹,但我已飞过。"这不也是一种美好吗?经历过了,便足够。相交过了,便无悔。最后一刻,让我们在泰戈尔老师那温柔和煦、深情款款的诗句里一起度过吧。共同珍惜这最后的美好时光。

"泛神论"的哲学思想

"同学们晚上好,我是来自印度的拉宾德拉纳特·泰戈尔,听说今天是你们'神秘课堂'的'收官之课',能够有幸担此重任,真是荣幸之至。"一位鹤发童颜、白须飘飘的老者站在讲台之上发言,他声如洪钟,面色红润,浑身上下散发着一股宁静祥和之气。

"真是闻名不如见面,泰戈尔老师,我可是您的'诗迷',每次心浮气躁的时候,您的诗总能让我平静下来。"小新抢先开口。

"'我们把世界看错了,反说它欺骗了我们。'我要'生如夏花之绚烂,死如秋叶之静美'。没能抢到'头彩'的小文也不甘示弱,他别出心裁地背起泰戈尔老师的诗句来。"这对冤家心里都清楚,这是最后一次"对决"了,所以他们都拼命展露自己的锋芒,以最卖力的战斗来表达对对方的尊重与珍惜。

"小文背的是《飞鸟集》里的句子,'如果你因失去了太阳而流泪,那么你也将失去群星了。'这本诗集我也读过。"连一向很少发言的小艾也掺和了进来,她不想在日后的

魏鹏举老师评注

泰戈尔的诗歌哺育了许多后世作家,我国现代诗人冰心的著名诗篇《繁星·春水》就深受其《飞鸟集》的影响。

回忆里，自己只是个沉默的看客。

"不错，不错，看来同学们对我的诗歌还颇为了解，我感到十分欣慰。不过你们熟知的《飞鸟集》只是我一生众多创作中的一部分而已，我希望通过这节课，能让你们看到一个更全面的我。"

"在讲述我的作品之前，我想先让大家了解一下我的思想，因为我的所有创作正是基于它们。**我思想的核心是'泛神论'，强调'人格的真理'**。那么，什么叫作人格的真理？关于这个问题我在《诗人与宗教》一书中给出过答案。我曾在书中写道：'诗与艺术培养的最后真理就是人格的真理，这种信仰是一种宗教而能使人直接理解，并不是一种供分析论辩的玄学学说。'换句话说，就是我所信仰的神存在于万物之中，人与万物都是神的表象。这也就是我所谓的'泛神论'。不知道同学们能否理解？"泰戈尔老师生怕自己说得太抽象，大家理解不了，因此惴惴不安地发问。

魏鹏举老师评注

泰戈尔的宗教哲学思想属于客观唯心主义范畴，但不乏其合理因素，因为他着眼于现象和人，而且对人的精神性格外关注。泰戈尔的美学思想则是他宗教哲学观的延伸，他认为"艺术是人的创作灵魂对最高真实的召唤的回答"。

"我记得您曾在《生辰集》中写过这样的句子：'农民在田间挥锄，纺织工人在纺织机上织布，渔民在撒网——他们形形色色的劳动散布在四方，是他们推动整个世界在前进……'结合这首诗来理解您的泛神论，意思是不是说：神无处不在，他在贫贱的人群中，他穿着破烂衣衫在行走、劳作，他是你，也是我，只要我们不停地在道德上自我完善，我们就会离他越来越近。"这次发言的是芳姐，她仍像第一次发言时那般冷静、专业，有条不紊。

"这位同学补充得非常好，她把我'泛神论'的思想阐述得十分透彻，我相信大家也应该都听懂了。好了，刚才说过，讲述思想是为了解读作品，铺垫工作已经做好，那么接下来，就让我们一起走入那部让我收获了诺贝尔文学奖的诗集《吉檀迦利》吧。"

泰戈尔的思想解析

泰戈尔的宗教哲学思想深受古代印度吠檀多不二论的影响，集中探讨了"无限"与"有限"的本质、内涵及其关系。

"梵"即"无限"，是宇宙万物的最高意识、最高真实、最高存在。"无限"本身根本没有意义，"无限"只有在"有限"之中才能表现出来。"无限"涵盖"有限"，统辖"有限"，而"无限"又存在于"有限"之中。

"梵"即"无限"

"有限"

"无限人格"
（神所在的世界）

有"人格"的人

以爱和道德的途径

"人神合一"的完美境界

献给神的诗篇

"《吉檀迦利》正是一部以刚才所讲的'泛神论'为核心思想写成的哲理抒情诗集。诗名'吉檀迦利'意为'献诗',即献给神的诗篇,以敬仰、渴求与神结合为主题的诗。我在诗中歌颂了神无限的恩赐、无限的爱、无限的意志;表达了渴望与神结合的心情,因为与神分离,会给人生带来痛苦,使现实变得黑暗,一旦与神会合,黑暗就会过去,镣铐就会粉碎,我和我的祖国将会永享自由和幸福。"

魏鹏举老师评注

神不过是泰戈尔的一个寄托,他借神的名义抒发自己内心最深沉的情感。

"泰戈尔老师,您苦苦追寻着神的踪迹,可是神究竟在哪里?"小悠忍不住发问。

"你问我,我真的说不出来。我只知道,我笔下的'神'不是上帝,不是真主,也不是印度教的大神梵天、湿婆或毗湿奴,不是至高无上、高坐天庭、制约一切的偶像。我的'神'看不见,摸不到,但却能时刻感到他的存在,受到他的恩赐,得到他的启示。他无处不在,在火中,在水中,在植物中,在人类社会中,他穿着破蔽的衣服,在最贫贱、最失宠的人群中行走,他和那最贫贱、最失宠的人们当中没有朋友的人做伴。他是主人,是'万物之王',但又是朋友、兄弟、亲人。"

"可是,不管这神是谁,也不管他在哪里,我们苦苦追寻他的目的何在呢?"小悠再次发问。

"这位同学问得好。宗教学家把我归为'泛神论者',对此我不想发表看法。因为在我看来,一切名称都不过是外在形式,我们真正应该做的是抛弃形式,寻求真理。所以,我诗中的'神'其实是我所追寻的理想和真理的化身。我正是通过对神的歌颂来寄托自己的理想追求。

"我曾在诗中写道:'在那里,心是无畏的,头也抬得高昂;在那里,知识是自由的;在那里,世界还没有被狭小的家国墙隔成片段;在那里,话从真理的深处说出;在那里,不懈的努力向着'完美'伸臂;在那里,理智的清泉没有沉没在积习的荒漠之中;在那里,心灵是受你的指引,走向那不断放宽的思想与行

《吉檀迦利》解析

《吉檀迦利》 — 意为"献给神的诗篇",以"泛神论"为核心思想,表达了对神的敬仰、渴望以及与神结合的心情。

内容简介 — 共包含103篇短诗,大部分是对神灵的描写。诗人笔下的神不是上帝,不是真主,也不是任何偶像。这位"神"看不见,摸不着,但它却无处不在。它在水中,在水中,在最失宠的人群中。

主题思想 — 泰戈尔在诗中对神的苦苦追求其实是对理想和真理的追寻。

艺术特色 — 诗歌带有浓厚的象征主义色彩,诗人善于利用艺术形象的暗示来表现感情及作品的基调,词汇搭配富于想象力,画面生动活泼。

为——进入那自由的天国,我的父呵,让我的国家觉醒起来吧。'读过了这首诗你们就该知道,我为何要苦苦追慕那无影无形的'神'了吧,因为只有在'神'那里,才有我想要的美好与光明。"

"那么您追寻了这么久,是否找到了通往理想世界的道路呢?"这次发问的是小伦,一向调皮的他在这"最后一课"上也表现得出奇的安静。

"在我看来,若想实现理想,唯有'人神合一'。在我看来,人分为两种,一种是没有人性的物质的人,一种是有人性的'人格'的人。而神的世界也就是'无限人格'的世界。当一个有'人格'的人与'无限人格'结合时,人就能从'那狭窄自私的世界'中解放出来,臻于'圆满'之境。"

"我还是不懂,人与神或者按您说的人与'无限人格'要怎样才能结合呢?"小伦皱着眉头,继续提出心头的困惑。

"爱。唯有以爱为出发点,我们方能求得人与神的完美结合。我曾在诗中高呼:'我只等候着爱,要最终把我交到他手里。'我们在爱穷人中与神结合,我们在劳动里、流汗里与神结合,我们在驱除思想中的虚伪、心中的丑恶的过程中与神结合。总而言之,唯有爱和道德的自我完善才能实现人生理想。"

这一次小伦终于不再发问了。在座的同学们都笃定地点了点头,而泰戈尔老师也终于露出了欣慰的笑容。

✏ 创作分期与小说《戈拉》

"好了,讲完了诗歌,接下来我再给大家介绍一下我的小说吧。世人只知道我是一名写过50多部诗集的诗人,却不知这个诗人除了写诗之外,还写过12部中

魏鹏举老师评注

19世纪70年代,在旧印度教的基础上成立了"新印度教"。"新印度教"反对崇洋媚外,反对殖民压迫,提倡民族化,增强民族自信心。但他们又拘泥于守旧,主张严格遵守印度教一切古老传统,维护种姓制度和封建习俗,这些观点不免流于狭隘。

长篇小说和100余篇短篇小说。"一向谦逊的泰戈尔老师反常地高调起来，竟然主动向我们"炫耀"他丰硕的创作成果。

"之所以告诉你们这些具体的数字，并不是在炫耀，而是在勉励。我希望你们这些'后起之秀'能够写出更多更好的作品。不过话说回来，要想写得多，最重要的还是要活得长，要不是活到80岁，我哪能腾出60多年的时间来写作呢？"泰戈尔老师一边捋着白胡须，一边调侃自己，众人这才发现，原来这位和蔼可亲的长者也有调皮可爱的一面。

一番轻松幽默过后，泰戈尔老师又恢复了常态，继续讲了起来。"我这60多年的创作大致可分为三个时期。早期的创作主要是一部故事诗集和60多篇短篇小说。《故事诗集》大多取材于民间故事和宗教、历史传说，篇幅短小，借古喻今。而这个时期的短篇小说大多结构简单，具有抒情和叙事相结合的清新朴素的风格。

"中期是我一生中创作最丰富、最重要的时期，我最重要的诗歌《吉檀迦利》《新月集》《园丁集》《飞鸟集》等都是这个时期的成果，除此之外，我还创作了一部重要的长篇小说《戈拉》，这部作品是小说中的代表作，所以我一会儿再做详细讲解。晚期我把创作重心转移到了散文和剧本上，说到散文，这本《在中国的谈话》正是其中的佳作，我真的要感谢你们伟大的祖国给我带来的创作灵感。"

泰戈尔老师简要地介绍了他的创作生涯，然后喝了口水，稍作停歇，便又接着给我们讲起了他刚才提到的长篇小说《戈拉》。

"《戈拉》是一部充满了政治色彩的作品。小说以19世纪与20世纪之交的印度社会生活为背景，在主人公凄婉动人的爱情线索之下，揭发了殖民主义的罪行，表达了印度人民渴望独立和自由的愿望。"

"我知道这部小说，它因其深刻的思想价值而被人誉为'近代印度的史诗'，对吧？"小伦又恢复了以往的活跃，开始插起嘴来。

魏鹏举老师评注

梵社是近代印度教改革团体之一。它反对印度教的种姓分离、教派对立和烦琐的祭祀仪式；批判中世纪遗留下来的封建习俗，主张男女平等，并与寡妇殉夫、童婚、多妻等歧视妇女现象进行坚决的斗争；提倡开设新型学校、传播科学知识。梵社的活动在孟加拉青年知识分子中间有较大的影响。

泰戈尔作品概览

诗歌创作	叙事诗集《故事诗集》	泰戈尔早期的诗歌创作主要有抒情诗和叙事诗两类。在叙事诗中，《故事诗集》被称为"广大青年的爱国主义教科书"。主要包括揭露封建压迫和反映印度人民抗殖斗争两方面内容，充满人道主义精神和爱国主义精神。
	英文诗集《吉檀迦利》	这是一部散文诗集，是诗人"献给神的诗"。主题思想在于表达诗人对渴望与神结合的理想境界的追求以及达到这种境界后的快乐，曲折地表达出作家对人生理想的探索与追求。诗集充满哲理，但抒情意味很浓。
	政治抒情诗	20世纪20年代以后，诗人的思想发生了变化，作品现实性增强，政治性、战斗性突出。在《生辰集》中作者对自己的创作进行总结，热切希望能够走进领导者的行列。
小说创作	《沉船》	长篇小说代表作之一。小说描写了青年大学生罗梅西曲折复杂的婚恋经历，以"错认"模式为依托展开情节，揭示出封建婚姻制度和争取婚姻自由的青年男女们的矛盾。
	《戈拉》	写19世纪70至80年代的孟加拉社会生活。作者意在借助历史经验，回答当代社会中产生的新问题。小说歌颂了青年男女的爱国精神，批判了宗教偏见，揭露了殖民主义者的罪恶，号召人民起来斗争。

"对于这些后人加的头衔，我就不予评价了。我只是想通过这部小说让人们了解那个时代的印度所面临的最尖锐的矛盾。当时的印度正进行着轰轰烈烈的反殖民地斗争，然而就在斗争即将进入高潮的时候，人们却对如何展开斗争产生了分歧。究竟该如何看待古老印度文化和以种姓制度为特征的封建制度，**印度主要的两个教派'梵社'和'新印度教'分别给出了不同的回答。**前者主张崇拜西方文明，以和平方式解决问题，后者则主张暴力推翻殖民统治，以求得民族独立。两种意见争执不休。

"小说就是在这样的悲剧之下展开的，主人公戈拉是一名'新印度教'的虔诚信徒，他反对自己的好友与'梵社'姑娘相爱，并因此与之反目。可讽刺的是，后来他自己也爱上了一位'梵社'姑娘。他一面压抑自己的感情，一面努力维护印度教的陋习，最后终于陷入了孤独可悲的境地。经历过一番磨炼之后，他终于看清楚了自己思想中的狭隘，抛弃了落后虚幻的宗教信仰，成为了一名真正的民主主义战士。"

"其实戈拉不过是千千万万个印度爱国知识分子中的一名代表，我希望通过这样一个典型形象，让大家看清那些活动于20世纪初的印度资产民主主义者成长的心路历程。我知道你们中国也和我们印度一样，经历过一场轰轰烈烈的反殖民地战争，所以也希望生在和平年代的你们在看过这部作品之后，能够更加珍惜今天的美好生活。"泰戈尔老师果然是位"和平使者"，在课程的最后都不忘"使命"，还要对我们进行一番思想的洗礼。

 泰戈尔老师推荐的参考书

《飞鸟集》 泰戈尔著。这部诗集是泰戈尔的代表作之一，具有很大的影响，在世界各地被译为多种文字版本，广为流传。诗集中包括300余首清丽的小诗，这些诗歌描写小草、流萤、落叶、飞鸟、山水、河流，简短凝练又富含哲思，韵味隽永，读罢让人口有余香，回味悠长。

结束语

就这样,18堂课彻底结束了。这位20世纪的"东方圣人"带着慈祥的笑容跟我们挥手告别。临别前他吟诵了一句诗:"在我自己的杯中,饮了我的酒吧,朋友。一倒在别人的杯里,这酒的腾跳的泡沫便要消失了。"他说,希望我们在诗句中找到友情的真谛,这样便可不再为离别而感伤。

众人咀嚼着这意味深长的诗句,哭着的人又不禁都笑了起来。是啊,朋友不一定要相守,相互祝福着放彼此高飞或许才是更好的爱护。所以,让我们收起离愁别绪,带着微笑告别吧。带着这周末晚上八点半的缘分,带着在我们心中路过的每一位老师、同学的音容笑貌,带着在"神秘教室"的每一寸空气里回荡着的独家记忆,挥手告别,各自上路,待酿出了属于自己的美酒,再举着那腾跳的泡沫与朋友分享。

这是一本介绍文学大师及其思想精华的图书。它虚拟了18堂神秘课堂，每堂课都围绕一个主题展开，并挑选一位合适的文学大师讲授。在授课的过程中，听课人与大师们还有互动和交流。虽然，那些大师们是带着"任务"前来授课的，但他们可不是如此"听话"的嘉宾，还会时不时说些自己的趣闻、趣事。如果你喜欢听这些方面的故事，可千万别错过了本书！

图书在版编目（CIP）数据

文学原来这么有趣：颠覆传统教学的18堂文学课/孙赫著. — 北京：化学工业出版社，2013.10（2020.10重印）

ISBN 978-7-122-18327-9

Ⅰ.①文… Ⅱ.①孙… Ⅲ.①文学–通俗读物 Ⅳ.①I-49

中国版本图书馆CIP数据核字（2013）第207035号

责任编辑：张　曼　龚风光　　　　　　封面设计：IS溢思设计工作室
责任校对：陈　静

出版发行：化学工业出版社（北京市东城区青年湖南街13号　邮政编码100011）
印　　装：大厂聚鑫印刷有限责任公司
710 mm×1000 mm 1/16　印张 14　字数 220千字　2020年10月北京第1版第4次印刷

购书咨询：010-64518888　　　　　　　　售后服务：010-64518899
网　　址：http://www.cip.com.cn
凡购买本书，如有缺损质量问题，本社销售中心负责调换。

定　价：32.80元　　　　　　　　　　　　　　　　　版权所有　违者必究